剑仙

1

平民百姓 / 著

文化艺术出版社
Culture and Art Publishing House

图书在版编目(CIP)数据

剑仙/平民百姓著. —北京:文化艺术出版社,2005.9
ISBN 7-5039-2834-4

Ⅰ.剑… Ⅱ.平… Ⅲ.长篇小说-中国-当代
Ⅳ.I247.5

中国版本图书馆 CIP 数据核字(2005)第 105463 号

剑 仙

著　　者	平民百姓	
责任编辑	张勍倩	
装帧设计	门乃婷	
出版发行	文化艺术出版社	
地　　址	北京市朝阳区惠新北里甲 1 号　100029	
网　　址	www.whyscbs.com	
电子邮箱	whysbooks@263.net	
电　　话	(010)64813345　64813346(总编室)	
	(010)64813384　64813385(发行部)	
经　　销	新华书店	
印　　刷	北京高岭印刷有限公司	
版　　次	2005 年 10 月第 1 版	
	2005 年 10 月第 1 次印刷	
开　　本	710×1000 毫米　1/16	
印　　张	29	
字　　数	500 千字	
书　　号	ISBN 7-5039-2834-4/I·1284	
定　　价	40.00 元	

人物简介：

华剑英：原名华健，本是一个小镇医生的儿子，在机缘巧合之下救出了被封印万年的剑仙，从此踏上修真之路，历尽凡世千年百劫后，破碎虚空而去。

华家众人：一家之主，名医华铭；母亲梅若兰；大哥华陀，因其出色医术被皇帝纳为御医，后因华剑英的缘故获得封侯；大姐华芷，嫁予平家四少爷平尚；小妹华珂，后随华剑英学修真，加入了凤凰门。

莲月心：号青莲居士，自诸神封闭三界后最有希望成为神人的剑仙，与三界众仙一战后被封印万年，脱困后成为华剑英的师傅。

噬神老祖：躲藏在兰格国敛阳山修炼魔功的妖人，精通迷心之术，后为华剑英所杀。

帝国八杰：瘟神任横行、暗黑王曹婴、天然叶龙、魔头底天宵、战神独孤风、神骗张德超、神偷石川、史官李坚，原是天牢重犯，获救后随华剑英学习修真。

魔门四子：里特拉、达保玛、阿特姆、古鲁夫，十方俱灭的拥有者，可惜道行不够，终为华剑英所杀。

公输世家：莲月心昔日好友的后族，其中公输鱼为现存辈份最高的高手，已修入飞升期，正在为应天劫闭关准备，而公输明琉与公输玉琉二女则是华剑英的红颜知已。

风灵：华剑英通过沐风玉灵源创造出的拥有高等自主意识的人偶，后在莲月心的帮助下转化成真正的生命。

阿墨：传说中不死不灭，被称为'不确定性存在因素'的酷洛汀勒一族的旅行者，与华剑英偶然相识相交，后来送了一股拥有绯苍之羽力量给对方。

剑诛天：一个由诛天剑齿兽养大的女孩，后来拜华剑英为师，在华剑英破入异界后成为剑宗的第二代掌门。

剑宗七杰：大弟子端木剑行、二弟子剑诛天、三弟子绍剑敏、四弟子林剑波、五弟子剑远天、六弟子木无双、七弟子克度莫。

天界五大高手：佛门之主大日如来、救世宗宗主玄天圣帝、青莲莲月心、白藕素还白、紫罗香长清子。

五大散仙：冯冲、云溪郎、康南回、令狐元、赫连素素。

景怀宫高手：宫主司徒轩，八执事梅岩、莫少君、伯合涛、长孙畏、蔡庆汉、周枫、黄泽和魏龙。

火凤凰：镇守修真界的神兽，是凤凰门的圣物。

天魔：通过天魔转生大法由黑魔界引渡而来的魔神，与莲月心一战不敌后，结为道友，共同探讨虚空而去之道。

夏雪：雪衫会高手，与师兄范定山在偶然中救下了差点入魔的华剑英，后结成好友。

法宝简介：

绯苍之羽： 五圣器中最让人捉摸不透的一件，能让拥有者自由的操纵空间，进一步则甚至可以突破空间与时间的界限。

天之彼方： 五大神器之一，有随意打开空间境界通道的神力，内部有数个不同的次元空间，其中"炼之空间"是所有修真者的最好修炼场所，具有另外重造肉身的作用。

玄魄珠： 天界诸仙用来封印莲月心的绝天大幻阵的阵眼，能吸引包括元婴在内的一切魂魄。

琦念玉： 一种约有半个手掌大小，色黑如墨，似玉似石，修真者用来记载东西的工具。

破神槌： 一把非金非石、似锤非锤，能随主人意念自动隐现的宝贝。

芥檀指： 拥有极大储物空间的戒指。

翠兰玉： 仙器级的极品法宝，有安神定魂，对付一切魔障的功效。

三千青丝： 一柄可长可短，能直击方圆百里的长鞭，能缚住人后自动封闭其元婴的仙器。

破日乌梭： 一件可大可小，足可容天纳地，破除一切禁制，以防守为主的仙器。

鹰击弩： 以强大力量见长的，输入真元力可以发出一道状如飞鹰的能量箭，追踪目标不死不休的仙器。

十方俱灭：威力等同于仙器的强大魔器，最厉害的绝招是"大暗黑空间"。

灭神印：一件相当恶毒，会自动吞噬被杀者的元婴，进而演化成它自己的力量，杀人越多，威力也就越强的魔器。

死出之羽衣：能通过魔气振动产生扭曲空间的效果，如果是修成魔头或魔煞级的高手来使用，甚至能直接打开一个通向异次元的通道，把敌人抛入异次元空间永远的放逐。

琉璃镜：一件散发剧毒紫气，且能诱惑进而间接操纵人心的半透明的圆盘状魔器。

名词简介：

天界：正式名称是"无上太清界"，共分三大势力，分别是道家的"三十三天仙界"、佛门的"极乐净土"和救世宗的"九重天堂"。

紫白金青四大天火：紫色的炫疾天火、白色的狂澜圣焰、金色的焚炎劫火和青色的督天煞焰，是天界的炼器之火，只有真正飞升天界的仙人才能掌握。

沃勒星十大宗门：听涛阁、望月山庄、凤凰门、清元教、炎阳烈火门、风沙堡六个门派和长孙家、皇甫家、东方家、公输家四大世家。

三大修神宝典：分别是道家《太上清静论》、佛门《大日如来咒》和救世宗的《末日启示录》。

天魔转生大法：一种通过天魔大阵集合各种阴煞之力，直接跳过修真境界，修入黑魔界传说中的最高境界太上天魔的秘法。

傀儡术：也称人偶术，最初只能够做一些普通辅助工作的高级人偶，后来与炼魂之术结合，能创造出有灵性的傀儡。

修真等级：共分九个阶段，分别是灵启、炼神、辟谷、幻虚、元化、元婴、离合、空冥、寂灭、天劫、飞升。

固达星三大门派：景怀宫、天南殿、雪衫会。

　　青莲剑典：莲月心结合佛门、道家、救世宗天界三大门派自创而成，一种以剑修仙的绝世神通。

　　天魔秘大法：和青莲剑典一样放弃法宝、灵丹，用最原始的方式直接摄取天地、宇宙的力量为己所用的魔道神功。

目录

第一章
剑仙解封

　　紧跟着响起一阵长啸，震耳欲聋的啸声中，一道青色光柱从山谷中冲天而起，然后破裂开来，变成朵朵莲瓣，形成一朵硕大无比的巨大莲花，刹那盛放，缓缓旋转着。

　　苍云山脉，连绵数万里，是穆亚大陆东部有名的大山脉。在苍云山脉附近，也有许多的大小城镇。

　　秀云岭，是苍云山脉一个不算大也不算小的山峰。此时一个大约十五六岁，身穿灰色粗布短衫，背着一个竹篓的少年，正慢慢的攀上山来。

　　一边向山上走，他的口中一边喃喃自语："这边的景色好陌生啊，嗯，看来真是太深入苍云山了。只是，现在各种药草大多都枯萎了，特别是玲珑草一味，更是难找，不往深里去也不行啊。"

　　少年名叫华健，是秀云岭下一个小镇医生的儿子，家里亦兼做一点药铺生意。

　　近几天，附近几个镇都流行传染病，虽然不是什么大病不会置人死地，但却也增添了许多病患。

家中原有存药几天的工夫就卖了个七七八八，于是华健就照他父亲的吩咐，上山来采摘各种药草。

结果没想到，由于时节不对，好几种急需的药草都不在产期，进山数日采到的数量不及平时的一半，为找到更多的药草，不知不觉间华健已经深入山区几百里地，对他而言，这在以前是从没有过的。

继续又往前走了一段路，华健忽然停下，四周仔细地望了半天。脸色变的苦涩无比，他终于确定了一件事：他真的迷路了。

由于他刚刚一边走路，一边低着头寻找有没有他所要找的药草，所以他完全不清楚自己是怎么走到这一带的。

现在他正身处于一个十分茂盛的森林中，四周的树木不是秀云岭常见的栏梓树（一种约有两人高，在穆亚大陆非常常见的树种），而是一种异常高大，他从来没见过的树种。这些树不但高，且枝叶极密，正午时分的阳光，竟然透射不进来，使得林中显得十分阴暗。

由于看不到太阳，华健连大体的方向都无法判断，甚至自己原本是从哪个方位走过来的，也确定不了。虽然心中惊疑不定，但迫于无奈，华健还是只能试探着向前走去。

又向前行进了约里许，四周气氛愈加透着古怪。不是说有多吓人、多可怕，只是此处给人一种异样的违和感，十分不舒服。华健心中十分忐忑，只盼能够赶快走出这片古怪的林子才好。

忽然，华健一脚迈出，脚下发出"咯啦"一声怪响。华健低头一看，当场吓的："哇！"的大叫一声，那竟然是一具骸骨。

华健自幼就跟着父亲华铭学医，对尸体虽然不能说是很熟悉，但也说不上害怕。只是在现在这个环境下，突然见到这么一具骸骨，任华健如何胆大包天，也给吓了个魂飞天外。

华健口中一边叫着，一边快速地倒退着向后退去，一不小心被一根树根绊了一个跟头，骨碌碌滚出老远。

这片森林中也不知有多久没人来过，地面上到处是碎石残枝，立时把华健身上划出不少小伤。伤虽然不重，但还是很痛。华健倒吸几口气，趴在地面上喘着气，等着痛楚的感觉退去。

这样一来，华健倒是有时间仔细的看着倒卧于不远处的那具骨骸。

华健毕竟出自医家，渐渐看出一点东西。

一具尸体腐化到只剩白骨一堆，推算起来最少也要一二十年的时间，而连穿在身上的衣物也腐化掉，那差不多要用上百年的时间。虽然相隔一段距离看不清楚，但华健有一种感觉，只怕这个人死的时间还不止百年。

伤痛渐去，华健爬起来，惧怕之心也随着消散，倒像怕吓什么人一样，轻手轻脚走到那具骸骨旁边观察起来。

骸骨很是古怪，全身的衣物全都已经烂光了，身上仍然套着一件样式古怪的铠甲，虽然甲面上落满了灰尘，华健还是发现，这件甲上仍散发出一种淡淡的光芒，看来应该十分珍贵。除了这件甲外，骸骨的身上还有一个腰带，看上去颇为华贵的样子，比华健用的布带要好了不知多少。不过最古怪的是，在那具骸骨的头顶心处，有着一个拳头大小的洞，华健仔细观察了半天，也看不出什么东西能造成这种伤口。因为，那伤口的样子，就好像是有什么东西从那人的头里面飞了出来似的。

华健心中不解，抬手搔了搔头，自语道："总不会是这家伙的脑子自己从里面飞出来吧？"想像那种画面，华健立时一阵恶心，摇摇头，赶快把这想法抛开。这个时候，他还不知道，他的答案，虽不中，亦不远矣。

华健又看了看那具骸骨，叹道："人死如灯灭，不管你生前是什么人，已经死了这么久，还在这里暴尸荒野。好吧，既然遇上了，我就帮你一把吧。"

说完后，华健取出随身带着的药锄，挖了一个坑，把那具骸骨放进去埋了起来，那件甲和腰带也一起埋了进去。虽然知道这两件东西应该相当珍贵，但他可不会去贪死人的东西。

抬步往前走了没几步，华健突然发现旁边有什么东西一闪一闪的，好奇之下华健走过去才发现，是一把剑插那里。

费了九牛二虎之力把剑拔出，华健看了看，这把剑不长，只有尺许，说是剑倒更像是匕道，虽然不知插在这里已经多久，但剑身上依然光华隐隐，寒气摄人。

华健本身并不是什么高手，对剑也没什么研究。但其父华铭怎么说也是远近小有名气的医师，平时常有受了伤的武者、剑客上门求医，所以华健对各种剑倒也说的上见多识广，所以华健立刻确定这是一把难得一见的宝剑。

华健又想了一下，明白这把剑一定是刚刚那具骸骨的，死之前不知怎么，把这把剑插在了这儿。轻轻一叹，心中又暗暗祈祷了一阵，转身走过去，把剑插在那座小坟旁边。

华健继续向前走去，不知向前走了多久，天色也暗了下来。他找了个地方拿出带的食物吃了后，休息一晚第二天继续上路。就这样一连走了三四天，水还好说，林中有不少干净的小河，只是随身带的干粮眼看就要用完了，这让华健颇为发愁，这个林中既没有各种野菜野果，更没有各种可用于果腹的小兽，随身的干粮真要吃完的话，可要怎么办啊？

不过也有另一件事，这几天，类似四天前发现的骸骨，华健发现了百十来具。一开始十来具华健一一把他们埋下，虽然说每一具都已经死了几百年甚至可能更长，使得每一具骸骨都已经变松，一碰就散，埋的时候也不用挖多大的坑。

但一路走过来实在是太多了，后来见到的华健只是看着他们祷告一番。但在见到四五十具后，华健已经变得麻木了，连祷告的力气也没有了。华健觉得，就算他老爸行医一生，见过的尸体加起来怕也没他这几天见到的多。同时，也让他产生了一种"说不定我也要变得和他们一样了"的绝望感。

进入这个奇怪的森林的第五天，几天下来，华健的内心已经处于崩溃的边缘，有气无力的向前走着。

又过了个把小时后，华健突然发现前方有着一片光芒，他微微一呆。由于这片森林太密，所以白天阳光也照不太进来，可以说天天都是阴天。白天晚上的分别，只是白天亮一点，晚上黑一点而已。

又向前走了一段路，华健终于确定，前面的光亮是出口！

大喜之下，华健迈开大步向前奔去。很快，华健奔至树林边缘，放眼望去，眼前的景象让他一时间呆住了。前面地势陡然向下斜插，形成是一个极大的山谷平原，正中心是一个烟波浩淼的湖泊，湖边芦花飞扬；湖中间是一个小岛，四周按东、南、西、北的方向延伸出八道石梁，远远的伸出；因相隔太远，岛上的样子看不太清，似乎遍地鲜花。远远看去让人感到心旷神怡。

华健看的几乎痴了，半晌，才抬脚向前走去。

不过，就在他刚刚抬起脚，将落未落之时，一个声音突然响起："不要过来！"

华健吃了一惊，这个声音飘渺虚无、似有若无，明明细若蚁鸣，偏又听的明明白白清晰无比。

"你是什么人？你在什么地方？"华健吃惊的大声问道，一边四下张望，但怎么看也不像有人的样子。

"先不要管我是什么人！你不要过来就是！嗯，就是先不要踏出树林的范围。"那个古怪的声音又道。

这次有了准备，华健才发现，这个声音并不是在从什么地方传来，而是直

接在他脑中响起。

"为什么我要听你的?"虽然心中有些毛毛的,但同时多少也有点生气了,他故意道:"我偏偏要走过去。看你怎么样?"实际华健只是说说,一路上所见,早让他的心里怕怕,虽然那个奇怪声音的蛮横让他有些不高兴,但却决不会拿自己的性命开玩笑的。

那声音却不正面回答他,反问道:"你是一路走过来的吗?"

"当然喽。"华健心下暗暗奇怪,不是走过来的,难不成是飞过来的吗?

"那你应该见过那些尸体喽?"

"什么意思?"华健心中打了个突:"难道说,我走出森树的话,也会死吗?"

"可以说是吧?"那声音答道。

"啊?可以说是?什么意思啊?"

"按照正确方位和走法走进来,是不会有事的。不过像刚才你那样子贸然闯进来,我看是必死无疑。"

"啊?走路还有方位和走法?"

那个声音沉默了好半晌,直到华健等得不耐烦时,才又突然响起道:"小子,要过来,就听仔细我的话,按我告诉你的方法走过来吧。"

华健微微一呆,想起什么,道:"喂,我为什么要听你的话啊?"

那个声音似乎也愣了一下,反问道:"你不想走出这片森林了吗?"

"呃?什么意思?"

"如果你还想走出这片迷魂森林的话,那就照我的话做。"

为能离开这片该死的森林,华健无奈按那个声音的话,向他右手边走出里许。然后进入山谷中,按照指点,在什么地方转弯,在那里转向,慢慢的向前走去。

足足用了个把时辰,华健才算走到通向中心小岛的通道上。刚刚那个声音告诉他,到这里,已经没有什么危险,一直走到中心就行了。

就像在远处看到的那样,湖中心的小岛非常的美丽,到处开满了各种各样美丽的鲜花,一朵朵鲜花散发着淡淡的芳香,花瓣上的露珠晶莹剔透。

华健站在花丛之间,他从来没见过这么多美丽的花朵同时生在一个地方。

这时那个声音又响了起来:"不要浪费时间了,快一点,再往前走,到岛的中央来。"

华健皱了皱眉,他现在对那奇怪声音的霸道相当不满。但为了能离开这里回到家，他还是向前走去。

不一会，华健来到了小岛的中央，触目所及，立时让他吃了一惊。

中央处，是一个石制平台。平台高出地面不过尺许，四四方方的，约有十丈见方。平台表面犹如一个围棋棋盘，纵横交错刻着数十道直线，一道道刻线组成数百个人头大小的方格。每个方格中又有大约两个拳头那么大的凹槽，只有在正中间位置的方格中不同，竖立着一根约半人高的石柱。石柱顶端，相隔约三寸的地方，凭空悬浮着一个奇异的，约有人头大小的水晶球。整个平台，与四周环境搭配，给人一种无限的神秘感。

不过真正让华健吃惊的并不是这些，而是在平台四角，竟然也倒卧着三具骸骨。在如此神仙之境中，竟然也有死人，怎么不让他吃惊？

就在华健大感惊愕的时候，那个声音再次响起："小子现在才到这边，动作这么慢。"

华健略一呆，这里四周极为空旷，他四处极目远眺，却仍然找不到半个人影，真不知这人躲在什么地方。

虽然心中疑惑，华健还是开口问道："好了，我已经过来了，怎么出去，可以告诉我了吧？"

那个声音轻哼道："如果只是让你走出去，要你过来干嘛？你先帮我做一件事，我自然会告诉你怎么离开这里。"

华健一时间为之气结，可又感无奈，只好问："帮你做什么事？"

"放我出来。"

"吓？"华健大惑不解，不明其意。

"我并非世俗中人，而是来自太……嗯，天界的一个剑仙。万多年前被几个极厉害的家伙联手封印在这里。你要想离开这里，就帮我打开这里的封印，放我出来。"

华健大吃一惊，穆亚大陆虽然没人见过，但却有很多关于修真者的传说，这点他还是知道的。

在华健这样的普通人看来，修真者都是能飞天遁地、移山填海，有大神通的人。所以一般人对于修真都充满了敬畏之心，而如果有机会被这些具有大神通的修真者收为弟子，从而也成为一个修真者，更是穆亚大陆所有人的梦想。

实际上，剑仙和修真者并不相同，不过这些自然不是华健现在能搞明白的。

华健吃惊之余，本来立刻就要开口答应。突然想到一事，又冷静下来，开口道："救你是可以，不过……"

"不过什么？"那个声音的主人看来急于脱困，立刻接口。

"不过……你是好人吗？"华健也不卖关子，立刻问道。

"呃？"那人显然有些发怔，一时间有些不明白华健什么意思。

"你是好人吗？"华健又问，同时也解释道："如果你是一个大坏蛋怎么办？说不定那些把你封印在这里的人，就是因为这个原因才这么做的。而且，你如果是个大坏人的话，我把你放出去，不是要害惨许多人？"

那人沉默了好半天，华健也是暗自担心，不知他会有什么反应。毕竟，他只是一个普通人，不是那种为了天下苍生勇于自我牺牲的人。

如果那个被封印的剑仙以自己的自由要胁的话，只要这个剑仙能答应不伤害自己和家人，自己应该还是会放他出来的。

过了很久，那个人才发出一声好像苦笑一样的声音："我没法子证明。"

"咦？"华健微微一愣。

"我没法子证明我是一个好人。"那个人说道："而且，想想我以前的行事做风，虽然我不认为自己是一个坏人，但也应该算不上是好人。"

听着那个人的说话，华健呆了半响，忽然道："怎么样才能放你出来？"

"嗯？你说什么？"那人似乎有些意外。

"如果真是坏人的话，在刚刚的情况下，一般会想法子诱惑我、威胁我吧？或者百般宣称自己是好人吧？但你却能说出这样一番话，我就相信，这样一个人，就算不是好人，也绝对坏不到哪里去。所以，我决定要放你出来。说吧，我应该怎么做？"

"想不到我欲求自由，居然还要经过你这样的'检验'。"那人显然有些哭笑不得的自嘲道。

"你先找你所处平台左上角的那具骸骨。对，就是那一个。"

照那人指点，华健走到那具骸骨旁边："接下来怎么做？"

"看到那骸骨左手大姆指上的扳指吗？对，取下来。然后从里面把破神槌取出来。"

华健照指示取下那枚扳指，但听说要取什么破神槌却是一怔："破神槌？什么破神槌？在什么地方？我怎么取啊？"

"唉呀，就在那个芥檀指里面。你想着破神槌就好啦！"那人略显不耐烦地道。

华健莫明其妙，不过还是尝试在心里想着破神槌。不知怎么，他的手上真的出现一把似锤非锤、似锥非锥的古怪物事，看上去像是金属制品，拿在手中却觉得非金非石，古怪至极。

华健目瞪口呆的看着好像凭空出现在手中的破神槌，一时间不知说什么好。心中一动，想通了什么，破神槌又立刻消失，回到芥檀指里，下一瞬又出现在手中。一时间，破神槌在华健手中出现又消失，消失又出现，华健只觉神奇之极。

这时那人催促道："不要玩啦，这个扳指就送你好啦，以后有空随你怎么玩啦。嗯，反正这芥檀指中的空间极大，你如果喜欢，不妨把那三个死鬼身上的东西都取来放进去吧。过会等我出来，你想拿也拿不了了。"

华健犹豫道："拿取死者的东西……不太好吧？"

那人嗤之以鼻道："那有什么不好的？反正这些东西他们也用不到了，不拿白不拿嘛。"

华健现在终于有些明白，刚刚那人为什么说自己不是好人了。如果是五天前，他大概不会这么做，不过他这几天早就见过太多死人，在对死者的敬重渐渐消退下，同时也冒出一种"人都已经死了，那些东西也用不到，还不如留给像我这样的活人呢"的想法"。

加之现在好奇心给勾起，当下老实不客气，把平台上三具骸骨身上的东西全部放到芥檀指中，另有三把散落在骸骨四周的巴掌大的小剑，也一并收起，然后顺手把芥檀指戴在大姆指上。

"好了，现在我应该怎么做？"把一切事弄完，华健问道。

"现在，你先搞清楚四周的方向，你现在正面对的是西北方向。嗯，对，现在你就是面向正北了。再接下来，你往西南方向的石梁走过去，一直走到头。"

华健依言走了过去，这道石梁说长不长，说短不短。华健来到石梁尽头，一处数十丈见方的平地，又问："现在呢？"

那人道："你仔细找找，找到一处类似中央平台的东西。那个东西应该没有突出地面，大小应该也只有平台表面一个方格大小。找到后，那上面应该有一块土黄色的晶石，用破神槌敲破它。"

华健低头在花丛中寻找了约十五分种，终于给他找到，按那人所说用破神槌打破那块晶石。出乎他的意料之外，相当的轻松。

然后，华健又按照那人的指示，把东北、西北、东南、正北、正南方向的五块晶石也一一破坏，只留下正东、正西两处。

第一章·剑仙解封

当华健再次走回岛中央的平台处时，不由的吃了一惊。

原本悬浮于空中的水晶球已经落在石柱上，而原本空无一物的数百个凹槽中，每一个当中都出现了一个五颜六色的古怪晶体。

"现、现在我、我要怎么做呢？"看着眼前的奇景，华健有些结巴的问道。

那人道："现在破神槌用不到了，收起来吧。"等华健依言把破神槌收起后，又道："现在，随便找个东西，按照我所指的方位，把平台上出现的晶石挖出来。"

华健找出随身带的一把用来挖草药的小刀，问："这个可以吗？"

那人道："可以，只要不是法器就行。"

华健忍住问他什么是法器的想法，按他所指的挖了起来。

第一块："以左下角为原点，横起第十三排，竖起第八列。"

第二块："横起第七排，竖起第十一列。"

第三块："第十八排，第二列"

第四块："…………"

第五块："……"

……

……

华健前后用了四个多小时，挖出近两百块晶石，才听那人说道："好了，行了。"

华健喘着气道："怎么……怎么样？封、封印……呼……解……解开了吗？"

"解开了，我现在随时都可以出来了。"那人的语气中，有着一股难以言喻的兴奋感。

华健问道："那你还不快些出来？怎么？在那劳什么子封印里面住习惯了，不想出来了？"好不容易完成这一"浩大"工程，华健忍不住和那人开起玩笑来了。

"死小鬼！"那人笑骂："我是为你着想，如果我这样就出来，你可就死定了。小家伙，现在有多远就跑多远。离这里越远越好。"

"真的？那么厉害？你不是唬我吧？"华健怀疑地问道。

"不相信那我立刻就出来，死了可别怪我。"

"好、好、好！我现在就离开还不行吗？等一下哦。"开玩笑，毕竟还是小命要紧，华健可不想拿自己的生死来开玩笑。

"对了，在这之前，把这个用来控制整个阵法的玄魄珠也收起来吧。"那人道。

"是这个么？"华健指了指原本悬浮于平台正中心，现在已经落在那石柱顶的水晶球。

"不错，就是这个。"

华健把那个玄魄珠也收入芥檀指中，撒开两脚，离开小岛，一头冲进树林中，一口气直奔出四五里外，喘着气自语道："这里应该差不多了吧？"

刚想停下，那个声音又猛的响起："不行！再远一些！"

华健吓了一跳，连忙又拼命向前冲。在那人的一再催促下，直奔出十多里地，一个跟头摔倒在地，趴在地上再也爬不起来："我、我、我，我再……再也跑不动了！"

"哼，也罢。会有点痛，不过应该不会死。"那个声音喃喃地道。

华健一愣，正想询问，地面突然剧烈地摇晃起来。"地震？哇咧！不是吧？这么夸张？"在华健感叹时，地面不住发出各种巨大的异响，震动不已；而天空也突然出现无数闪电盘旋飞舞，发出一阵阵"噼啪噼啪"的雷声。

紧跟着，四周响起了一阵阵古怪的巨响

华健呆了呆，因为他听着这个声音很是耳熟，好像在哪听过？而且还不止一次两次，他猛然间省悟：这是有人在大口喘气的声音。只是这喘气声未免也太大声了点，四面八方的传来，让人感觉好像是整个天地在同时呼吸一般。

这时华健几乎已经吓傻了："老天，我、我到底放了个什么家伙出来？"

巨大的呼吸声突的一停，紧跟着响起一阵长啸，震耳欲聋的啸声中，一道青色光柱从山谷中冲天而起，然后破裂开来，变成朵朵莲瓣，形成一朵硕大无比的巨大莲花，刹那盛放，缓缓旋转着。从那个方向来看，光柱正是从山谷中的小岛上射出。

华健目瞪口呆的看着这一切，以华健的眼力，是看不到随着那道光柱直上云霄的身影的，但他却能看到，光柱升起后，被炸得满天乱飞的碎石破岩。

"妈呀！"突然想起什么，华健吓得怪叫一声，原本已经筋疲力尽的他，也不知从哪冒出一股力气，转身拼命狂奔而去。破碎的岩石随即雨点般落下，一颗颗拳头般大小的石头，虽然砸不死华健，但却把他砸得全身疼痛无比，怪叫连连。现在华健总算明白，刚刚那人说的，"会有点痛，不过不会死"是什么意思了。

狂奔中，华健突然发觉头上一暗，讶然不解中回头一望，直吓得魂飞魄

散。只见一块小山般大的碎石，泰山压顶般向他飞了过来，眼看是躲不过去了。

华健自以为必死无疑，吓的"呜哇!"一声大叫起来。就在这时，忽觉腰间一紧，接着整个人腾云驾雾般飞了起来。

华健只觉眼前的景物飞也似的向前冲去（因为抱起的角度问题，华健现在等于是在倒行，所以感觉上四周的景物是从他的背后向前去），同时，自己霎时间已经置身于百丈高空。一时间吓得他高声惨叫起来："呜哇——呜哇——呜哇——呜哇也——"

就在他惨叫出来的时候，头上猛然间被人狠狠的敲了一下，接着一个声音道："臭小子，乱叫什么叫？吓我老人家一大跳。"

华健一呆，正要转头望去，却忽然间已经脚踏实地。一时意外，他连晃了几晃才连忙站稳。

游目四顾，他发现他现在是在某个山顶上，十余丈范围大小。而在不远处，正有一人背对着他站在悬崖边上。

这人一头黑色长发，随意的披在背上，一身淡青色长袍，长袍、长发随风轻轻飘动，虽然只见到一个背影，却自有一股飘然出尘的味道。华健心中一动：这个怪人，想来就是那个剑仙了。

这时，那剑仙伸开双臂，全身呈大字型伸了个懒腰，全身骨骼一阵"噼啪"作响。放下双臂，抬头望着天上的太阳，喃喃自语道："日头真是暖和啊，可真是有好久没晒过太阳喽。"

华健在听着，心中自然明白，站在一边默不作声。

那剑仙悠然转过身来，看着华健露出一丝微笑。华健这时才看到他的相貌，他长得极其英俊，看上去不过二十七八岁的年纪，一点也不像华健想像中的苍老，只有两鬓微见斑白，给人老嫩难辩的感觉；一双细长剑眉，微微上挑，英挺的鼻子，嘴角露出一丝微笑。

"自我介绍一下，我叫莲月心，自号青莲居士。呵呵，你应该是不知道的。"莲月心笑道："你救了我，我欠你一个天大人情，你有没有什么心愿？或者想要得到的东西？说给我听，我帮你办到。不是我自夸，这世上，我做不到的事，弄不到的东西，还真是不多。"

华健呆了半晌，心念百转千回，突然跪倒在地，道："小人别无所求，只求上仙慈悲垂怜，收小人为弟子。"

莲月心没想到他竟然会提出这么一个要求，呆了一呆，紧跟着眉头微微皱了起来。

　　说起莲月心，别看他的名字柔柔弱弱的好像一个女人，在修真界和天界那可是个传奇式的人物。莲月心出身并不是穆亚大陆所在的亚图星，不过他的家乡和这里倒有一个相似之处，就是虽然有修真者，数量却不是很多，在那里，修真也是非常难的一件事。

　　莲月心家境颇丰，五六岁时，因一个偶然的机会见到两个修真高手相互比拼，在见识到修真者的能力后，羡慕之余，莲月心决心要踏上修真之路。

　　但没想到，拜访了几位"大仙"后，发觉这些家伙大多是欺世盗名之辈，对于修真，并没有多高造诣。莲月心索性花重金从各方购买许多关于修真的书籍和大量筑基仙石，自己摸索着修炼，居然给他无师自通的修至幻虚期。

　　不过，没有明师指点，又不知系统的修真之法，莲月心资质再高，修到这里也已经到了极限，再修下去，随时都会走火入魔，甚至一命呜呼。

　　也许上天真的要造就这么一个人。在这之后不久，莲月心偶然结识了一个极厉害的修真高手。这个高手对于莲月心无师自通却能修到目下的境界，感到相当不可思议。他虽然有心收莲月心为徒，莲月心却无意拜他为师，不过莲月心也因此知道了修真的各个境界的不同和注意的要点，可以说，他总算知道了系统的修真之法。

　　之后，莲月心通过多年苦修后，成功的渡过天劫，飞升天界，成为一名剑仙。剑仙在天界是一种极为奇特的仙人，是唯一以强大战斗力为目标的仙人。所以，剑仙的修仙境界一般只在金仙与真仙之间，但打斗起来实力之强，往往不在天仙之下。

　　成为仙人后的修炼，一切全要靠自己的摸索，往昔的经验已经完全没有用。而这种修炼方式，正是莲月心最擅长的。虽说剑仙的实力不在天仙之下，但也只是"不在天仙之下"而已，剑仙还是很少能比得上天仙的，更不要说压倒天仙了。

　　不过莲月心是一个例外。修仙万年之后，"青莲剑仙"莲月心，已经压倒仙界大部分天仙，与另两位天仙齐名，成为"青莲白藕紫罗香"三大绝世高手之首。

　　莲月心的修仙经历可说是一个真正传奇，但却也使他的性格极为狂傲孤僻、桀骜不驯，生平没几个朋友，从来、也从没想过收徒。

　　现在华健求他收他为弟子，真的让他有些伤脑筋。他现在欠华健一个天大人情，不收便罢，一旦收了，他也不好意思敷衍他。只是，现在他更急于找个

地方潜修，以恢复被封印万余年后损失的功力，然后去找当年封印他的那些个混蛋报仇。他真的不想在这个时候再多个拖油瓶。不过看华健那一脸坚决的样子，恐怕是不可能让他改口的了。

皱着眉头，莲月心发出一点仙元之气到华健体内，探察了一下华健的身体情况。结果让莲月心大为惊讶，眼前的这个小子身体素质出乎意料的好，只要不是太笨太蠢的话，修真是绝没问题的，而看他的样子，也不像是那种蠢笨无比的家伙。

莲月心思虑再三，没有眼前的这个小子，天知道自己还要再被封印多久。就算自己是史上最强剑仙，再被这样封下去，也不知道还能撑多久。而且这小子资质不错，当的上自己的传人，收了他，想来应该不会丢自己的脸面。

华健只觉突然有一股热气冲入体力，霎时间只觉身上暖洋洋的甚是舒服，哪里想到莲月心已经转了这么多念头？

轻轻一叹，莲月心对华健道："好吧，小子，我就收了你这个徒弟。"

华健大喜，连忙跪倒，连嗑了七八个响头，个个"砰砰"有声，口中叫道："弟子华健，拜见恩师。"

莲月心心念一动，一股力量发出，轻轻巧巧把华健托了起来。取出一个头箍给他戴在头上，淡淡笑道："这'翠兰玉'是一件仙器级的极品法宝，同时在你修炼的时候，有安神定魂的效果，正好合适你这种初学者。就当是为师的见面礼吧。"

华健忙谢道："多谢师父。"伸手摸了摸头上的翠兰玉，当真是爱不释手。

"嗯，你叫华健?"莲月心问道。

"是。"

"这个名字不好，太过平常。我给你再取一个，就叫……嗯，就叫华剑英吧。"

华健，不，应该是华剑英了，倒没想到一上来，师父给他改了个名字，喃喃念了几遍："华剑英、华剑英，听起来还蛮不错的。多谢师父！"

莲月心呵呵笑了起来，从来没收过徒弟，有个徒弟感觉似乎还不错。

"走吧，带我去你家。"莲月心扶着华剑英缓缓飞起："你跟为师去修真，少则数十年，多则数百年，不回去和你家人好好招呼一下怎么行?"

听了师父的话，这才想起，此次一别，说不定就和家人天人永隔了。华剑英心情不由得低落了不少。不过还是指出方向，让师父带领着飞向家的方向。

第二章
师与徒

凝聚起来的剑气已经化虚为实，变成一点肉眼可见的光球。光球不住壮大，同时也越来越亮，短短数十秒间，光球已经变成拳头大小，光芒耀目、毫光四射。

修真者修真的最大目标，就是修真大成飞升天界。期间共分九个阶段，分别是灵启、炼神、辟谷、幻虚、元化、元婴、离合、空冥、寂灭、天劫、飞升。每一期又分初、中、后三个阶段。

相对而言，最容易修的，自然是第一阶段的灵启期，在有名师指点的情况下，资质悟较高者，几天的时间就能修到灵启初期，越往后越难。修真者的修真水平每提升一级，其肉身和生命都会进化一次。一般而言，元化后期的修真者就有超过一千年以上的寿命。而修入元婴期的修真者，已经达到灵魂不灭的境界，永远也不会再有衰老的问题。可以说，对于修入元婴期的修真者而言，时间已经是一个没有意义的东西了。

对修真者来说，只要有正确的方法，足够的时间，坚持不懈的修炼下去，修入元婴期只是时间早晚的问题。但到了元婴期之后就不同了，修入元婴期后，能否再进一步，那就要看各人的天份和机缘了。也正是因此，有超过一半的修真者，永远的滞留在元婴期内。而达到离合期后想要提升至空冥期则更难。

因此，在修真界，元婴期虽说已经算是高手了，但修入元婴期的比比皆是，可以说是多如牛毛，据说甚至比元化期还多；而相比较之下，修入离合期的修真者就数量锐减，可以说离合期的修真者在修真界才真正算是高手；空冥期比离合期更少，到了这一境界就是修真界里的一级高手；寂灭期在修真界则可算是顶级高手，能修入这一境界的修真实在太少了，寂灭期的高手，已经很少有对手了；而修入飞升期的修真者在修真界都算是一代宗师了，在修真界开宗立派也不是太难的事情；修真者修入飞升期后，就有可能遇害到天劫，只要能够渡过天劫就可以飞升天界。不能渡过天劫的考验，就会形神俱灭，连元婴也会消散无形，对于修真者而言，这是最悲惨的下场，平均十个修入飞升期的高手，只有一人能成功的渡过天劫。而渡过天劫，就掌握了打开通向天界的钥匙，随时都可以离开修真界，飞升天界。当然，如果一定要留在修真界，也没人会管。实际上修入飞升期的修真者，如果没有信心渡过天劫的话，可以通过一些特殊的术法，避过九天灵识，这样天劫就不会降临，不过自身的修为，也就停步不前；这种法子一般是修入飞升期后，在为渡劫做最后准备时使用的。

而华剑英拜莲月心为师已经过了三年。三年来华剑英在莲月心的指导下，华剑英的修真水平已经到了炼神后期，再差一步，就可以踏入辟谷期。相较而言，这种进步速度，已经算是相当快的了。

不过，对于某人来说，这个进度，依然太慢了。这个人，就是华剑英的师父，莲月心。

实际上，对于莲月心这种级数的剑仙而言，如果他有心取巧的话，三年的时间，已经足够华剑英渡过天劫飞升天界了。

不过，既然已经收了华剑英为徒，那就要教好他，如果不能一点点的体会修真的每一阶段的艰辛，就算在他的帮助下提升了功力，也算不上真正的修真大成，这是莲月心的想法。

但是，现在莲月心感到自己已经等不下去了。想要放手让华剑英自己潜修，那最少也要让他有元婴期的水平才行。华剑英的资质、悟性确实非同一般，但照目前的进度来看，想要修入元婴期，最快也要几十年甚至上百年的时间才行。而现在，莲月心觉得自己实在是等不了这么久。

被封印万年，功力倒退了老大一截，以他目下的水平，就算是单对单，恐怕也胜不了当初封印他的那几个家伙，更何况那些家伙身边还有着一大堆的手下。而想要完全恢复过来，则必须闭关潜修才行，而那样就无法再照顾徒弟的修真了。虽然现在也在恢复，不过以现在恢复的速度而言，最少也要二三百年才成。而如果等到自己的徒弟华剑英修入元婴期，最快也要近百年后。

想着想着，莲月心的脸上露出一丝苦笑，不知是否因为功力退步的原故，他感到自己现在的耐性还真是差啊。相对于他那以万年为单位计算的生命而言，百来年的时间实在是算不了什么，不过，他还是感到这段时间太过漫长了、太难以等待了。

心中有了决定，莲月心站起身缓缓走了出去。现在他的样子和数年前与华剑英初逢时已经有些变化，现在他看上去不过二十岁出头，两鬓的白发已经消失不见，他现在的外貌完全就是一个年轻人的样子。

这是一个小小的山洞，洞中只有着极简陋的生活用具，对于像莲月心这种级数的仙人而言，物质上的享受完全是不必要的东西。

洞外是一个树林，这里不是华剑英的家，甚至不是华剑英家所在的星球。山洞的洞口前，是一片大约数百丈方圆的开阔地。离洞口不远处，有一座小木屋，在小木屋前，有一个用篱笆围起的的小院，院中一张简陋的木制矮几，四周有几个树桩权当板凳。这里，是华剑英平时休息的地方，毕竟才只修到炼神期，吃饭、睡觉对现在的华剑英还是必须的。

此时，华剑英正盘腿坐在一棵树顶上，面对初升的朝阳，做着呼吸吐纳的功夫。莲月心的修炼方式，在整个天界都可说是别具一格，现在华剑英修真水平还很低，所以只能通过特殊的呼吸方法，吸纳天地自然精华之气，一步步慢慢的培养自己的先天精元，等到元化期后，才能进一步巩固精练自己的先天精元化为元婴。而等华剑英修入元婴后，就可以通过元婴，直接吸纳天地间的五行、自然灵气，从而更进一步。

莲月心抬头看着坐在树顶的华剑英，略一沉吟，右手虚抬，强大的剑气开始在掌心凝聚。绝代剑仙的剑气，岂是寻常可比，不一会，凝聚起来的剑气已经化虚为实，变成一点肉眼可见的光球。光球不住壮大，同时也越来越亮，短短数十秒间，光球已经变成拳头大小，光芒耀目、毫光四射，其光芒之亮，已经到了一般普通人承受不住的地步。

觉得凝聚的剑气已经差不多了，莲月心手腕一动，右手移到胸前，掌心对着胸口，剑气球距自己的胸口不过十多公分的距离。

紧跟着，一道淡淡的白色气柱自莲月心胸口射出，与他掌心的光球融合为一。霎时间，光球的光芒由绚丽变为平淡，本来照人欲盲的光芒，变得平和。虽然仍然光亮依然，却已经可以直视。整体变成一个散发着美丽光芒的球体。

莲月心看着手中的光球，喃喃地道："这样就差不多了，再强些就让他直升天界了。"说罢，双脚离地轻轻飞起，直升到华剑英的背后。右手轻轻按在了华剑英的头顶，光球缓缓融入他的体内，左手则放在他的背心处。

这时华剑英正在修炼，不断吸收旭日初升的精华之气。突然间，一股强大的暖流，顺着头顶流入体内，渐渐的蔓延到全身。华剑英感到非常奇怪，他感觉的出，这股暖流是一股强大的真元力，正在和自己本身的真元力迅速融合归一。他立刻明白到这是师父在帮自己，虽然不明白一直坚持让他自己修行的师父，为什么会突然帮自己，但还是静下心神，全力融合这股力量。

起初，流进来真元之力既缓且慢，他融合起来不但不费事还觉得非常的舒服。但渐渐的，暖流越来越急，越来越热，终于华剑英忍受不住而想大叫时，却发现自己什么也做不了，不但叫不出声，连眼也睁不开，身体的感觉却越来越明晰了。

痛啊，真的好痛，就像有无数把小剑、小刀在身体里面，缓缓的刮着他的骨，慢慢割着他的肉，轻轻切着他五脏六腑。

就在华剑英忍受不了就要崩溃的时候，却有一股清凉的力量传入体内，护住他的心神。每每到他快要受不了的时候，就有一股这样的力量注入体内，缓解他的痛苦，他知道，这是师父在用仙元之气帮他。他放下心来，一点点融合体力的真元。也不知道过了多长时间，疼痛慢慢的减轻了，起初的舒适感又回来了。

长长的舒了一口气，默默检视自身，华剑英惊喜的发现，自己的元婴已经大成。先天精元、本命元神完美的融入元婴之中。他知道，自己已经到了元婴期。

张开双目，他发觉自己不知何时已经从树顶回到地面上，回头一望，只见师父正笑嘻嘻的看着自己。华剑英还不知道，现在的他的样子已经完全改变，现在他变的身材十分高大，宽肩细腰，肤色有若婴儿般白腻细嫩，淡淡的红晕在皮肤内流转，细长双目中射出慑人精光，脸上线条有若刀削斧劈般刚劲有力，说不上俊美，但是自有一股阳刚之气，可说是十分的有男子气概。

他立刻转过身，跪倒叩谢："多谢师父助弟子一臂之力。"

莲月心等他叩完，发出一道真元力把他托起，叹道："其实我也不知道这样对你是好是坏。融合了我的剑魂之力，确实让你一下子跃升至元婴初期。但一下子跳过之前的境界，没有体会过辟谷期逐渐摆脱对食物的需求，幻虚期物欲引诱的考验，还有元化期一点点凝练元婴的辛苦。没有一点一滴的经历这些，我不知道会不会对你日后的修真的有不好的影响。所以剑英，日后你一定要加倍努力才行。"

"是，弟子一定不负师父的期望。"

"嗯，来，过来坐下。"莲月心在一边的树桩凳上坐了下来，华剑英坐到师父的对面。莲月心缓缓的道："现在，是时候让你知道，我们和一般普通修真者的不同之处了。"

华剑英一愣，不同？和一般修真者不同？华剑英大感兴趣，坐下来仔细的听着。

"为师是一个剑仙，而你也是一个以剑仙为目标的修真者，我称之为剑修。就是——以剑为主、以剑仙为目标的修真者的意思。剑修以武入剑，以剑求道，以剑道而入修真之道，和普通修真者大为不同。"

"你原本也已经修到炼神期，应该知道，剑修在开始时，是以各种特殊的呼吸法门，缓缓的、一点点的吸收自然精华，在体内形成精劲能量，再慢慢转化成自身的真元力。而普通修真者，一般情况下是借助各种仙石，吸收仙石中的精劲能量，化为真元力。"

华剑心问道："什么是仙石？"

"仙石在各个星球上一般都有出产，又称筑基石，不同星球的差别只在数量和质量上而已。仙石又分极品、上品、中品、下品四个品级，每一种品级仙石中都含有一定量的精劲能量。品极越高的仙石，所含有的能量就越多、越精纯。"

莲月心语气略顿，续道："普通修真者，以仙石中的能量为基进行修炼。和我们剑修比起来，最大的好处，是进步的速度要快的多。特别是一些资质、悟性极高，手中有很多极品仙石的，其进步的速度可能比我们这些剑修要快上一倍。不过也有坏处，就是仙石中的能量都有杂质，就算是最好的极品仙石的精劲能量中，也有一定量的杂质。这些杂质在修到元化期，开始凝练元婴时，对那些修真者会造成相当的麻烦和困扰。他们必须通过专门的修炼，去除真元力中的杂质，进一步净化自身的能量。而我们剑修是直接吸收自然精华化为己用，所以本身的真元纯净无比，所以不用担心这方面。"

"普通修真者，在修到炼神期后，就可以修炼各种法宝、法器，如果有极品飞剑的话，这时就可以开始练习御剑飞行。不过剑修则不同，剑修必须修到

元婴期，才可以开始修炼各种法宝。因为剑修要先修成自己的……剑魂。"

华剑英张口刚要问，莲月心打断他道："我知你要问什么，这就给你解释。剑魂，对于剑修而言，是最重要的法宝，日后能否渡过天劫飞升天界，全看各人的剑魂了。"

"剑魂对于剑修来说，有好处也有坏处。坏处是，由于为将来修剑魂做准备，在元婴期前不能修炼任何法宝，也就等于不能拥有任何法宝。对于修真者而言，这是非常吃亏的。好处是，一旦练成剑魂，对于剑修来说，剑魂不但是剑修的法宝，还是剑修的第二元婴，两个元婴同时修炼，修真的进度会比一般修真者要快很多。能够有两个元婴的普通修真者虽说不是没有，但是非常少见的。作为法宝，剑魂还有一个好处，就是自我进化。"

"作为剑修的第二元神，随着剑修的修为提升，剑魂的威力也会自然提升。所以，就算一开始练出来的剑魂水平很一般，随着你的修为层次的提升，剑魂的威力也会越来越强。这也算是剑修的一大特色，人的修为的提升，带动剑魂威力的增强，剑魂威力的增强，又推动人的进一步提升。"

华剑英想了想，道："也就是说，剑魂同时具有元婴与法宝的双特性。"

莲月心鼓掌笑道："说得好，同时具有元婴与法宝的双特性。确是如此，当你把剑魂当成法宝去修炼，剑魂威能进一步提升后，你的修为也自然会进一步提升；当成元婴来练，修真有成后，剑魂的力量也会一起提升。"

华剑英脸上露出兴奋之色："师父，您刚刚说，修入元婴期之后，就可以开始修炼剑魂。虽然是得到师父您的帮助，但怎么说，我也已经修入元婴期了，这么说我可以开始修炼自己的剑魂了？"

莲月心大笑道："笨小子，当然可以，就是因为你要开始修炼自己的剑魂，为师才要和你解释清楚啊。"

"太好了！"华剑英十分高兴："师父，我应该怎么做？"

莲月心笑道："你这幸运的小子，你的条件可比为师当年好的多了。当年，可没人教师父我怎么做。"

华剑英嘿嘿笑道："我有个好师父嘛。"

莲月心摆了摆手，笑道："你这小子，别的不说，这拍马屁的功夫可是越来厉害了。好了，把玄魄珠拿出来。你还记得玄魄珠吧？拿出来。"

华剑英点了点头："当然记得。"一边拿出玄魄珠递过去，一边好奇的问道："师父，我练剑魂和玄魄珠有什么关系吗？"

莲月心道："和玄魄珠本身没有什么关系，不过和玄魄珠里面的东西可大有关系。"

华剑英正想再问，莲月心已经接过玄魄珠。右手运起仙元之气，玄魄珠凌空升起，淡淡的青气缓缓透入玄魄珠中。

突然，玄魄珠光芒大盛，耀目豪光，照的人肉眼难辩。莲月心一声冷哼，手中的青气迅速涌出，把玄魄珠包裹起来。

华剑英在一边瞪大了眼睛看着这一幕，在他感觉上，这好像是玄魄珠不甘为莲月心所控而做出的反抗。他可不会为师父这个剑仙担心，玄魄珠再怎么厉害也只是一件修真界的法宝而已，绝对伤不到师父的，所以他乐得在一边慢慢欣赏这场好戏。

玄魄珠的光芒立刻黯淡下来，正当华剑英以为结束的时候，玄魄珠的猛然间又一次豪光一闪。与上次不同，玄魄珠光芒闪动的同时，数百道银芒迅速从玄魄珠中飞出，向四面八方飞射而去。

就在华剑英为这一变化呆住时，莲月心冷冷地道："你们以为能够跑得掉吗？"说话的同时，左手一抬，一道青光从他掌心中粹然射出。青光射出后，立刻分散成数百道青色光丝，一道道光丝刹那间追上银芒，把银芒全部截停下来。

一切停止，华剑英这才看清，那些银芒竟然是一个个大得高约尺许，小得不过数寸的小人。现在每个小人都被一道或数道青色光丝缚住，看着那些小人，莲月心淡淡得道："这倒正好，省下我一个个把你们从玄魄珠中揪出来的时间了。"

只见那些银色小人一个个被定在半空动弹不得，脸上全都露出绝望的神情。一个看上去好像是女孩子的，更忍不住开口求饶："上仙，呜……上仙，求求你，求你放过我们、放过我们吧……"

华剑英这时在一旁看得目定口呆，他结结巴巴的问道："师父，这、这些、这些是、是什么？"

莲月心瞄了他一眼，道："这些？这些都是元婴体。"

华剑英吓了一大跳："元婴体?！玄魄珠中哪来这么多元婴的？"

"你忘了玄魄珠原本是封住我的那个绝天大幻阵的阵眼吗？"

"当然记得。可和这些元婴又有什么关系？"华剑这时才知道，当初困住师父的那个阵势叫绝天大幻阵。这几年来，莲月心一想起这件事就心情极差，虽说不会因此迁怒于华剑英，但华剑英仍是尽可能不在他面前提及此事，所以直至现在才知道那个大阵的名字。

随着想起那个鬼阵，莲月心的心情显然立刻晴转多云，淡淡地道："那你也应该记得，你在外围时所见到的那些尺体吧？实际上，那些尸体就是这些元婴的本体，而那个鬼森林的所在，以前全都是绝天大幻阵的范围。只是后来被一批批赶来破阵的修真者一点点破去，失去阵势原有的效力，这才慢慢变成森林的。而且说回来，当初如果不是被那些修真高手把整个阵势破去了九成以上，你怎么可能这么容易就把那个封印打开？"

华剑英一时呆住，实际上这个问题困扰了他好久，当初他破那个封印时，确是花了不少力气，但总体来说，却并没有什么太难的，为什么会在那里死了这么多人？现在他才明白是怎么回事。

"那，为什么这些修真者把阵势已经破得差不多了，最后却失去肉身？为什么弟子破阵时却并不是很难？"华剑英忍不住心中的疑问，开口问道。

"因为当初设阵的那个家伙很聪明，他料定，能够进到中心范围的，一定是修真界的顶级高手。而他也没料错，最后一次来破阵，而且把大部分阵势都破去的，是三个修到飞升后期的宗师级高手。哦，就是你在中央小岛上见到的那三具骸骨。所以，最后的机关，也就是大阵的主阵眼部分，会吸收破阵者本身的力量来发动。破阵者的修为越高，阵眼部分吸收到的力量就越强，在他们想要打开封印时，所糟到的反击就越厉害。所以，最后就连那三个飞升后期的高手，也受不了这种攻击，被迫放弃肉身。"

"那……为什么他们的元婴……"

"这也是绝天大幻阵另一个厉害之处，它不但让人破不了阵，甚至让破阵的人逃都逃不掉。当破阵的人受不了大阵的力量，放弃肉身时，阵眼处的玄魄珠就会自动发动，把他们的元婴吸扯进去。只要是在大阵的范围内，就没人逃的了。"

"那为什么弟子会这么容易就把阵破了？"华剑英问出一个最令他好奇的问题。

"你？"莲月心转过头来看着华剑英，脸上露出似笑非笑的古怪表情。连半空中被定住的那些元婴也露出了好奇的神情，他们也很想知道，为什么这个小子能破掉毁了这么多修真高手的恐怖阵势。

"因为你不是修真者。"莲月心道。

"啊？这是什么意思？师父你不要卖关子，解释清楚好不好？"不明白师父的意思，华剑英叫了起来。

"嘿，你没听清我刚刚说过的吗？那个阵能吸收破阵者的力量转而去攻击

破阵者，所以不管你修为多高，甚至在天界，除了少数的的顶级仙人外，也没人能破得了那个鬼阵。"

"我不知道，当阵势总体被破去七七八八后，我可以把神识透出封印之外这一点，当初设阵的那家伙知不知道。我想他大概是知道的吧，因为就算我能和阵外的人联系也是没用，因为没有仙人的仙元之气，修真者怎么样也破不了那个阵的。不过，真的可以说是天意吧，那家伙千算万算，也没有想到，会有一个不是修真者的普通人误打误撞的跑到阵眼来。"

"你不是修真者，体内毫无真元力，所以那个阵眼对你一点反应也没有。结果你只消耗了一点体力，就轻轻松松的把号称天界也无人能解的绝天大幻阵给破了。哈哈哈，这只能说是天意吧。"说完，不止莲月心，就连半空中那些元婴也都用那种古怪的眼光看着华剑英。

"呃。"华剑英干笑了几声："大家不要这样看着我好不好？我会不好意思的。"

斜眼瞄着半空中一个个好像快晕倒的元婴，莲月心嘿嘿笑道："好了，我的乖徒儿，现在，你还是赶快做好准备，炼一个好剑魂出来吧。"

莲月心话一出口，那些元婴立刻想起目前的处境，一个个又变的哭丧着脸。

华剑英奇道："师父，我炼剑魂和这些元婴有什么关系了？啊？难道说……"

华剑英忽然想起以前师父曾经跟他提起。当修真者失去肉身，只余元婴的时候，可以元婴修炼。元婴修炼千年，不是没有，却实在太难，只因各种灾难和天敌，使得千年元婴，近乎于不可能。而且，千年元婴，少见不说，而且近乎于完全没有抵抗力，只要有幻虚期以上的修为，就能捉住一个千年元婴，拿去炼化掉，修为立刻就可以提升至空冥期，对空冥期以上的修真者虽然没有这种功效，却能炼化成威力不下于仙器的法宝。

想起当时师父在告诉他这些的时候，看着自己怪怪的眼神，华剑英终于明白是什么意思了。他忍不住抬起头看着半空中的那几百个元婴。师父被封万余年之久，这些元婴当中，有千年以上修为的，怕可不止一个两个。

看着他的眼神，半空中元婴们脸色一时间全都变的难看之极。

莲月心可不管这些，嘿嘿笑道："你们也不用太担心，我的目标只有一个，不会牵连到其他人啦。"

说着，手上的青色光丝一动，一个元婴立时被他拉到身前。这是一个男性

22

的元婴，身材好像一个二、三岁的孩童，脸上两条长长的寿眉，直垂到颈侧。

这时其他元婴脸上都露出松了一口气的样子，不过这个可怜的元婴可就惨了，满脸恐惧的神情。这也难怪，对于失于肉身的元婴来说，最悲惨的，就是被人捉去修炼成各种法宝、道具，到时连最起码的神识也将失去。

莲月心笑道："我记得你，你是第一个到绝天大幻阵去的飞升期高手。不但本身修为极高，元婴修炼的时间也很久，真是再适合不过了。"像这种用千年元婴练出来的法宝，本身具有极强的护主灵性，加之威力又强，又不损阴德，实在是所有修真者的最爱。

那个元婴颤着声音道："你、你、你……我、我、我……"语气之中透出一股哭腔，显然吓得不轻。

华剑英看着那个元婴满脸惧怕的神情，心中实在不忍。终于开口道："师父，算了吧，我不用元婴来修炼剑魂了。"

华剑英话一出口，不止莲月心满脸诧异的看着他，就连那些元婴也一个个神情古怪。至于那个元婴，露出一丝希望的神情望着华剑英，又看看莲月心，心下暗暗祈祷，眼前这个"大坏蛋"能听他那"善良"的徒弟的话。

"为什么？"莲月心问道。语气中有奇怪，有不解，多少还有一丝怒气。

"这个，师父，你看他好可怜嘛。"华剑英轻轻的道："而且，师父您当年没用千年元婴来修炼剑魂，不也成为史上最强的剑仙了吗？弟子，想要向师父您学习。"语气顿了顿，又道："再说，弟子可不认为弟子会输给师父您啊。"

莲月心呆呆的看着眼前的小徒弟，看的华剑英心中毛毛的，心道："师父不会真的生气了吧？呜……早知如此就不讲那些话了，乖乖接受师父的好意不好吗？现在自找麻烦，师父他不会把我逐出师门吧？千万不要啊。"

半晌，莲月心问道："你说的是实话吗？"

实际上，现在华剑英现在有些后悔刚刚说了那些话，不过那确是他的心里话。所以，略一犹豫后，还是实话实说："是的。"

莲月心眉毛一挑，踏前一步，抬起右手，一掌重重拍在华剑英的肩上。华剑英被这一掌拍的整个人一颤，心中正自惊疑的时候，莲月心突然大笑起来："好！哈哈哈……很好！好极了！哈哈哈哈……"

"咦？"华剑英呆了呆，看这样子，师父并没怪他。

莲月心一边笑，一边道："好啊，有志气，这才像我莲月心的徒弟。好！好！好！不错！"如果说莲月心一开始收华剑英为徒，是因为欠了他人情而迫于无奈的话，那他现在就是真心的喜欢这个徒弟了，也是从这一刻开始，莲月心才真正的把华剑英视为自己的衣钵传人，对他再也没有任何保留。

"好吧。既然这样……"说着，莲月心左手一收，缚住那些元婴的青色光丝全部消失："你们想去哪就去哪吧。反正我是个正牌剑仙，真正的仙器一大堆，想帮英儿练出好东西还不简单？你们走吧。"

那些元婴一时间面面相觑，想不到竟然能够摆脱这一劫，一时间对华剑英都充满感激。这时一个女性的元婴上前对莲月心道："既然如此，上仙可否让我们还是回到玄魄珠中居住？"声音十分娇嫩悦耳。

"嗯？回玄魄珠中？哦，我明白了。好吧，好事做到底。你们稍等一下。"莲月心也是一个聪明人，立刻就反应过来，对这些元婴体而言，与其在外界四处乱闯，还不如呆在玄魄珠中来的比较安全。

莲月心以真元力吸起玄魄珠悬浮在掌心上，掌心升起一道淡青色的火焰向玄魄珠烧了过去。

众元婴当中有识货的立刻低声惊呼起来："督天煞焰！这是督天煞焰！是天界紫白金青四大天火之一啊！"

莲月心望了低呼出声的几个元婴一眼，嘿了一声，道："见识蛮广的嘛，修真者居然识得督天煞焰。"

紫白金青四大天火，是指紫色的炫疾天火、白色的狂澜圣焰、金色的焚炎劫火和青色的督天煞焰。四大天火是天界的炼器之火，只有真正飞升天界的仙人才能掌握，连散仙之流也无法控制。

四大天火，是天界的炼器之火，地位在天界，约和修真界的三昧真火、天地玄火之类有些类似。不过真正能炼就这四种天火中任何一种，最少也要有真仙级的修为。

同时元婴们心底又冒了一把冷汗，一个真正的仙人，在修真界绝对是肆无忌惮，做出什么事来也不奇怪。

不一会，玄魄珠由原来的人头大小，变成姆指大小，莲月心从自己的储物手环中拿出几块碎金和秘银，抛入火中。很快，碎金、秘银被炼化成一根项链，项链上镶嵌了一颗水晶珠子，正是玄魄珠。

莲月心把项链交给华剑英道："你把它戴在身上，自己再修炼一下，然后让元婴们住进去。以后，你就可以用神识直接和玄魄珠中的元婴对话了，这些家伙别的不说，一个个都是见多识广。而我成仙已经是四五万年以前的事了，对现在修真界的了解远不如这些家伙，在这方面，他们对你的帮助相信比我更多。"

"是，多谢师父。"华剑英接过项链，戴上。抬头望了望那些元婴，问道："师父，难道说修真者失去肉身后，就永无出头之日了吗？"

莲月心摇了摇头道："不，失去肉身的元婴，如果有空冥期的修为，就可以尝试转修散仙。虽然散仙的成就永远比不上真正的仙人，但也没法子；如果没有空冥期的修为的话，可以试着转修灵仙，不过那要在元婴消散之前才行。至于不到元婴期的修真者失去肉身后会怎么样，我想就不用我说了吧？"

华剑英苦笑着点点头，没到元婴期，失去肉身的下场自然是死路一条。

莲月心看了看那些元婴，又道："这些家伙当中，除了少数几个外，倒是都可以修散仙。嘿，这样说来，那几个少数不到空冥期的，还多亏了玄魄珠呐。不然他们的元婴早就消散了。"

半空中的元婴中有几个露出苦笑，话虽然是这么说没错，但又有谁会希望失去肉身。

华剑英又问："那怎么样才可以转修散仙或灵仙呢？"

"首先是要有千年的元婴修为，这一点，散仙和灵仙都是相同的。而这些家伙当中，倒是大部分都够了。除了元婴的修为外，还要借助一些宝物。修散仙最好是有定魂玉魄，修鬼仙最好是有凝形香饵和纯阴的合药宝物。"说到这里，莲月心忽然想起什么，皱眉道："英儿，你突然问这些做什么？"

"这个……"华剑英不好意思的搔了搔头："如果可能的话，我想帮他们修成散仙或灵仙。"

华剑英话一出口，不止那些元婴口瞪口呆的望着他，就连莲月心也张口结舌的呆瞪着他。

半晌，莲月心道："我说徒弟啊，你知不知道你在说什么啊？你以为这些东西是好找的吗？定魂玉魄和凝形香饵都是极为罕见的合药宝物，纯阴宝物虽不像前两样那么罕见，但也极为难找到。更何况，你以为这是几个人呀？他们加起来足有二三百人耶。你可要考虑清楚了。"

华剑心点了点头："弟子明白这事很难。可是，师父，他们失去肉身后的景况多么的悲惨你也是见到了。能帮他们的话为什么不帮呢？而且，师父您也说了，这几样东西都极为难找，我也不敢说能找到，反正我会尽力就是。"

莲月心呆呆的看着眼前的徒弟，过了好一会，叹道："你这小子，还真是修真者中的异类。我竟然有你这么一个徒弟不知是好是坏。唉，在哪能找到定魂玉魄我也不知道，只知道那是某个星球的特产；凝形香饵虽然名为香饵，但据说其气味臭不可当，且只生长在阴暗无光之处，一般是在一些地下洞穴或遗迹当中；纯阴宝物不一定是什么，只要是属性纯阴能够用来合药的就好。"

华剑英微微一呆，立刻明白这是师父在指点他怎么去找这些宝物："师父，多谢你。"

这时，那些元婴也飞了过来，刚刚差点被莲月心炼魂那个超前一点，对华剑心躬身一礼，道："这位小兄弟，你对我们的帮助，我们永记于心。至于帮我们修炼之事，我们更是感激不已。不过这种事，全看机缘，也不用强求，你能有这个心，我们就感激不已了。"声音清脆，有如孩童。看来元婴的声音都差不多是这个样子。

华剑英连忙回礼，道："这算不了什么的。"

莲月心在一旁道："好了，你们也别在那里谢来谢去的了。英儿，你赶快准备好，练成剑魂后，就修炼玄魄珠，好让这些家伙赶快住进去。"

华剑英连忙应道："是。"

第三章
剑仙授艺

莲月心抬起右手，只见掌心一阵青色光华闪亮，紧跟着一截剑尖从莲月心右掌掌心缓缓冒出，莲月心的剑魂一点点出现。

在莲月心和华剑英师徒潜修处前的空地上，华剑英正在尝试修炼自己的剑魂。不远处，莲月心盘膝坐在离地两三尺高的半空中，自顾闭目养神，一点也不担心的样子；再往外围一点，足足两百多名元婴体，环绕著这师徒二人，各自盘坐在半空中。

剑修修炼剑魂的方式在修真界中非常少见。此时华剑英双手平举胸前，掌心相对，真元力在双手间不住流动。元婴脱体而出，凌空虚浮在胸口前，小小的双手抬起，发出一道心火，不住的烧灼著双掌间的真元力。

现在华剑英的剑魂已经修炼了整整四十天，还差九天，就可大功告成。这四十天来，除了真元力消耗极大外，华剑英倒是一直没出什么大错。

整整四十天没休息过，加上真元力耗损太大，就算已有元婴期的修为，华剑英此时也是满眼红丝，疲倦之极。

莲月心盘坐一边，闭著双眼，好像什么都不放在心上。忽然间左眼睁开，瞄了华剑英一眼，又自闭上，好像什么事也没有。

华剑英却发觉，有一股十分清凉，但却十分浑厚的真元力突然间传遍全身，整个人立时精神一振。心下明白是师父在帮自己，连忙打起精神，小心翼翼的控制着双手间已经略具雏形的剑魂。

剑魂，是剑修的第二元婴，修炼时，是以剑修的身为炉，真元为体，元婴心火为媒，所以对真元力和元婴心神的控制要求极高。既要一心二用，同时控制元婴和真元力，又不能稍有疏神之处，可说矛盾之极，难处也在这里。过于注意心火的控制，就会疏忽了真元力的凝化；太过在意对真元力的驾驭，又会忘记对元婴的控制。

总算华剑英在开始之前，已经得到莲月心的百般提醒，更让他以"左圆右方之法"练习一心二用的法门。而所谓"左圆右方之法"就是两手同时画图，一手画圆一手画方，其难易虽然不能和修炼剑魂相提并论，但基本的原理，却都在"一心二用"四个字上。

在莲月心的护持之下，又过了九天之后，华剑英的剑魂终于大功告成。

一边的几百个元婴全都飞上前来，连声恭喜；莲月心虽然没说什么，但脸上却还是露出一丝微笑的神情，双目之中透出赞许之色；华剑英现在累得几乎站也站不住，不过心中同时也充满了一股满足和兴奋的感觉。

华剑英的剑魂正飘浮在他胸前不远处，是长约三尺，状如剑形的长条，散发出淡淡的光芒。华剑英此时的剑魂，还很难让人和"剑"联想到一块，看上去，最多像是一个刚刚粗具剑形的剑胎而已。

华剑英心念一动，剑魂立刻绕著他转了好几圈。想起什么，转头对莲月心道："对了师父，您的剑魂是什么样子的啊？"

莲月心一呆，笑道："怎么？有了自己的剑魂还不够，现在还打为师的主意啊？"

华剑英也笑道："师父您别说笑了，弟子只是在有了自己的剑魂后觉得好奇，您的剑魂是什么样啊？给弟子看看嘛。"

这时，围在四周的元婴们也纷纷笑闹起来："就是啊，给小英看看有什么关系？""噫，哪里有这么小气的师父啊，小英子不如转做我徒弟吧。""没错、没错，这么小气，怎么能做别人师父咧？"

通过这些时日的相处，众元婴对二人疑惧之心渐去，相互之间不但关系大好，现在甚至敢和莲月心开起玩笑来。

莲月心一时间给这些元婴闹得哭笑不得，只好道："好吧。看看就看看，

又有什么大不了？"心下暗道："嘿，正好也给你们这些元婴一些苦头尝尝。嘿嘿。"

莲月心抬起右手，只见掌心一阵青色光华闪亮，紧跟着一截剑尖从莲月心右掌掌心缓缓冒出，莲月心的剑魂一点点出现。

莲月心这绝世剑仙的第二元婴，岂是小可。当剑魂出现的同时，强大的气流四处涌动，气压也发生极大变化，让华剑英觉得呼吸亦为之一窒。而元婴们惊呼一声，立刻有多远就逃多远。剑魂出现时散发出来的强大剑压，虽然是在莲月心无意为之的情况下，对拥有肉身的人来说算不了什么，但对他们这样的元婴体却仍然足以致命。而这些元婴一个个可都是人老成精的家伙，一发觉不妙，立刻四下飞逃，反正过会没事时再回来就是了。

这时莲月心的剑魂已经完全出现，那是一柄长约四尺的长剑，剑身宽约二指半，刚硬之中透出一股柔韧的感觉，古朴的剑锷，连接着长约半尺许的剑柄，整体散发出一种难以言喻的优美感。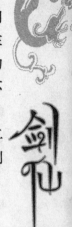

华剑英看看莲月心的剑魂，又看看自己的剑魂，脸上露出沮丧的神情。

莲月心笑道："怎么了？没精打采的？"

华剑英苦笑道："我的剑魂，根本没法子和师父您的比嘛。"华剑英刚说完，他的剑魂突然发出一阵古怪的鸣声，迅速的绕着他飞了几圈后，对着莲月心的剑魂发出"嗡、嗡"的鸣声。

莲月心和华剑英齐齐一愕，莲月心跟着大笑起来："英儿，看来你的话伤了你剑魂的心，所以它要和我的剑魂一争短长呢。"

华剑英搔了搔头，不好意思的讪笑起来。

莲月心笑道："小傻瓜，别的不说，为师的剑魂跟着为师已经历经数万年的风风雨雨，又岂能是你这刚刚炼成的剑魂能比。"

"看看这两个剑魂吧。我的剑魂不错是比较完美，但这是我穷数万年的时间，从一个初出茅庐的修真者，到成为名动四方的剑仙，一步步一点点炼成的。而你的剑魂虽然看上去毫不起眼，但却正如它的外形，还只是一个刚刚成形的剑胎，一切全看你自己。所以，不要失去对你、对你的剑魂的信心，一切还都要看你自己。"

听到师父的话，华剑英整个人精神一振："师父说的对，是我太过妄自菲薄了。我一定会好好努力的！"随着华剑英重拾信心，他的剑魂也停止了对莲月心剑魂的挑战，绕着华剑英轻快的飞着。整个剑体散发出的光芒竟然有渐趋圆润的感觉，看的莲月心暗自惊讶："虽然还没成形，但却已经具有相当的剑华之气，英儿的剑魂刚刚出世，竟然就成长了一步。呵，看来也算是因祸得福吧。"

莲月心和华剑英各自收起剑魂，莲月心对华剑英道："修炼剑魂，极耗元气。为师在这里给你护法，你先修炼一下吧。"

华剑英点点头，当下坐下修炼起来。

莲月心看著他修炼，一边思索起来："英儿剑魂初成，也是时候教他一些真本事了。嘿，当年我仗以纵横修真界的剑技，也不知还有没有人记得？咦？"忽然有所感觉，扭头望了望，不由哑然失笑："没事啦，只管出来好了。"

只见四周缓缓飘出数百个银色光点，却是刚刚莲月心现出剑魂时，吓得逃的远远的一众元婴。现在发觉剑气消失，一个个又飞了回来。

元婴们缓缓飞回，发觉华剑英坐地修炼，眼中都露出关怀神色，有几个忍不住向莲月心望了过来。莲月心解释道："放心吧。英儿只是凝练剑魂后元气大伤，现在正在恢复。等他好了之后，一定第一时间修炼玄魄珠，让你们能够回去。"

元婴们听了，向他点了点头，以示谢意。莲月心本身就是一个孤僻至极的人，也不见怪，自顾入定去了。元婴们见他入定，也一个个闭目修炼起来。

剑修，与寻常修真者有很大不同。

普通修真，除了要有极高深的修真水平外，还要有好的法宝才行。修真水平较高，却因为没有好法宝而斗不过水平比较低，甚至远远不如的人的例子，在修真界屡见不鲜。

剑修则不同，在元婴期前，剑修没有任何法宝，面对其他修真者几乎可说是毫无抵抗力。但当剑修修入元婴期，炼成自己的剑魂后，这一情况就完全扭转过来。修成剑魂后，剑修就可以通过剑魂，使用自己的剑气。剑魂藏之于体，剑气发之于外。剑修的剑气和世俗界的武术高手的剑气不同，那相当于顶级法宝全力发出的攻击，毕竟，剑魂本身也可视为是一种法宝。所以，炼成自己的剑魂的剑修，根本不需要任何攻击性的法宝。当然喽，如果哪个剑修喜欢，并且弄了一大堆法宝来，自然也没什么关系。

时光如梭，匆匆而逝。华剑英炼成剑魂后，眨眼已经又过了一年，这一天，在莲月心和华剑英师徒二人的潜修之处。

"砰！轰！"一声闷响，一个身影头上脚下的飞了出去。

那人半空中一个翻身，稳稳的定住。正是莲月心。他仰天长笑："好、好！这一招外缚狮子剑印用得妙。把外缚剑印和外狮子剑印二印合一用出。好，

好！有点门道。"

却见华剑英灰头土脸的从地下爬起，抱怨道："一点也不好！嘿，我说师父，你是不是在拐着弯的夸自己啊？你看你把我打得这么狼狈。"

莲月心在半空中大笑起来："你这小子，我夸你，是因为你刚把'九字真言剑印'学会习全，就能自行领悟二印合一，为师当然要夸你一夸。"

华剑英却愕然道："怎么？原来九字真言剑印本来就能合并使用的吗？我还以为这一招是我自创而成的咧。"

莲月心怪笑道："徒弟啊，为师教你个乖，这才是九字真言剑印的真面目。"只见莲月心双拳交叉而握，两根食指并列竖起，结成九字真言剑的第一印"不动剑印"；紧跟双掌摊开，双手大姆指、食指相对，中指、小指伸直，无名指弯曲，结成第二印"大金刚剑印"；双手手心相对，食指、无名指、小指曲起，中指竖起并立，结成第三印"外狮子剑印"；紧跟着连续变换成第四印"内狮子剑印"、第五印"外缚剑印"、第六印"内缚剑印"、第七印"大智剑印"、第八印"日轮剑印"；直至第九印"宝瓶剑印"。

连环九种剑印一气呵成，毫无停顿。只把华剑英眼的目定口呆："怎么会？九种剑印同时使出？这……啊？难道说……"

只是这时华剑英已经没机会再想下去了，莲月心手结剑印，九个剑印构成一个奇特的光圈，在莲月心四周缓缓的转动。他淡淡地道："徒弟，好好看清楚，这才是九字真言剑印的真正威力。"说着，剑印脱手飞出。九印合一，威力大得难以想像。轰然巨响声中，方圆里许的范围内，被夷为一片平地。

这还是因为莲月心把功力压到相当元婴期的境界，威力大大削弱的原故，如果莲月心全力施为，相信足以把所在的这个星球炸去半边。

他卓立于半空中，淡淡地道："九字真言剑印，看似是以九种独立不同的手印为基而成。但实际上除了手印之外，还有身印、心印。你二印合一，已经是手印的顶峰造诣。所谓身印，印在身，印式一起，身体自然成印，刚刚为师九印合一，正是身印的最高体现；不过最厉害的，仍属心印，以心为印，印在心中，心动则印成，手中有印无印已经没有多大分别。不过……"说到这里突然眉头一皱："不过你好像已经听不见了呐。"

说着，左手轻轻一拂，劲风到处，把刚刚扬起的尘土拂开。只见一片狼籍中，华剑英盘坐于地，双手相结成剑印的形状，早就已经失去意识。

莲月心落下地来，唔的一声，仔细看了看华剑英所结手印，又看了看四周环境。自语道："不动剑印、内缚剑印和宝瓶剑印，三印合一？好小子，只在那一瞬间看了那么一次，竟然就领悟了身印的境界，这样的话，说不定下次他就会让我见识一下九印合一了。唔，不对，以他现下的修为，五印合一已经是极限，不可能施展的出九印合一。呵呵……不错嘛。"

当华剑英醒来时，天色已黑。轻轻晃了晃脑袋，莲月心的声音在一旁传来："醒啦，怎么样？感觉如何？"

华剑英转头一看，只见莲月心坐在树桩凳上，手中拿着一个小酒杯，正在喝着自制的果子酒，一边赏月。

修真境界到了莲月心、华剑英师徒这种境界，已经没有对食物的需求，只是当修炼的间隙，稍做休息时，却也太过无聊。

当两人同时休息时倒也罢了，至少还能聊天解闷，但如果正好有一人在修炼的话，那另一个就只能坐在那里发呆了。

所以师徒二人一起动手，用这里特产的一种水果酿出酒，那种水果本身的味道师徒二人都不怎么喜欢，酿出来的酒的味道倒是相当不错。

而且，这个星球有着两个月亮，一大一小，分称兄月和弟月。兄弟二月一年有一天会同时升同时降，是这个星球的一大美景之一。现在二月高挂长空，正是赏月最好时间。

华剑英走过去，坐在师父的对面，也自斟一杯。抬头看了看天空中的两个月亮，喃喃地道："月色真美啊，这种美景真是百看不厌。只可惜我家乡那里没有月亮。"

莲月心唔的一声并没有接话。

华剑英嘿的干笑一声，道："师父今天你可够狠的啊。难道就不能手下留情些吗？还有那个九字真言剑印是怎么事啊？"

莲月心看着他笑道："就知道你是忍不住的。"

华剑英脸色一红，道："那师父你就快说啊。"

莲月心当下把九字真言剑印的要点，和手印、身印、心印三者的分别和决窍一一跟他解说明白。讲解完毕后，问道："怎么样？明白么？这九字真言剑印最讲悟性，你明白就是明白，不明白怎么解释也是没用。怎样？领悟了几成？"

华剑英默然半响，忽然左手食指一伸，无声无息的向莲月心刺去。莲月心笑道："怎么？阳离剑气？怎么不是九字真言剑印？"说着，随手一挥，右手小指小天星剑气已经迎了上去。

两指相交，发出"波"的一声轰响。出乎意料之外，华剑英只是全身一晃

便安然无事，莲月心却全身巨震，差点给震飞出去。莲月心心中大是惊讶："确是阳离剑气没错，不过在剑气之中却隐含另外一种东西……"

看着华剑英呆了一会，莲月心忽然大笑起来："好小子，了不起。这么快就领会了心印的奥妙，好、好、好。不错。"顿了一顿，道："这九字真言剑印博大精深，特别是在领会心印之后，更是变化多端、妙用无穷。只是你现在功力不足，最后不要同时用出三印以上，最高极限不可超过五印之数，那已经不是你所能承受。随着你修真层次提升后，自然可以更上一层楼。"

华剑英点头受教，忽然想起一事，问道："不过师父，这九字真言剑印威力确是极大。但为何与师父你以前所教的'四极剑气'、'十方剑诀'差别这么大？学起来感觉很是古怪，好像是突然在学另一个派别的东西。"

莲月心望了他一眼，露出一丝淡淡笑容："你的感觉很敏锐。实际上这套九字真言剑印，源自佛门的'九字真言手印'，不要说与我所学的，从根本上来说，就和我们道家截然不同。你会觉得别扭，也不奇怪。"

华剑英惊讶的张大嘴，半天才道："道家？佛门？师父你能不能解释仔细一点？"

莲月心点了点头，道："实际上这种派别之分，修真者可能搞不太明白。实际上说起来，还是和天界有关。"

华剑英惊讶道："天界？"

"对。说到天界，它的正式名称，应该是无上太清界，天界，只是一般人的一个俗称而已。太清界共分三大势力，就是道家的三十三天仙界、佛门的极乐净土和救世宗的九重天堂。"

"三大势力之中，以我们三十三天仙界实力最强，极乐净土和九重天堂相差无几。天界三大势力之间，时常发生争斗，一般情况下，极乐净土和九重天堂联合起来，才能与三十三天仙界相抗衡。我就是在和佛门的长老交手时，学到这九字真言手印。"

"九字真言手印，是佛门最高绝学之一。我并不能说是完全掌握，我在拼斗中见到并记下这九招印法，之后钻研了很久。与自己的剑气相结合，创出九字真言剑印，不过与我原本所学，仍然有很大的不同。"

莲月心还有一事没有说出，他性子既狂且傲，无论是当年在修真界还是后来在太清界，都是仇家远多于朋友。虽然相隔数万年，修真界应该已经没人记得他了，但他仍怕万一。万一有仇人认出华剑英和他的关系，只怕会给华剑英惹来许多无谓的麻烦。这九字真言剑印是他飞升太清界后创出来的，修真界应该没人认得的。

忽然看到华剑英一副呆呆的表情，笑道："怎么了？这么一副古怪的表情？"

华剑英连忙道："没有、没有，只是……只是有些意外罢了。"

莲月心看了看他，道："是不是觉得太清界没有想像中的美好？实际上这又有什么奇怪？在那些世俗的普通人眼中，修真者又何尝不是无忧无虑，快乐似神仙的一群人？可实际上修真者的世界，远不是他们想像中的那样美好。太清界，也是一样。一切都看你怎么去想了。"

华剑英呆了半晌，点头道："我明白了，师父。"想了想，又问："师父，无上太清界中，三十三天仙界、极乐净土和九重天堂，三家相争，后来又怎么样了？"

莲月心摇了摇头："后来如何，我也不太清楚。一万多年前，我因故外出，突然受到佛门之主大日如来和救世宗宗主玄天圣帝带着他们一大堆手下的围攻。我一个人实在是打不过他们那么多人，只好且战且退。"

"那师父您后来怎么跑到世俗界来了？"

"大日如来和玄天圣帝，单对单都不是我的对手，但他们两个加起来我就打他们不过了。当时我们三个人的一记全力硬拼，轰破了天界与这个世界间的次元空间壁，在短时间内形成一个次元境界通道，结果我逃到你的家乡。后来的，你应该能猜的到吧，我被他们封在绝天大幻阵中。不过，我最后一击也把玄天圣帝解决掉了，正面挨了我那一下，相信已经形神俱灭了。"

华剑英吃惊地道："师父，您把那个玄天圣帝给杀啦？"

莲月心点点头，抬头望天，喃喃自语："不错。嗯，他们敢对我动手，想来是要和三十三天仙界来一场大决战了。只不知素还白和长清子那两个家伙有没有被那些混蛋给……唉，他们又不像我孤家寡人一个，应该不会的。"

华剑英看他神情古怪，没敢再问这素还白和长清子是什么人。实际上，素还白、长清子就是和莲月心齐名为"青莲白藕紫罗香"三大绝顶仙人中的另两位。也是三十三天仙界的两位领袖人物。

莲月心抬头看着天空中的兄月、弟月，呆了好一会，忽然对华剑英道："本来是想明天再教你的，不过，现在教你也无所谓。"

华剑英一呆："师父，你说什么？"

莲月心并没有正面回答他："英儿，为师自号青莲居士；在修真界的时候，别人叫我青莲真人；在仙界，其他人称我为青莲剑仙。你知不知道，为什么这

么多称号中，总是和青莲有关？"

华剑英自然不知道，问道："为什么？"

莲月心笑道："只因为这青莲剑歌。"说话间，莲月心飘了出去，全身散发淡淡青光，瞬间幻化成形，远远看去，正是一朵淡青色的莲花。

华剑英的修真水平虽然远远及不上师父莲月心，但毕竟是师徒之间，凭气机感应，已然发觉，那些看上去淡淡的青光，实际是化为实体、肉眼可辨的强大剑气。

和离合期就可办到的凝虚化物看上去极为类似，实际却有很大不同。因为莲月心的剑气，本身已经凝成实体，根本无需再去幻化。效果看似相同，其中的难易和修真水平差距之大，却是相差万里。

青莲形象一现即隐，但华剑英已经发觉四周已经变得寒气刺骨。

莲月心缓缓飘回，一扬手，一件物事向华剑英飞了过来。华剑英伸手接过，却是一块约有半个手掌大小，色黑如墨，似玉似石的一个东西。

莲月心道："那个东西叫琦念玉，里面记载了为师一生修真所得，青莲剑歌的修炼方法里面也有。你的修为还不能练青莲剑歌，你从里面看一看就好。只要输一点真元力进去就行了。"

华剑英躬身道谢后，莲月心自去休息。

华剑英坐下来，依言送了一点真元力到琦念玉中，这才发现，琦念玉是一个巨大的资料库，里面记载了师父莲月心修真数万年来，对修真界和仙界各大门派的见解和自己的修真心得。整个就是一套综合秘籍。

华剑英先把莲月心的心得部分大体浏览一遍，忍不住赞叹不已。这赞叹中绝对没有半点因对方是自己的师父，而自家人夸自家人的想法。

莲月心在心得中提到，无论是修真界还是天界，法宝是最为重要的东西。有一个好的法宝，就算本身修为不高，也难寻对手；反过来，没有好法宝，就算本身修为高绝，也算不上高手。如此一来，就让一些幸运得到好法宝的修真者，过份依靠法宝，而疏忽了其他一些东西。他更认为，元婴期的高手，有一半以上无法超越元婴，可以说，就是因为他们太过倚赖法宝，以至于让他们舍本求末。

再者，法宝争斗，双方亮出法宝、飞剑。你轰我打，看似灿烂无比，真正说来，全都是力与力的对抗，毫无技巧可言。

所以莲月心别创一格，从对"力"的运用着手，创出各种剑气的运用手法。剑修的剑气与普通修真者虽然不太一样，但追本求源，仍然是一种真元力的应用法门。可以说，莲月心的看法和创举，已经为修真界开创出又一片新天地。如果不是机缘巧合下莲月心收了华剑英这个徒弟，他的发现和创举，不知要过多久才会真正的改变修真界。

以武道而入修真，在修真界中并非没有，但说起来，他们仍然是以"体"为法宝，与人争斗时，仍是以力为主。莲月心则背道而驰，以巧取胜。这也是当年莲月心在离合期开始游历于修真界，却未尝一败的原因。

不过莲月心的招式，和世俗界的武学毕竟大大不同。世俗界的武学，最初以有形着手，最高境界是要归于无形。而莲月心的招法，却介乎于有形无形之间。

说有形，遵循一定法则，有意而发，有意而动；说无形，视环境、情况而变化，招招式式，可说无穷无限。

而青莲剑歌，可以说是莲月心一生最高杰作之一。共分四种剑式。第一式，青莲独秀：进手招式，一进一退之间，攻敌之必死，击敌之必救；第二式，一莲枯度：对力的巧妙运用，不管是法宝还是真元力，借敌力而还攻于敌，自己则稳立于不败之地；第三式，无限莲环：剑气成圆，环环相扣，剑气来回往复循环不息，自组成阵，进可攻，退可守；第四式，万莲并蒂：一莲开万莲开，此招一出，生死兴亡，一切尽在我掌握之中。

日出东方，天色渐白。华剑英长长出了一口气，从玉瞳简中所记载的东西来看，师父莲月心一身所学当真可说博大精深，学究天人。

"一夜不曾休息，可有什么收获？"莲月心见华剑英清醒过来，走过来问道。

华剑英道："师父。您对于剑气、真元力的应用，可说到出神入化，开前人所未有的境界。为什么不广收门徒，让您一身所学，广传于修真界和天界？"

莲月心笑道："我自己的东西，我知道我懂得什么就好，为何一定非要别人认同？至于门人、弟子，我有你这一个传人已经足够，不需要其他的。"

见华剑英还想说什么，摆摆手道："如果你认为这些东西应该广传于世，那就由你来吧。虽说是我创出，但却不一定非要由我传出去啊。"

"师父！"

"好了，不要再说了。为师要送给你几件东西。"说着，莲月心取出三件法宝。三件法宝，都是仙器一级，一件名为"三千青丝"，是一柄长鞭，可长可短，只要输入一点真元力，可直击方圆百里的任何人、物，攻击方式虽然只是简单的痛击敌人，但正是因为简单，所以反而更加难以抵挡，不过青丝鞭单以

攻击的威力而言，只是平平，并不是很厉害，它的真正厉害之处，是在于"缚"，任何被它缚住的人，会被青丝鞭自动封闭元婴，除非有太清界天仙一级的修为，否则就算是修入飞升的高手，也逃不出去。第二件名为"破日乌梭"，平时看上去只是一个发簪，实际上却是可大可小，足可容天纳地，放大时，人可置身其中，然后直可上天入地，真正作用，是可破除一切禁制，特别是近几年经莲月心再次修炼后，就算绝天大幻阵之类的阵势，也困它不住。最后一件是"鹰击弩"，也是三件仙器中，唯一一件以强大力量见长的，使用时，把真元力输入其中，就可以发出一道状如飞鹰的能量箭，且能追踪目标不死不休。加上数年前，师徒初遇之时莲月心送的翠兰玉，华剑英身上现在已经有四件仙器。

华剑英接过三件仙器，心中满是问号。不明白师父为什么突然送自己这些东西。

不等他发问，莲月心便道："以你现下的修真水平，绝对炼化不了这三件仙器。来，让为师帮你一把。"说着，便让华剑英开始炼化三件仙器，他在一旁帮忙。等到华剑英炼到人器合一后，又对他道："英儿，三件仙器虽然威力无比。但你本身毕竟修为不足，如果遇上修真层次远高于你的高手，就有可能被他们强行夺走这三件仙器。为免招惹强敌，切记除非万不得已的时候，或是有空冥期以上的修为，千万不要轻易使用。"

"是，弟子知道了。"

"嗯，你从那三个飞升期高手身上得到三件储物指环，那里面，可有不少好东西。为师就不再给你其他什么了？"

"师、师父，你、你这是什么意思？"华剑英从莲月心的口气中发觉不对，惊讶的问道。

"呵、呵，你总不能永远跟着师父，现在是时候让你自己出去历炼一番的了。"莲月心笑道，但仔细观察，仍能从他的眼神中看出一丝不舍。

实际上，一年前莲月心就有心让华剑英自己出去历炼潜修，只是考虑有很多东西他还没学会，加上从那时开始才真正把他当做自己传人，所以又留了他一年。现在看看一切都差不多了，终于决定是时候让他离开。

华剑英完全没想到师父会突然让他离开，心中满是不愿，叫道："师父……"

莲月心一摆手，道："不用多说，你难道想永远庇护于为师的羽翼之下吗？你如果还算是师父我的徒弟，就不要在这里忸怩做态！"

华剑英呆了半晌，猛地跪下连嗑几个响头。站起身，心中虽然明白师父一片好意，但双脚就是不听使唤，怎么也动不了。望望师父，忍不住又叫了一声："师父……"

莲月心眉头一挑，脸上微露怒意："咄！还在这里做这小儿女之态？"话声一落，一掌拍在华剑英胸口，把他击得远远飞出。华剑英身在半空之中，听到师父的话清楚的传来："修真之道，首重炼心，不可依靠他人，为免你有事依赖于我，日后你莫来见我，我也不会与你相见。"

莲月心的一掌，自然不会伤到华剑英，在把华剑英远远送出后，莲月心的真元力迅速在华剑英身边形成一个复杂的小型传送阵。传送阵一成型，立刻启动，转瞬间已经把华剑英送到另一个星球。

如果这时有别的修真者在场，见到这一幕，一定吓的下巴都掉下来。星球与星球之间的传送，消耗的能量极其巨大，一般都是以大量仙石组成阵势。现在莲月心完全靠自身仙元之气形成的法阵就完成星际间的传送，一定会吓倒一大片人。

不过，这时华剑英发觉，那一掌，除把他送走外，还有另外的作用。莲月心那一掌中，剩余的一点点仙元之气在传送完成后，立刻自动融入华剑英体内，与他本身的真元融为一体，瞬息之间，华剑英已经提升至离合初期。

华剑英明白，师父虽然一口气连送他三件仙器。但心中还是担心他修为不足，所以在最后一刻，助他一臂之力，让他提升至离合期。

和元婴期不同，离合期在修真界已经是一等一的高手。

"师父……"华剑英低唤一声，双目之中，泪水滚滚而下。

第四章
无妄之灾

左手一扬，一道青色剑气脱手飞出，半空中幻化成一个巨大的狮子形象，张牙舞爪的向噬神老祖扑了过去，正是九字真言剑印中的外狮子剑印。

华剑英一脸沮丧的坐在一张破席上，目光呆呆的射出铁窗之外，望着天上的星辰发愣。几只老鼠正在抢食刚刚狱卒送来的一碗白饭，反正他吃不吃也无所谓。

华剑英现在脑子里只有四个字："莫明其妙"。自己为什么被关到这牢房里来的？真是想破他的头也不明白。

一切都要从今天早晨说起。

今天一早，华剑英被莲月心"赶"了出来，到了这个星球后，先用了两个小时的时间，把莲月心输入他体内的真元力完全吸收。华剑英也借此跨入了离合期。

那是一个不是很大的树林，当华剑英收拾心情走出树林后，发现树林外就是一条大路。

有这样的路，说明这附近应该就有城市。所以华剑英立刻选了一个方向飞了过去，而不一会儿后，他就发现了几个路人，从他们行进的方向来看，自己应该没有选错。找了个较隐蔽的地方悄悄落下，也像那些路人一样慢慢走去。

又走了一个多小时后，华剑英的前方，出现了一座城市。

到城里后，华剑英兴高采烈火的四处转着。在家乡的时候，他并没有多少机会到大城市，而他和师父潜修的那个星球，他也没仔细的逛过。

这个城市的人，看来治安与百姓道德的都好得令人意外。一个个店铺，明明都大开着店门，却看不到一个看店的人，而进去买东西的人，挑完后，也都大声的把老板叫出来付帐。而一间间平屋，也是房门大开，看来这里根本没有盗贼这种职业。

现在华剑英感到这里真是一个不错的城市，只是不知道这个星球上是所有的国家、所有的城市都这样。还是只有这里是这样的呢？

只是，在感叹这个城市治安之好，民风之淳朴的同时，作为一个离合期的修真高手，华剑英也敏感的感觉到有些不对劲的地方，这个城市的人，怎么感觉都死气沉沉的？

不过华剑英也并没有太在意，毕竟自己只是一个过路人，没有必要去管这些。

渐渐的，时间已经到了午后，这时华剑英已经把这个城市逛了大半。当他路过一家饭馆时，忍不住食欲大发。倒不是说他肚子饿了，只是刚刚在闲逛时，就发现，可能因为这个星球物产不同，这里的食物大多让他感到非常新奇。所以他决定进去尝一尝这里的食物是什么味的。

时值午后，正是人最多的时候。一般而言，在这个时间，也是一个饭馆中最吵闹的时候，不过这家饭馆里却异常的安静，除了客人们点菜和服务生上菜的声音外，几乎没有别的声音。

华剑英在大厅找张桌子坐了下来，微觉奇怪的扫视了一下四周，不过他并不怎么在意。照着菜谱点了一大套的菜后，剩下来的，就是坐着等上菜啦。

不知是纯出于巧合，还是莲月心早有安排，这个星球上的语言文字，与华剑英家乡相差无几，华剑英尽能应付的过来。而且，这几年来，华剑英从莲月心也学了不少异星球的语言、文字。

过了一会，饭菜全部摆了上来，华剑英风卷残云般把满桌的饭菜一扫光。吃的心满意足，准备拍拍屁股走人时，华剑英一下子僵在了那里。

只到现在他才想起来：自己没钱！准确点说，是自己根本不知道这里的流通货币是什么东西！想到这，华剑英真的整个人都呆掉了。

当然，华剑英如果想跑，全城的人一齐出动也抓他不住。但问题是他不会跑，做为一个修真者，华剑英不会漠视自己的错误，吃白食既然是已成的事实，华剑英不会否认。所以，他很老实的跟饭馆老板承认，自己身上半分钱也没有。

在华剑英的预想中，自己大概会被臭骂一顿后送到后面厨房里去洗盘子，也有可能会被粗暴的老板或几个打手给胖揍一顿后丢到街上去。虽然不管哪一种都很丢人，虽然是无意之失，但华剑英就打算承受自己造成的过失的后果。

结果却很出乎华剑英的意料之外，老板知道后，既没骂他也没打他，只是以一种很奇怪的表情和眼神看着他，叹了口气后，不知走到哪里去了。不过走之前，告诉华剑英在这里等着不要离开。老板既然这么说了，华剑英自然不会离开。不过，这时华剑英发现，全饭馆的人看着他的眼神都怪怪的，有同情，有轻松，有惊讶还有幸灾乐祸，这让华剑英感到莫明其妙。这里的人感情未免太丰富了吧？

不过接下来的发展，就更让华剑英感到莫明其妙了。不一会，老板回来了，只是在他身后却跟着一队士兵。在不明所以中，一个看上去像是队长的人走了出来，问是不是他吃白食，华剑英承认后，那个队长就宣布：他被拘捕了！然后，两个士兵，一边一个把他架着走了出去。

当然，华剑英如果想反抗的话，现在他还是能脱身。只是一来他觉得，不管好事坏事，做了就应该承担相应的责任；二来，也是主要的原因，他处于一种搞不太清楚状况的混乱中：没搞错吧？只是吃了一顿白食，用的着这样吗？

接下来的发展，让华剑英吃惊的下巴都要掉下来了，他居然被下了大狱！这让他到现在几乎还反应不过来到底发生了什么事。

坐在破席上，回想着今天连续发生的几件事，望着空荡荡除了他之外一个人也没有的牢房。华剑英越想越是糊涂："这倒底是怎么啦？是我不正常，还是这个城市的人不正常？"苦思半天还是不得要领。

这时他忍不住想道："要不要和他们商量一下？""他们"，指的是寄存于玄魄珠中的元婴们。只是……在这个想法冒出来的同时，他就回想起，大约半年前，他试着和玄魄珠中的元婴说话，结果却在不到五分的时间内，就让他脸色苍白的从玄魄珠中退了出来。那种好像有几百只小虫在耳边吵个不停的感觉，实在不怎么样。"虽然情况变化有些出乎意料之外，不过总体上还是在我能力范围之内，没必要去惊动他们。"。

又想了一下，念头一转，心道："既来之则安之，等到明天看看情况会有什么新的发展。如果没有，那就等到后天，如果后天还没有什么新情况，那到第三天，自己就离开。总不可能因为这点小事，就一直这么没头没尾的耗在这里。"

心中有了决定，华剑英立刻定下心神，盘膝而坐，开始修炼。

他把神识沉入体内，一边推动着元婴修炼，一边观察着自己的元婴。华剑英的元婴这时盘膝而坐，真元力不住的在他身上流来流去。剑魂横着悬在元婴身下，一股股的剑气不住流出融入元婴中，而元婴的真元力也不时的回流到剑魂上。而元婴和剑魂的样子就好是元婴坐在剑魂上悬在半空中一样。

很快，阳光升起，又一天到来，华剑英耐着性子一边修炼一边等待着，不过这一天什么事也没有，除了送来三顿饭食的狱卒，华剑英什么人也没见到。虽然觉得这一天特别的漫长，但这一天总算过去。又是新的一天，随着太阳逐渐升高，当华剑英以为今天可能还是就这么过去的时候，忽然传来开门的声音。

华剑英望了过去，监狱的大门被打开了，走进来约莫二十来名士兵。毫无悬念的，那些士兵直接走到他那栅栏一样的牢门前。

站在那里上下打量了华剑英一番，士兵队长的脸上多少浮现出一丝疑问的表情："前天就是你在饭馆里吃白食？"那个队长问道。

华剑英点了点头，心道："这种事，来来回回已经问了几遍呀？"

"那好，出来吧。"等到华剑英走出来，士兵队长又道："过来。"说着，二十几名士兵"押解"着华剑英走了出去。

这时华剑英反而来了兴趣，决定一定要搞明白，这到底是怎么回事。

士兵们拿出绳索把华剑英绑了起来，华剑英皱了皱眉，但还是随他们去绑。然后华剑英上了一辆车子，这是一辆半封闭式的车子，车前是一种好像牛一样的生物在拉车，说像牛，是因为那种生物无论外形还是体格都和牛太像了，说不像，是因为那种生物没有长角。

士兵们分散在车子四周，走了一会后，从另一个城门走了出去。而华剑英一路上，从车窗中看到，一路上，看到这辆车的人的表情，都是那么的奇怪。

又耐着性子等了一会，华剑英还是开口问："我说，这位老兄，这到底是要去哪？"

一个士兵看了他一眼，淡淡地道："行刑。"

"什么?!"如果不是修真后定力非比寻常，现在华剑英八成会直接吓到昏

倒。不过就算这样，也把他吓的不轻。他马上决定：不管如何，先离开才行。有没有搞错啊，一顿白食竟然就要人小命，看来这些人果然都不正常，一个个全是疯子。

就在他要起身离开时，那个士兵又说了一句："你是外地人吧？看样子还是从很远的地方来的。"

华剑英暂停动作，问道："你怎么知道的？"

"因为如果你是附近诸国的人，不可能没听说我们这边的事。"

"呃，是什么？我承认吃白食是我的不对，不过这样就要我的命，未免有些过份了吧？"华剑英忍不住道。

那个士兵隔着车箱壁惊讶的看了看华剑英，一般来说，知道这是要去"行刑"的时候，车上的人一个个全都变得和疯子差不多，这个人却还能这么平静的和他说话，真是怪人。

虽然觉得车上的人十分古怪，但那个士兵还是回答道："我们这里原本也不是这样的，一切都是从半年多前开始的。"

"半年前？半年前出了什么事？"

"半年前，在前面的，也就是我们现在正要去的敛阳山上，来了一位……大、大仙，叫什么噬神老祖。他要我们每隔 7 天，就要献上一个活人做祭品。不然，他就要把我们全国的人全部杀死。"士兵在说到"大仙"两个字时，语气、神情都十分的古怪，显然是很勉强才说出这"大仙"二字。

华剑英此时也脸上变色，问道："那你们的国王就没有想想什么办法对付他，就这样顺从他？"

士兵苦笑起来："怎么没有？我们国家在不到半年的时间内连换了三位国王，你说有没有想办法？前任国王甚至去求动景怀宫的大仙们帮忙。上个月，来了两位大仙，不过也是一去不回。"

华剑英心中暗惊，现在他相信，那个什么敛阳山上的家伙和那景怀宫中的，应该都是修真者。虽然不知上个月来的两个修真者是什么水平，不过能无声无息的把人解决掉，看来这个什么噬神老祖不可小视。

那士兵又道："国王实在没法子，只好满足他……老祖的要求，先是死刑犯，然后是重刑犯，最后是一些偷鸡摸狗、打架骂人的人，也全都送过去了。嘿，拜……老祖所赠，近个把月来，全国上下已经完全没有人犯罪了。你再不来，我们就要用抽签的方式决定谁去了。"

原来是这么回事，华剑英总算多少有些明白事情的始末了，而且他也开始感兴趣了。他决定要去见识见识这位噬神老祖有多厉害。他倒不在乎对方有多强，大不了到时打不过跑就是了，反正有破日乌梭这件仙器，在修真界没人能抓得住他。

又过了一会，众人渐行渐高，来到一座山上，华剑英心道："这里想来就是那个什么敛阳山了。"

上山后没用多久，来到几座石屋前，几个士兵"押"着华剑英下车，来到石屋前的空地。那个队长前行几步，躬身道："老、老祖，这次的祭品，已经、已经按、按您的要求送、送来了。"虽然强做镇定，但那队长的声音还是忍不住发颤加结巴。

石屋中传来一个尖细古怪，活似公鸭亮嗓一般的难听声音："猴崽子，瞧把你吓的，又不是第一次来了，老祖我又不会吃了你哟。"临了话尾还带个倒钩，这下不止那些士兵，连华剑英都忍不住全身一哆嗦，出了一身鸡皮外加半身冷汗。

"唉哟喂呀！这男不男女不女，说老不老说小又不小的家伙到底是什么人哪？"如果不是现在被绑着，华剑英铁定忍不住伸手去用力抠几下耳朵。不用别的，光这个声音的杀伤力就非同小可。

石屋中的人又道："哟，这次送来的人不错嘛，从哪找来的？老祖我都有些舍不得把他炼了。唉，可惜、可惜哟！"

似乎再也受不了了，那队长颤抖着问道："老、老祖，我、我、我们……"

"好啦、好啦。我明白你的心思。走吧、走吧，唉，真是白疼你们喽。"那个什么老祖又阴阳怪气的道。

华剑英连忙长长的吸一口气，他只觉胃中一阵翻江倒海般的难受，差一点点就要吐出来了。"好恶心的家伙！如果落在我手里，非把你好好收拾收拾，好不容易把恶心的感觉压下，华剑英心中却忍不住破口大骂。

那些士兵们霎时间掉头就走，虽然是在走，但大概却比他们平时跑得都要快，一眨眼就不见了踪影。

华剑英站在那里，不知那老祖要把他怎么样，表面看上去好像很轻松，实际上已经打起十二分精神。

过了一会，华剑英正觉奇怪：这老小子怎么没反应了？突然间只觉脑中一阵迷糊，昏沉沉只想倒下睡去，四周的环境好像也暗了一些。

华剑英大吃一惊，要知现在他已有离合期的修为，噬神老祖仍能对他的心神产生这么大的影响，心中对那噬神老祖的感觉立时来了个一百八十度大转

弯。提起真元力，元婴也全速转动起来，严加防范。

实际上噬神老祖用的是一种极厉害的迷魂法，作用是让人的精神陷入一种半昏迷的状态，以便下一步动作。不过对于修真者却没什么大用。

实际上，噬神老祖在屋中也吓了一大跳，心中暗道："原来又是一个修真者，莫不是来给上次两个报仇的？嘿嘿，就让老祖把你也收了。"修真者的元婴对于他正要修炼的东西有极大的好处，一个修真者的元婴抵的上几千名普通人的魂魄。上次两个修真者的元婴让他至少可以少费一年的工夫，现在又来一个，而且还和上次两个一样，笨得和他直接以心灵之术比拼，心中十分高兴。暗骂一声蠢货，噬神老祖当下暗捏法诀，口中低声念起咒法来。

华剑英在外面什么也看不到，但他修为深厚，听力极强，隐约听道那噬神老祖在念着什么东西，自然全神戒备。

却不知，噬神老祖用的，正是专门对付修真者的一种摄魂咒。

一般摄魂咒的要点，是利用咒诀带动幻觉，在对方精神产生动摇时，再以咒法将对方的魂魄强行摄出。但修真者的精神力之强非同小可，一旦定下心神，其注意力和集中力，是别人难以想像的，难正面撼动。所以创出这种摄魂咒的人，反其道行之，虽然也会出现一些幻像之类的东西，实际只是让对方以为是真正的攻击到来的前奏，对方的精神越是集中，修真水平越高，越是容易中招。

华剑英自然不晓得其中奥妙，只是发觉四周涌出一阵诡异的黑雾把他笼罩其中，然后开始看到一些鬼魅之类的东西开始出现，对着他张牙舞爪。这一点幻像自然奈何他不得，他只是小心翼翼准备应付下一次的攻击。

但接下来，他突然只觉一阵昏眩，这是在他开始修真以来从没有过的，吃了一惊，连忙盘膝坐下，将神识沉入体内，集中精神推动元婴之力。初时觉得好了一点，但接下来却发觉一阵阵的烦躁感，跟着就连元婴也是一阵鼓噪，剑魂也发出阵阵不安的轻鸣，元婴更是直欲破体飞出。

华剑英心中大惊，不知这是怎么回事，定下心神，全力想要让元婴安静下来，无奈他越是努力集中心神，元婴的不安就越是厉害。就在华剑英近乎绝望，元婴眼看就要飞出去时，额头前突然传来一阵清凉的感觉。这种奇特感觉有如一阵轻轻的凉风，迅速吹过他的体内。元婴的噪动和剑魂的不安立刻被安抚了下来，全身的不适感也随之烟消云散。

华剑英心神大定，神识扫视一下，才知道，原来是当初和师父莲月心第一次见面时，送给他的翠兰玉终于发动。

翠兰玉，本身也是一件仙家法宝，主要作用就是安神定魂，正是噬神老祖的摄魂咒的克星。而仙器就不愧是仙器，华剑英甚至没发动他，在发觉主人有难时，自动启动，终于助华剑英避过这一劫。

　　虽然还不想不通那噬神老祖的摄魂咒为什么这么难对付，但却也知道这下没事了。华剑英长出了一口气，盘坐地下，准备等下给噬神老祖个好看。不过噬神老祖的法咒过了好半天也没见停，华剑英心中暗暗嘀咕，是不是现在就挣断绳索过去对付他。

　　正在华剑英心中还没下决定的时候，突然听到传来一声斥喝："妖孽！又在这里害人！"紧跟着一紫一青两道寒光闪电般穿过黑雾飞射而至，矛头直指噬神老祖的石屋。

　　而在两把飞剑穿过后，黑雾立时消散。华剑英一呆，紧跟着就听噬神老祖一声怒吼，整个人破屋飞出，卓立于半空之中。华剑英这才算见到噬身老祖的容貌。

　　噬神老祖五短身材，一张脸上皱纹叠着皱纹，除了皱纹几乎看不到别的，一双细长的小眼，射出一阵阵阴狠恶毒的寒光，头顶已经秃的差不多了，只剩几根希希拉拉的头发耷拉在那。

　　这时，两道寒光飞射而回，在一男一女两个年轻修真者身边盘旋飞舞，男的看上去大约二十岁的样子，身材颇高，一张国字脸，眉目之间，隐见一丝傲气；另一个女的似乎比那男的小那么一两岁，长得极美，容貌中略带一丝稚气，显得很恬静，一看就是那种随和的女孩。

　　华剑英心中暗暗为那两个年轻修真者担心，他们两个看来只到元婴初期，而噬魂老祖看来已经是元婴后期的高手了。再加上刚刚噬神老祖施展的手段来看，就算再来两个恐怕也不是噬神老祖的对手。

　　不过接下来的发展却有些让华剑英呆眼了。两个年轻修真者仗剑齐上，一紫一青两道剑光来回飞旋，把噬神老祖赶的是上窜下跳狼狈不堪。

　　华剑英和那两个修真者都不知道，刚刚罩住华剑英的黑雾名为"黑煞魂气"，其实是一件相当恶毒，也相当厉害的法宝。只是那两把飞剑的属性正好是这件阴毒法宝的克星，被这两把飞剑射穿后，等于是把噬神老祖的这件厉害法宝给毁掉了。

　　而噬神老祖刚刚对付华剑英时，眼看着就要成功了，不知怎么，华剑英的元婴就是不过来，使得他连连摧动咒法，已经元气大伤。之后黑煞魂气被破，更让他连元婴也受到极重的伤害，现在他连平时一半的实力都发挥不出来。

而说起来，他刚刚能压制住华剑英并不是因为他比华剑英厉害，真正动手，就像那两个修真者实际打不过他一样，两个噬神老祖齐上也打不过华剑英，只是他用的摄魂咒是专门针对修真者，而华剑英一时不防中招而已。但却也因此让华剑英大大高估了他的实力，现在华剑英看到他被那两个明明应该不是他的对手，打得如此狼狈的情况而感到奇怪不已。

不过又过了一会后，华剑英又感到相当伤脑筋了。刚刚两个修真者出现的时候，他扮成一个普通人被绑着坐在地上，之后更是被这场不合常理的打斗弄的莫明其妙。等到他想起来的时候，却又感到不好意思说明自己也是个修真者，只好继续装下去。毕竟他的修为远比在场的任何人都要来的高，现在却被绑在这里，这让华剑英感到实在没面子。既然那噬神老祖并非这两个修真者的对手，那就慢慢的等下去就好。

本来这样也没什么，不过很快的，华剑英就发现，扮成一个普通人也不是什么好事。三个人争斗时，两个修真者发出的剑气、噬神老祖的阵阵诡异黑气，常常擦着华剑英的身体飞过去，虽说就算被击中也不会受伤，但总不是什么好玩的事。

而事情接下来的发展，就大大出乎所有人的想像之外了。

发觉到有不少的攻击几乎波及到华剑英，两个修真者开始尽量避开他，而噬神老祖的攻击偶有飞向他的，两人也一一击飞。

噬神老祖发现这一点后，立刻就发觉，自己搞错了一件事。初时，他以为华剑英和这两个修真者是一伙的，不起来夹击他，可能是刚刚和自己的摄魂咒对抗时元气大伤的原故，这倒也解释的通。不过看起来，这三个家伙并不是一伙的，这一男一女甚至看不出坐在地上的小子是比他们两个还要强的多的修真者。噬神老祖可是人老成精的家伙，立刻就想到，这一点误会可以利用。当下，有越来越多的攻击开始有意向华剑英打去，而那两个修真者也只好一一帮他抵挡，在他们看来，一个普通人是绝对受不了这样的一击的。不过这样一来，本来大占上风的形势，反而变成被噬神老祖渐渐压倒。

这下华剑英在一边可是张口结舌不知怎么办才好了。这算什么一档子事啊？现在他觉得更说不出口，自己的实力实际是在场四人之冠，他们两个只要对付噬神老祖就好，根本不用在意他的。

而就在这时，噬神老祖再一次发出两个噬魂黑球，较小一个击向那男修真，较大一个却是击向华剑英。那女修真立刻飞扑过来，挡在华剑英身前，青色长剑一扬向那大的噬魂黑球迎去。

"砰！"的一声，大的噬魂黑球被击破。但是靠得较近的华剑英和那女修真却同时感到不对劲，劲力比想像中小的太多了。

果然，看上去较大的噬魂黑球只是一个陷阱，那只是一个空壳，真正的煞手，是包在空壳中的第三个噬魂黑球。

完全没想到，也完全来不及防御。女修真惊呼一声，惨被正面击中，整个人飞了出去。"师妹！""不！"两声惊呼同时响起。第一声是那男修真，被噬神老祖一击逼退，眼睁睁看着心爱的师妹中计、重伤，却只能发出一声无能为力的痛吼。不过有一个人却比他更加愤怒、更加悲痛，那就是华剑英。

华剑英和那女修真自然没什么交情，但他却知道，变成这样都是他的错，如果不是因为自己，她就不会这样被重伤；如果不是自己过于顾虑自己那可有可无的面子、虚荣心，她更不可能被重伤。华剑英真的愤怒了。

噬神老祖现在感到很高兴，自己刚刚之所以被完全压制于下风，除自己现在不在状态外，还有一个原因，就是那两个小辈的联合在一起时，可以发挥出更强大的力量。这让他完全应付不过来，现在解决了那个女的，剩下来的，就是那个男的了。

噬神老祖并没有考虑到华剑英，虽然知道他的实力远在后来的这一男一女之上，但在他的感觉中，刚刚与他的摄魂咒的对抗中，华剑英受到的损伤应该比他还要大。所以他认为华剑英应该已经没有战斗力了。

但是，他搞错了，他不知道，现在，他真正的触怒了一个他绝对惹不起的人。

一股强大的气势突然压住全场，想要解决最后对手的噬神老祖，和想要为师妹报仇的男修真同时一窒。两人同时回头，望向那个发出可怕气势的男人。

华剑英一脸的杀气，他用右手抱住身受重伤已经失去意识的女修真，真元力源源不断的输入她的体内。

"噬——神——老——祖！"华剑英一字一顿，从牙缝里挤出这四个字："你给我去死吧！"说着，左手一扬，一道青色剑气脱手飞出，半空中幻化成一个巨大的狮子形象，张牙舞爪的向噬神老祖扑了过去，正是九字真言剑印中的外狮子剑印。

噬神老祖吓的魂飞天外，他认得这是拟物化形的高超手段，不是一流高手根本别想施展。而同时也说明，眼前这家伙是个离合期的高手，就算有两个自己也别想赢。

他吓得怪叫一声，纵身飞起就想逃。华剑英冷声道："想跑，哪有这么容易?"左手剑印微变，向后一扯，喝道："给我回来。"随着他一声怒喝，手上发出一股强大的吸扯力，身在半空中的噬神老祖还没反应过来，就好像被人前面推着，后面扯着一样向后退去。这正是外缚剑印。

不过外狮子剑印的威力依然还在，重重的轰在噬神老祖的后背，惨叫声中，噬神老祖的肉身开始一点点的崩溃。不过噬神老祖似乎还没放弃最后一线生机，"啵"的一声低响，他的头顶心轰开一个洞，一个小人飞射而出，荒不择路的逃去。正是噬神老祖的元婴。

华剑英皱了皱眉："还想跑？"手中暗掐灵诀，真元力一提，玄魄珠悠然飞到半空中，发出阵阵白光。噬神老祖的元婴惨嚎声中被玄魄珠吸了进去。华剑英收回玄魄珠，心下暗道："这噬神老祖的元婴已经收入玄魄珠中，以后有的是机会收拾他。更何况，珠中有那么多修行了几百几千年的元婴，说不定用不到我出手，这噬神老祖就要魂飞魄散了。"这一点，还真让华剑英猜对了一半，等到他后来想起噬神老祖，往玄魄珠中一探，发现那家伙的元婴虽然因为玄魄珠的保护没有消散，但却哭着求他："求你杀了我吧！我再也不要回那鬼珠子里面去了！"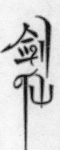

解决了噬魂老祖，华剑英第一时间替那女修真疗伤，却惊觉她肉体伤势并不是很重，关键是她的元婴受到了极大的伤害，看来那噬魂黑球的主要作用是伤害元婴，而不是肉身，这让华剑英相当的伤脑筋，也更让他恨得牙痒痒。

这时那个男修真脸色复杂的站在旁边看着华剑英，他猜不出，华剑英是什么人？明明这么厉害，却扮成什么都不懂的普通人，害得师妹因他受了重伤。他一开始几乎有些怀疑他和噬神老祖是不是一伙的？

不过他很快就否定了这想法，这个男人的实力，根本不是他和师妹能够对付的了的，如果他真的和噬神老祖是一伙的，相信自己和师妹早就尸横当地了。

说他不是，但他确又十分可疑。他布下这个陷阱，害的师妹受伤。如果说他早有预谋，在师妹重伤后，他那种愤怒之极的感觉又不像是在做假。

想来想去，他真是想不通。不过，他的师妹是因为华剑英而受到如此重伤，这一点是毫无疑问的，而只要一想到这，他就有一种想要在这个人身上狠狠砍上两剑的冲动。

当然，也只是想一想而已，别的不说，单只华剑英正在为他师妹疗伤这一点，他就不能这么做。

过了一会，华剑英帮那女修真把肉身的伤势恢复的差不多。站起身来一眼便看到那男修真一脸不善的瞪着他。他自然知道是怎么回事，加之心中确是有愧，华剑英并没有多说什么。从芥檀指中拿出一个小瓶，递给那男修真道："这是元灵丹，对令师妹的伤势大有好处，还请收下。"

那男修真本想拒绝华剑英的东西，不过一听元灵丹的名字立刻改变了想法。要知道，修真者元婴受伤，是最难以恢复的。而元灵丹号称是元婴疗伤第一宝丹，非常难得，所以他立刻接了下来。这让他更加不明白，明明就是这个男人害的师妹受伤，事后却又显得比谁都紧张。

他抱起那女修真，准备离开时，瞪着华剑英道："今天的事情，总有一天要你给个交代。"说着，不理华剑英的反应，自顾飞走了。

华剑英自知理亏，也没说什么，目送二人离去后，长叹一声，也自腾身飞走。

华剑英心情不佳，在空中飞得并不快，就这么慢慢的在空中飘行了三天。

过了三天，华剑英的心情总算稍稍好了一点。这一天，忽然听到下面传来唱山歌的声音。低头一看，只见一个中年汉子，赶着一辆马车，在山路上缓缓的行驶着。呃，就先当马车好了。

车上装着的不知是稻谷还是草料，满满的装在车上，高高的叠起。

华剑英淡淡一笑，悄悄落在草堆上，躺了下来，那车夫浑然不觉。

那车夫的歌声说起来并不好听，但却透出一种味道，一股自然纯真的味道。这种感觉华剑英很喜欢。

华剑英闭着眼睛躺在车上，听着那车夫的歌声，四周的鸟声，山林的风声，小溪的水声，四周一切的自然之声。

恍惚间，华剑英感到自己不但能听到四周的声音，也能看到他们。他看到车夫边唱边露出自我陶醉的表情，看到鸟儿在空中自由的飞翔，看到树枝随风轻轻舞动，也看到了那山间的小溪，除这些外，他还看到了很多、很多……

华剑英很喜欢这种感觉，这种好像掌握着四面八方每一个生命或是无生命的变化，身旁的小草正在生长，奋力伸展着身体接受着阳光，将吸收的能量与体内物质结合，产生微妙的变化。他感应到每一个动植物连人在内，全身都在不断的产生变化，一切的变化都在华剑英的掌握之中。

华剑英继续把神识四面八方的散出，这种"看"，感觉非常的奇妙，那是三百六十度全方位的"看"，所有的景物都映入心里。华剑英享受着这种奇特的感觉，现在他才算是真正修入离合期。

不知过了多久，华剑英忽有所觉。叹了口气，缓缓的张开了眼睛。不是他

想清醒过来，而是他不能不醒过来，望着远处空中还只有米粒般大，但却正高速飞过来的几个人。

　　华剑英心中大约是明白是怎么一回事的，不想连累到身下的这个马车夫，微一用力，腾身飞了出去。远远的，那几个人果然也改变方向跟了过来。

第五章
争斗

　　碧水寒潭剑突然停止了跳动，剑锷处突然发出数道冷冽的气芒，寒气瞬间凝结成七八颗冻气弹；而在冻气弹开始出现的同时，碧水寒潭剑上的寒气，突然以倍数计增强。

　　华剑英轻轻地落在一棵大树的树顶，一脚微提，一脚站在树顶的小枝之上。一身淡雅青袍、随风飘动的及腰长发，配上俊朗的容颜，自有一股飘然出尘的感觉。如果有认得他师父莲月心的人见到他，一定会发觉，他这身打扮，和莲月心如出一辙。

　　华剑英立在树顶，回身望着破空而至的六个人。当他看到其中一个熟悉的面孔时，忍不住苦笑了一下："果然是你。"

　　"我说过，一定要你给个交代！"那人傲然道。正是数日前，与噬神老祖之战时，出现的那个男性修真。

　　华剑英自然明白他的意思，但这件事实在是不好解释。他扮作普通人，本来就是一个意外，后来想要对付那噬神老祖，也是一个意外。总体来说，和这两个人全无关系。至于之后的发展，更是完全出乎他意料之外的，一切的发展，只能说是阴差阳错啊。

华剑英正要开口说话，另一个男子虚空踏前一步，这人看上去不过二十五六岁的样子，打扮颇为古怪，头上挽起一个发髻，用一根玉簪扎住，身穿一件皂色大袍，看样式，很像是道袍，只是上面却没有阴阳之类的图形。

那人拱手一礼道："这位，请先容我等几人自我介绍一下。"。

华剑英心并没多说什么，只是点点头，回了一礼，同时作了一个"请"的手势。

那人先指了指华剑英见过的男修真道："这位先生想必已经见过他了，他叫司徒离，是我的师侄。"华剑英拱手一礼。

那人又指了指另四个人："他们都是我的弟子，叶寓空、李明、范琛、哥舒函。"说到这里，语气略顿："至于在下，在下姜尚清。是景怀宫八执事之一。"

这是华剑英第二次听到景怀宫之名了，第一次听说，只是听别人略一提及，第二次听说却是要直接面对景怀宫的高手了。华剑英心中暗暗苦笑，果然是世事弄人啊。那人是司徒离的师叔也没什么好意外，修真者到了元婴期后，从外表上，根本看不出各人的年龄。

来的六人中，叶寓空、李明、范琛、哥舒函四人和司徒离水平差不多，都是元婴初期。不过那姜尚清可不一般，修为精深，比华剑英还要高上一筹，看上去已经是离合中期的高手了。华剑英心中暗暗惊心，看来，景怀宫可不止是想听自己的解释那么简单。特别是，这个姜尚清只是景怀宫八执事之一，如果说八执事的修为相差不多的话，那就是八个离合期的高手，再加上应该比八执事还要厉害的宫主，这景怀宫的实力，在修真界中应该算是相当厉害的了。

华剑英却不知道，姜尚清是八执事中的第一高手，其他七人中，只有一个修到了离合期，其他六人只有元婴后期的水平。在这一点上，他多少有些高估了景怀宫的实力。

华剑英也自我介绍道："在下华剑英。"

姜沿清想了想，这个名字很陌生，完全没听说过，这说明眼前之人是个无名之辈。不过华剑英离合期的修为又明明白白摆在那里，让他也不敢大意，道："哦？请恕在下孤陋寡闻，从未听先生大名，只不知先生的师长是哪位高人？"

华剑英一听，心下又是一惊，打听自己的来历？莫不是不怀好意？不过他还是回答道："家师莲月心。"

"莲月心?"姜尚清还是一脸的疑惑,显然也是没听说过。

华剑英心中犹豫,是不是要说出自己的师父并非修真界中人,而是太清界的剑仙,莲月心也没说不许他说。他也知道,这事一旦说出去的话,不要说什么景怀宫,在整个修真界自己都可以打横着走了。散仙的实力就足以横扫修真界,更何况是比散仙又高出好几档的剑仙。

不过,还没等华剑英说什么,姜尚清开口道:"数日前,在兰格国境内的敛阳山,我们景怀宫两名弟子出手对付为祸一方的噬神老祖,结果其中一人因为先生的原故而身受重伤。在下没有说错吧?"

"这……"华剑英微微一窒,果然说到这件事了,不过还是答道:"确有此事。"

"哦,先生肯认帐那就好。那……可否请先生给我们一个解释?"姜沿清还是一副不瘟不火的表情问道。

"这个……"华剑英一脸的尴尬,这件事,真的让他不知应该怎么解释才好。

"嗯?先生迟迟不肯明言,莫非有什么难言之隐?亦或者是……早有所图?"说着话,姜尚清的脸色也渐渐沉了下来。他身后五名年轻弟子更是一副随时会出手的样子。

华剑英脸色一变,他当然明白姜尚清这话的意思。看来不好好解释清楚的话,对方随时会出手。虽然对于对方好像吃定了他的态度感到有些不满,但此事总体来说确是自己不好,所以他还是把事情的前因后果,仔细的解释了一番。把事情的原由讲完后,对姜尚清躬身一个大礼,道:"事情就是如此,会变成这样,纯属意外,所以在下在事后亦曾尽力补救。前辈既然是那位小姐的长辈,在下就在这里向先生郑重道歉,还请前辈代为传达。"

姜尚清脸色略见和缓:"这么说来,先生会卷入这件事中,也只是巧合喽。"

华剑英苦笑道:"不错,会变成这样,在下也完全没有想到,整件事只能说是意外加巧合罢了。"

"哦"了一声,姜尚清还没说话,在一边的司徒离却叫了出来:"什么叫意外加巧合?你的意思是说我师妹受如此重伤,是她自己倒霉吗?"

华剑英大为尴尬,说实话,他的心中,不无这种想法。姜尚清则眉头一皱,低喝道:"司徒!怎可这么无礼!"

司徒离的声音又提高了三度:"师叔!师妹全因这混蛋而身受重伤,怎么

可以轻易放过他！"

姜尚清微微着恼，喝道："这里还轮不到你说话，给我闪到一边去。"

当天司徒离和那女修真一起对付那噬神老祖，两人一攻一守间，显然关系极为亲密。华剑英知他是为爱侣担心，因而对他也有三分歉然，当下开口道："司徒兄，此事……"

华剑英并来是想多解释几句，安抚一下这个司徒离，不想他刚一开口，司徒离就冲着他大吼："滚蛋！谁和你是兄弟！谁又和你说话！没的脏了我的嘴！污了我的耳！"

司徒离话一出口，不止华剑英脸色霎时间变得难看之极，姜尚清也是脸色大变。

华剑英冷冷地道："好大的口气，好大的威风。只不知，那天是谁眼睁睁看着自己心爱之人受伤而束手无策，最后还要接受害得自己爱人身受重伤之人的赠与？"华剑英和莲月心在一起多年，骨子里也有一股子傲气，只是最近几件事，都是自己有错在先，所以他才一直低声下气。如今一肚子闷火猛地被司徒离勾起，说话也变得毫不客气起来。

司徒离立时脸涨得通红，他是本地皇室贵族出身，进入景怀宫门下后，也一直是同门中的佼佼者，不但养成他一身的傲气，也从没人这样当面抢白他。他狂吼一声："就让你知道我的厉害！"说着，飞剑激射而出，向华剑英攻去。狂怒之下，他完全忘记了华剑英的实力远远在他之上。

姜尚清在一边大吃一惊，司徒离完全不管他这个师叔在一边，而对华剑英破口大骂就让他十分恼火，心中决定回去后一定要好好的教训教训这小子。不过他仍然没想到，司徒离竟然一声不吭，突然就对华剑英出手。

实际上，对于这件事，景怀宫上层人物在听司徒离报告了当时的情况后，已经大体了解了是怎么回事。从当时的情况来判断，这次的事件，要么是华剑英事先早有预谋，要么就是纯属一个意外。而且，从后来华剑英的反应来看，十之八九是一场意外而已。所以景怀宫的宫主让姜尚清亲自来见华剑英，除了想搞清事实如何，亦有招揽拉拢之意。

伤了一个门下弟子，对景怀宫算不得什么了不得大事，本来也用不着姜尚清这种身份的人亲自出马。但是在这个星球突然凭空冒出一个离合期的高手，却不是一件小事。当地的修真门派之间，也时有争斗，不过相互之间一则实力相差无几；二则互为制肘。如今突然出现的这名离合期的高手，足以打破当地修真门派间的实力平衡。所以，景怀宫的人决定，要在别的门派还不知道多出

这么一个高手前，先掌握他的动向。加上华剑英此时等于欠了景怀宫一个人情，所以把他拉到自己一方来是最好的选择。

所以姜尚清来这里找华剑英，实际上并没有真的打算和他动手。现在见到司徒离突然出手，当然吓了一大跳。心里一边痛骂，一边连忙出手打算把司徒离的飞剑截停下来。

但是，这时姜尚清犯了一个错误，或者说他忘了一件事。由于角度的问题，他现在这样子出手，不知他心意的人，很容易误会他是出手帮助司徒离，夹击华剑英。

而这误会的人中，也包括了华剑英自己："哼，果然是来对付我吗？"华剑英极其恼怒，早知道早晚要动手，刚刚又何必这么低声下气的解释这么多？

姜尚清此时也发觉不对，刚想解释，华剑英左手大姆指一屈，四极剑气中的天罡剑气激射而出。天罡剑气，在四极剑气中最是刚猛、霸道，纯以劲力而论，为四极剑气之首。

姜尚清大吃一惊，他感觉的出，这一击的威力相当的强劲，同时也看不出华剑英用的是什么法宝、飞剑，让他非常惊讶。不过这一击不能不挡，他身后的五名弟子可没人能接下这一下。不敢怠慢，凝神正面接下这一招。"砰！"得一声响，姜尚清整个人被轰的翻着跟头飞了出去。

华剑英一招把姜尚清逼退，右手一翻，食、中二指并出，夹住了司徒离的飞剑。这一招"二指真空把"，是莲月心创出来专破飞剑的招数，二指一出，一夹一个准。而且，除非对手的修真层次比自己高出两级以上，否则只要自己不松手，对手的飞剑绝对挣不脱。

这时，姜尚清的四名弟子一看开打，纷纷射出飞剑，上前助攻。姜尚清在一边除了苦笑，就只能笑的好苦。

华剑英目光一闪，右手一甩，把司徒离的飞剑甩出，叶寓空四人的飞剑全部和司徒离的飞剑撞在一起。这一招大出所有人意料之外，五人感觉同时一窒，华剑英可不等他们反应过来。左手中指五道剑气打出，不攻人，却直指五把飞剑。

五道剑气，全部击在司徒离、陈寓空等五人的飞剑上，五人只觉好像被人在头上重重一击，心神巨震，全身一颤，同时吐出一大口血。要知道，现在他们五人各自以气劲护体，就算真的被击中，最多身受重伤，像这样心神受到直接的冲击，却是几近不可能。

华剑英这一招，正是四极剑气中的断神剑气。这一招的原理，在于修真者

第五章·争斗

在使用法宝、飞剑时，神识、意念与法宝、飞剑是紧密相连的，所以，当修真者的法宝、飞剑被毁时，修真者本身的心神会受到相当的冲击。所以莲月心创出这招断神剑气，不攻敌人本身，专攻对方的法宝、飞剑。实际却是给对方的精神，造成一种不下于法宝被毁时的巨大伤害。如果双方本身修为就有差距，又连续数次被这一招击中，就算不死也会废了。

姜尚清见五人只一招间就重伤吐血，吃了一惊。虽然说他们五个人和华剑英水平差一大截，打不过是正常。不过刚刚的打斗他看得很清楚，实在不明白华剑英是怎么把五人创伤的，他自然不知道华剑英断神剑气的独特作用。

姜尚清忙上前把五人扶住，发出真元力到五人体内一探，不由得吓了一跳。五人身体上没受到任何伤害，但元婴却极度萎缩。仔细看看，元婴也并没受伤，只是好像因为什么事大伤元气的样子，这让他完全不明白，华剑英到底是用什么手法伤了他们五个。

情知华剑英实力远比自己想像中还要高明的多，姜尚清不敢大意，让五人退下后。冷冷地道："华先生好手段，不知不觉间就把我师侄和四名弟子伤成这样。"他还是生平第一次如此狼狈，一招间被人轰得飞了出去，心中大是恼怒。

华剑英此时也已经做好准备，哼道："在下实力一大把，姜先生自可慢慢品尝。"他这话倒不是吹牛，别的不说，单只他身上的四件仙器，就足以无敌于修真界。如果不是怕惹来他人窥视，拿出来只怕真的会吓倒眼前的人。

"在下倒要领教。"姜尚清冷冷地道。做为景怀宫八大执事之首，在这个星球还没人敢这样对他说话。

"自然会让姜先生满意。"华剑英也毫不示弱。

姜尚清一则明白，现在这种状况下想要拉扰华剑英已经是不可能了；二则，刚刚被华剑英一招打得狼狈不堪，有心要找回面子。对于司徒离的处罚是一定的，却不是现在。现在的关键是要想办法把华剑英解决掉，不然一旦让他和景怀宫敌对的门派联手，景怀宫就有大麻烦了。

想到这里，姜尚清就忍不住皱眉。由于事先没想到会发展到这一地步，所以景怀宫的当家高手就来了他一个，而他的修为虽然略胜华剑英一筹，但也只是略胜那么一筹。打败华剑英应该不难（姜尚清认为），想要彻底毁了他、杀了他，却很难。不过到了这一地步，也只能走一步算一步了。

姜尚清心中暗暗叹气，当下毫不客气，一低喝，一把水蓝色，长约尺许的飞剑直向华剑英射去。剑名"碧水寒潭"，是姜尚清前后历时近三十年才修炼完成，以飞剑本身而言，在修真界已经算是顶级飞剑了。

华剑英眉头一挑，他最不怕的，就是别人用飞剑对付他。本身修为虽然目下只有离合期，但在莲月心这绝代剑仙的指点下，华剑英对于飞剑的了解在修真界已经算是宗师级的了。

加上又有师父莲月心传授的专破飞剑手法，所以华剑英一点也不担心。左手轻松的负于背后，右手伸出。姜尚清还没搞清发生什么事，碧水寒潭剑已经被华剑英夹住。

华剑英发觉手上的飞剑散发出阵阵寒气，同时不住的跳动，意图从他手中逃脱。这种程度的寒气，也许已经不是元婴期所能承受，但他却是不惧的，而飞剑想要从他的手中逃脱，除非对手有比他高出两个层次的寂灭期修为，眼前这个和他同样是离合期的姜尚清是不可能办到的。"怎么？就只有这样而已？"华剑英冷笑着问道。

难以察觉的，姜尚清的嘴角出现了一丝笑容，一丝冷笑。碧水寒潭剑突然停止了跳动，剑锷处突然发出数道冷冽的气芒，寒气瞬间凝结成七八颗冻气弹；而在冻气弹开始出现的同时，碧水寒潭剑上的寒气，突然以倍数计增强。

"怎么、怎么会？"华剑英大吃一惊，短短的瞬间，整个右臂已经冻僵麻木。大惊之下，华剑英立刻弃剑，同时，也明白了这把碧水寒潭剑的奥秘。"是双重法诀剑！有双种攻击方式和用法的飞剑！"华剑英以前听莲月心提过这种飞剑。只是这种剑一则炼制太难；二则想要能控制的好也很难，所以莲月心在他那长达数万年的生命当中，也只见过一两次而已，而且还都是飞升天界之后的事。想到这，华剑英真是不知自己是否该高兴还是沮丧，刚出道才没几天就见到这样一柄极其罕见的双重法诀剑。

不过麻烦还不止这些。右手刚放开碧水寒潭剑，冻气弹呼啸着向华剑英击去。华剑英右手动弹不得，左手连施十方剑诀中的切、弹、盘、搓四诀，淡青色的剑气盘旋飞舞，把射来的冻气弹一一击破。如此一来，华剑英右侧破绽大露，姜尚清当然不肯放过，碧水寒潭剑急出，一剑正中华剑英右胸。

华剑英一声闷哼，姜尚清大喜，催动碧水寒潭剑想要把华剑英刺个对穿。

幕然之间，华剑英一声长啸，全身上下一阵光华闪动，一股强大到让姜尚清无法想像的巨大力量突然爆发开来，轻易把碧水寒潭剑震开。

姜尚清震骇异常，刚刚的那股力量之强，绝不是离合期高手所能发出，那是怎么回事？华剑英也是心有余悸，如果不是仙器为护主突然发动，他不死恐怕也要重伤。

姜尚清毕竟经验较足，震骇之后立刻定下心神，再组攻势。

华剑英突然发现，姜尚清的飞剑以一种肉眼难辩的高速，围着他四周不停旋转。虽然全力拦截，但由于速度太快，又靠着他太近，时不时还会有一两剑突破他的拦截刺在他的身上。

"嘿。姜大先生，你这是做吗？我承认，能做到这种程度，你确实很厉害，很少有高手能完全逃过去。不过，这样的攻击，过份的注重速度，使得每一剑上的力量变得非常弱。以这种力量，是伤不到我的。"华剑英很奇怪，这样子做除了让双方陷入一种打不开的僵局外，他看不出有什么其他作用。

"哼哼，你马上就会知道这一招的威力了。喝！"姜尚清没有多说什么，低喝一声，捏起法诀。

华剑英开始知道是怎么回事了。"这、这是！"只见华剑英左手、右肩、后腰、左腿、右脚等几个地方开始结起大量冰块。"是冰冻！糟糕！没想到那把剑的寒气竟然能做到这一地步。"一边想，华剑英立刻把心神沉入元婴中，全力推动真元力，当这敌人的面这么做。这是相当危险的一件事，不过现在他已经顾不得了。

"哼！没用的！"姜尚清一声呼喝，碧水寒潭剑立时散发出更强的寒气。不一会，华剑英整个人已经变成了一个巨大的冰块。

姜尚清收起飞剑，飞上前接住冰块，不使它坠落到地面。这时司徒离、陈寓空、李明、范琛、哥舒函五人也一起飞了过来。

司徒离道："师叔真行。这小子虽凶，最后还是让师叔手擒来。"陈寓空四人也是连连恭维。

姜尚清现在对司徒离一肚子气，心道："会变成这样，全是你小子害的！等回去后，一定要好好教训你这小子一下才行。"不过，千穿万穿，马屁不穿，所以他只是冷哼了一声，就不再说什么。

姜尚清毕竟经验丰富，虽然抓住了华剑英，但却不敢大意。突然发觉被冰封住，应该已经毫无知觉的华剑英突然睁开双眼，冷冷地瞪着他。

大感意外，同时也大吃一惊的他，连忙叫道："不好！快散开！"

"破！"随着华剑英一声大吼。一股大得异乎寻常的劲道四面八方的散开。原本封着他的冰块立时破碎成千百万块。

强大的冲击力，波及得方圆近里许的范围。强如姜尚清，也被炸的远远的飞开。好不容易稳住身形，他心中的惊讶实是难以言喻："怎、怎么可能！刚刚的力量，刚刚的力量之强比之空冥期也是毫不逊色。但我明明感觉到，他确是离合期。为什么？怎么会的？"

华剑英暗暗调息，九字真言剑印的五印合一威力大得让他意外。九字真言剑印，数印合一的威力，可不是一加一等于二那么简单，每多叠加一个印诀，威力就会以数倍计的提升。像刚刚他打出来的五印合一，威力就足以与一个空冥初期高手的全力一击相匹敌。不过，与威力的提升成正比，真元力的消耗也数倍提升，刚刚一击耗去了他近四分之一的真元力。

华剑英以神识扫视了一下，司徒离等五个元婴初期的家伙，近距离受到刚刚的冲击，现在就算不死，看样子也已经失去意识了。现在的问题，就是姜尚清了，必须速战速决。

华剑英全力向姜尚清冲了过去，双手小指小天星剑气全力击出。霎时间，无数剑气潮水般向姜尚清扑去。

姜尚清全力压下自身伤势，口念咒诀，大喝一声："绚炎环！咄！"只见他双臂同时出现四个火焰般光圈。双臂一张，同时击出，向射来的剑气迎去。

连环爆响中，姜尚清被震得远远飞出，口中连吐几口鲜血。刚一稳下身形，立刻以神识四周扫视："那家伙……那家伙在……后面！"

姜尚清暗叫不好！一边回身，绚炎环猛地向后击去。

"咄！""破！"绚炎环的八道火焰光圈和九字真言剑印五印合一正面对撞，震天巨响中，华剑英踉跄后退，姜尚清却远远的飞了出去。

"呜，好厉害，不能大意！要打到他彻底失去战力才行。"虽然连用两次九字真言剑印耗去过半真元力，让华剑英感到十分疲劳，但刚刚连续两次差点在姜尚清手下吃大亏，他半点不敢大意。

一提力，全速冲了过去，双手一合，向姜尚清击去。招出一半，已经看清姜尚清的样子。只见绚炎环已经破碎，正自从他双臂上脱落，身上的战甲片片破碎，一点点从他的身上掉落。看到姜尚清这个样子，华剑英就明白，他已经没有再战之力，华剑英心中暗吃一惊。姜尚清现在这种状态下，不要说是九字真言剑印的五印合一，就算是随手一击恐怕都不是他能承受的了的。

华剑英连忙要收手，但五印合一，凝聚了他近四分之一的真元力，岂是他说停就停的？虽然在瞬间强行收回近一半的力量，但剩下的一半，仍然击在姜尚清的身上。又是一声巨响后，姜尚清的肉身霎那间被击毁，化成无数肉屑。

姜尚清的元婴从肉身残屑中飞出，远远的逃遁飞走，边逃边叫："华剑英！我不会放过你的！"

华剑英这时只感疲惫不堪，不止是身体，还有心理上。他不住苦笑，心知

这下和景怀宫真是没完没了了。但事已至此，也只有见步行步，何况他自己也是伤的不轻。不说姜尚清对他造成的伤害，单只是最后强行收力，就让他相当的难过。当下转过身，直飞出千余里外，才在一座小山上落下，找了一个小山洞藏身。从芥檀指中找出几粒疗伤药吞下，开始疗治自身伤势。

华剑英在这座山中一连住了近十天，这天眼看伤势已经痊愈。正准备离开，忽有所感。脸色一变，散出神识四面查看。一看不要紧，立刻大吃一惊。整个小山已经被近百名修真者团团包围，其中更有好几个离合期的高手和一个空冥期的。

华剑英心下暗暗吃惊，他明白，这些家伙八成是景怀宫的人。只是他也暗暗奇怪，景怀宫的人是怎么找到自己的？

当初自己和姜尚清一战后，知道景怀宫必定不会放过自己，所以一口气跑出数千里远，如果不是自身伤势，大概还会找个更远的地方，找的也全是一些人迹难至的地方。这些家伙，是怎么找到自己的？还是说，这些家伙只是盲目搜索，过一会儿就会离开？

但是过了一会，华剑英却发觉事情并非自己想像中的那样。这些景怀宫的高手目标明显是自己这边，只是这座山虽然不大，各种大小山洞却是不少。那些人似乎一个个的找过来，不过以修真者的能力，找到这边也只是时间上的问题。再不跑，想逃都逃不了了。

既然下了决定，华剑英不再犹豫，决定尽快离开。刚刚抬起脚要走，却突地想起什么，四周看了看，对着左边猛地发出一道剑气。

轰然巨响中，景怀宫都只道是那边有人发现了敌人踪迹，全都往那边赶去。华剑英发出剑气后略略一顿，立刻纵身向右边冲了过去。

实际上，单以人数来说，右边的人手远比左边来的多，但却并没有元婴期以上的高手。所以华剑英选择了这边。

半空中景怀宫的修真者们一阵惊呼，数十把飞剑一起向华剑英飞刺而来。

而华剑英为了能快些脱身，一出手就是九字真言剑印的四印合一，这一击的威力，相当于一个离合后期的高手的全力一击，那些个连元婴期的修真者连挡都不敢挡，惊呼一声，全部四散躲闪。

华剑英趁这个空档，猛的冲了过去。心中正自庆幸，成功逃了出来，却猛然听到侧后方一个声音传来："哪里走！"劲随声到，一股庞大的压力直向他逼了过来。力道之大远非华剑英所能及。

华剑英心中暗暗叫苦，知道是那个空冥期的高手出手。暗叹一声，九字真言剑印五印合一，向后迎去。

震耳欲聋的巨响中，华剑英和那空冥期的高手同时被震飞。不过华剑英却没可能逃走，在刚刚华剑英和那高手纠缠的短短时间内，又有仅次于刚刚那人的两名离合后期高手，一左一右的攻了过来。

华剑英心中叫苦不迭，但却又没有办法，这两招如果不挡，不死也要给废了。不过在这强敌环侍的状态下，能省力就尽量省。

华剑英双手一张，接下来自两边的攻击。那两人心中大奇，由于知道华剑英打败姜尚清的战绩，加上刚刚亲眼看到他和景怀宫第一高手的二师兄拼了个不相上下，虽然对他没用法宝这点有些惊疑，这两招两人可说是已尽全力，就算是一个空冥初期高手如无必要也不敢正面硬挡他们二人的联手一击。所以心中大觉奇怪。

奇怪归奇怪，这一招还是要出手的。力道接实，双方却发觉，不知华剑英用了什么手法，两人的一招各自一偏，竟然越过华剑英变成两人自己对轰起来。这两个人大吃一惊，忙乱中各自收回三成劲力，"砰！"的一声各自震开，两人齐声叫了一声："好古怪！"只是一个语气中充满兴奋之意，另一个却满是讶异之情。

这时那个空冥期的高手又冲了过来，这次华剑英看清了，这人身材极高，几近二米，身穿一件银灰色战甲，用的法宝，似乎是手上的一双手套。

华剑英暗暗苦笑，他可没那本钱次次和他硬拼，刚刚是想要借和他一拼之力趁势逃走，现在可没这个胆量。双手一圈一绕，发出一个怪异力场，那人发出的一击力道立刻消失无踪。

发觉这一点的在场高手全都一呆，那空冥期高手诧异叫道："果然古怪！"华剑英趁机把身形急转，双手向外一甩，刚刚消失的攻击突然被他甩向景怀宫另一名长得颇为瘦削的离合中期高手。

那人吓了一跳，这一招他可不敢硬接，只好闪身躲避。华剑英却只能望着他露出的空隙苦笑，因为刚刚那两个景怀宫高手又逼了过来。华剑英心中暗叹，还是那一招，把两人逼退。

华剑英四周望望，景怀宫三名离合期一名空冥期，四大高手把自己四面包夹；外围又有十来名元婴期高手围着；再往外，则有数十名心动或元化期的修真者围了个铁桶也似。要想冲出去，非要把这些人全部打倒才行。华剑英计算一下，要想做到这一点，最少也要有空宴后期的修为才行。

华剑英暗暗叫苦，这下子可怎么办？

这时，三名离合期的高手中，一人开口道："阁下想必就是华剑英吧？"这人一头黑色短发垂在耳边，唇上两道八字小胡，和姜尚清穿着同一样式的皂色大袍。

华剑英心想这事瞒也瞒不住，不如大方一些，当下点头道："不错。阁下是什么人？"

那人轻轻一笑，道："在下景怀宫外事总管，梅岩。"抬头指了指刚刚和他一起夹击华剑英的另一名离合期高手道："那是本宫内事总管，莫少君。呵呵，他这人不喜多言，就由梅某人代他介绍了。"华剑英淡淡地道："久仰大名了。"嘴上说话，心里却在盘算如何是好？

然后华剑英又知道，刚刚那个大个子名叫伯合涛，最后一个，看上去较为瘦削的则名为蔡庆汉。两人都是景怀宫护法。景怀宫中除了宫主之外，所有元婴期以上的高手都到了，可见对他的重视。

梅岩介绍完后，轻轻笑道："华剑英，说实话，我个人很佩服你。以实力计算的话，我们四人任谁都要在你之上，可是当真要打，就算我景怀宫第一高手伯师兄恐怕都不一定是你的对手。不过，现下我们在四对一……不，是一百对一的情况下，你绝不是我们的对手。劝你还是投降吧。"

华剑英冷笑一声，刚想说话，突然想起一事，问道："我想知道。你们是怎么找到我的？正常情况下，你们应该不会这么快找到这里来的。"

景怀宫四个高手对视一眼，梅岩道："反正你现在也逃不掉了。告诉你也无妨，当初敛阳山一战，本宫一个女弟子因你重伤，她的男同伴当时就决心要日后找你算帐。所以在你替那女弟子疗伤时，在你身上下了本宫独门的追踪术。只要在一个月期限内，不管你跑到哪里，我们也能找到你。"

华剑英呆了一呆，苦笑道："原来如此，上次你们能轻易找到我，我就应该想到的。为什么我全无感觉？"

"因为这种法术除了能告诉我们你大体的方位外，完全没有其他的作用，也不会对你有任何的损伤，所以被下此术的人，不管修为多高也发现不了。直到一个月后它自动失效为止。"

说着，梅岩轻轻一挥手，道："反正你也逃不了，梅某人就帮你解除此术好了。"说着念了一句法咒，华剑英发觉衣袍下摆一股青烟升起，紧跟着变淡消失，心中悄悄松了一口气。

这时，梅岩又道："华剑英，我劝你还是投降吧。我保证我们不会杀你就是。"

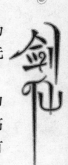

华剑英哼道："你以为我会相信你的保证吗？姜尚清的肉身被我毁掉，你以为我会相信你们会放过我？就算你们不杀我，只怕也不会放过我吧？就算不毁去我的肉身，大概也会把我废掉。我没说错吧，那样的话，那你们还不如杀了我算了。更何况……你们以为你们真的能够制得住我吗？"

梅岩笑道："华剑英，就算你不接受又如何？你不会是以为你刚刚那几招就能够制得住我们吧？我虽然不知道你是用什么功法做到的，竟然能和伯师兄硬拼一招而不落下风。但是，你毕竟就只是一个离合期，这种功法用起来也必定极耗元气，我估计这一招你最多只能连用五次。"

华剑英脸心中暗自惊讶，这梅岩说的一点也不错，实际自己最多只能连用四次，连五次也不到。特别是，刚刚还用过一次四印合一，再加上与这几人缠斗的几招，现在大概也就只能再用一次。

梅岩又道："再者你刚刚用来对付我和莫师弟的招式，确实妙绝颠毫。不过，这一招出手的时机必须要把握的极准，稍有疏忽，就会祸及己身。如果不知道的倒也罢了，现在我们看穿这一点，只要多试几次，要想破掉这一招也并不难。我说的不错吧？"

华剑英眉头一挑："不错，你说得很对。"华剑英心中真的有些佩服这个梅岩了，他看的极准。"挪移回"可以说是青莲剑歌第二式一莲枯度的基本手法，只是其间难易和效果，相差可说一个天上一个地下。不过对于梅岩能够看穿这一点，他真的很是佩服。

"哦？既如此，我看不出你还有什么可以倚仗以对付我们的。"梅岩自信的道。

"我有说过要用刚刚你说的东西对付你们吗？"华剑英一边说，心中一边盘算要怎么办。不过他在考虑的并不是怎么逃，而是要不要就此灭了这些家伙，有鹰击弩这件强力仙器在手，消灭这些人对他来说并不是很难。

不过，考虑良久后，不愿因自己破坏当地的实力平衡，华剑英考虑再三，决定还是放这些人一马。

他冷冷地道："既然追踪之术已解，你们以后再也找我不到。我也不想再和你们有什么关系。再会了。"

梅岩一笑，正想再说什么，却突然发觉华剑英身上出现一道墨玉般的光芒。

景怀宫四大高手脸色一变，同时就想动手，却发觉突然出现一股大的让他们做梦也梦不到的力量，把他们不断向后推去。直被推出百丈开外，四人方才

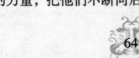

在半空定下身形。虽然他们四人间亦有高下之分，不过和仙器那来自天界的巨大力量相比，这种差距几乎可以忽略不计。

四人远远的，看到一个乌黑色梭子状的法宝突然出现，一开始十分细小，但迅速变大，把华剑英纳于其中。不用说，这件法宝正是破日乌梭。

远远的，四人还看到华剑英进入梭身前，还面带微笑的向四人摆了摆手，做了个再见的手势。紧接着乌光一闪，华剑英和那梭状法宝已经消失不见。

四个人你眼望我眼，脸色都难看至极。回想起刚刚把他们四人推开的那股力量之恐怖，四人齐齐变色。

第六章
人心·魔心

手上已经多出一颗渊皓石、一颗赤焰石和两颗潭池石。这四颗仙石一出手，那绍达当场傻了眼。这四颗仙石虽然属性不同，但却均属上品仙石，平时在修真界也是不多见……

这个星球的名字是固达星，固达星只有一块面积极大的大陆，大陆上的共分大大小小数十个国家，其中以回国、柳国和维国三国面积最大、国力最强。其他的数十中小国分别依于附于三国。

三大国以皇帝为最高统治者，其他中小国家大都向这三国称臣，接受三国亲王称号。

回、柳、维三国皇室都和修真界有关联。固达星有三个比较大的修真门派，分别为景怀宫、天南殿和雪衫会。

在修真界，有一个不成文的，但大家必须遵守的规矩。就是，修真者可以帮助、支持世俗界的某一个国家，甚至可以在这个国家做官、工作，但绝对不可以直接参与这个国家与别国的战争。一旦有人触范，就会受到来自整个修真界的追杀。

所以，景怀宫支持回国，天南殿支持柳国，雪衫会支持维国。也正是因为这三个门派中，以景怀宫的实力最强，所以回国成为三大国中最强的一国。

景怀宫，某密室中，以景怀宫宫主司徒轩为首的高手们，今天在这里齐聚一堂。

中央首座上，坐着的便是宫主司徒轩；其左右两边的下手处，则坐着内外两大管事莫少君和梅岩；在往下，则坐着景怀宫的两大护法伯合涛和蔡庆汉，实际上，景怀宫应该有四位护法，但因为一些原故，上两位护法卸位后，一直找不到合适的人选，所以目前只有两位护法；最后四人，则是八大执事中长孙畏、周枫、黄泽和魏龙四位，八大执事中有三人因有事外出，至今未回，原本的八执事之首姜尚清因肉身被毁，现在正想法子凝体固形，所以只得以上四人出席。

而今天，景怀宫的高手们在此齐聚一堂，为的，正是华剑英。

"各位说说看吧，现在对于这个叫华剑英的小子，应该怎么办？"司徒轩高坐首位，脸色难看地道。也难怪，八大执事中公认的第一高手姜尚清肉身被毁，以两大管事和两位护法，加上近百位景怀宫下属高手和弟子同时出手，却被对方从容而去。这种事，是这位宫主大人继位来……不！甚至可说是景怀宫有史以来都没有过的。

"当然不可以放过这小子。以我们景怀宫的实力和势力，想找他出来，还不是很难的一件事。"长孙畏狠狠的道："上一次可惜宫主和我们几个另有要事，这一次宫主还有我们几个一起出手。我就不信，收拾不了这个小子！"

另三位执事也纷纷出言附合。八执事一齐共事多年，彼此间的交情都相当深，所以一个个对华剑英当真都恨不得扒皮拆骨。

司徒轩默然沉思，他毕竟久居宫主高位，不像长孙畏等四执事那么冲动。景怀宫现在为了华剑英这个人可以说是丢尽了面子，如果能顺利地把这小子收拾了还好，如果连自己在内的景怀宫所有精英高手一起出手，也拾掇不下这个小子，到时景怀宫的面子，可就真的全丢光了。沉吟半晌，司徒轩抬起头，道："你们几个怎么看？"

所谓"你们几个"指的就是上次参与围攻华剑英的莫少君、梅岩、伯合涛、蔡庆汉四人。不过，话虽然说是"你们几个"，但所有人，包括莫、伯、蔡三人，全都望着梅岩。

梅岩论辈份是司徒轩同门、同师的师弟，司徒轩十分信任他，加上梅岩确有真才实学，所以自从他接掌外事主管后，他相当于是整个景怀宫的智囊。

见所有人都看着他，梅岩轻咳一声，对司徒轩道："师兄，小弟认为，在谈这件事前，应该先要谈谈怎么样惩罚本宫门下犯了大错的弟子。"

司徒轩微微一愕，问道："是谁？"

梅岩可说是一字一顿的道："司——徒——离！"

司徒轩吃了一惊，问道："阿离？却是为了什么？"

轻叹一口气，梅岩把当初姜尚清和华剑英会面的前后经过讲了一遍，然后扫了在场所有人一眼，道："师兄，想来你也应该明白，按照事情发展的经过，本来，尚清很有可能让这个华剑英成为我们景怀宫的朋友，至少也不会是敌人。结果，就是因为司徒离的目无尊长和骄横，使得本宫现在受到这么大的损失。师兄，司徒离不能不罚。"

司徒轩长叹一声，说实话，犯了这么大的错，司徒离会受到什么样的惩罚他心中有数。按辈份算，司徒离是他家族中重孙一辈，所以，他实在不想这么做，但他却又不能不做。

梅岩略一犹豫，对司徒轩道："师兄，我知你心中不忍，不过……"

又叹了一声，司徒轩打断梅岩道："梅师弟，我知道你是为我们景怀宫好，我并没有怪你。只是……唉——"略一停顿，又道："梅师弟，你觉得对司徒离，应该如何惩处？"

梅岩道："这个，就要问莫师弟了。莫师弟？"

莫少君淡淡地道："封闭元婴，逐出师门。"

司徒轩神色微一黯然，叹道："只好如此了。"又道："这件事就这样决定了。梅师弟，对于华剑英这个人，你到底有什么看法？"

梅岩略微整理一下思路，缓缓地道："长孙师兄刚刚说，可惜上次宫主没有出手。我倒觉得，还好上次宫主没有出手。"

众人脸色微微一变，长孙畏皱眉道："梅师弟，你是说，就算加上宫主，也对付不了那个小子？我倒不相信那小子会这么厉害。"梅岩不知怎的，心中冒出记不起谁说的一句古话：人，总是太过自信，除非让他们真正见识到，世上的事情往往并不是像他们想像的那样，不然他们是永远也不会了解到这一事实的。

梅岩只是心里在想，自然不会说出来，笑了笑，道："倒不是这个意思。只是，就算宫主一起出手了，赢了又如何？万一还是让那华剑英从容而去的话，又如何？"

其他人显然有些不明白他的话，脸上露出疑惑之色。

"赢了，我们景怀宫的脸上，难道又能添上什么光彩？一个空冥期加上四个离合期……哦，我是说宫主也出手的话，这么多高手，联手对付一个离合期的人，就算赢了，又有什么光彩之处？再说，万一还是他跑了的话，到时又该怎么办？真要如此，只怕我们连最后一块遮羞布也会失去啊。"

听了梅岩的话，所有人全都沉思起来。不错，这样看来，这件事不管怎么发展，对景怀宫都是百害而无一利。

"还有。"梅岩续道："我们所有人，在这之前都疏忽了一件非常重要的事情。"

司徒轩奇道："什么事？"

"这个华剑英，他到底师出何门何派？他能够以离合期的功力，与伯师兄正面硬拼一招而不落下风。面对我和莫师弟两人的夹攻，凭借那奇特的手法，却能稳立不败之地。当时我虽然说的轻巧容易，真的动手，只怕我们全部被他打到无还手之力时，也找不出破解之法啊。还有，他逃走时用的那件法宝……"

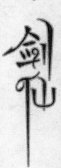

想起华剑英最后亮出的法宝威力之大，所有参与过那一战的人，全部脸上变色。司徒轩几人已经不是第一次见到他们这样了，一时间也变得脸色凝重起来。

梅岩长吸了一口气，勉强压下内心的恐惧，道："能够拥有这样的奇妙功法、威力如此恐怖的法宝。这个华剑英的出身一定很不简单。如果不能搞清楚的话，就算我们真的能把他收拾，只怕也会给我们景怀宫惹来灭顶之灾啊。"

周枫轻声道："会不会只是这小子运气超好，偶然得到一件强大的法器？"

梅岩摇头道："不可能。先不说别的，就算这家伙有这么好的运气。那么强的法宝，也决不是一个离合期的人物所能控制的了的。一定是有个实力远超我们想像之上的人，帮他修炼过，所以他才能控制的了。"

司徒轩思考良久，叹道："好吧，那这件事就先这么放一下。等到查清楚那个小子的师门关系后再决定下一步怎么做。对了，关于那个华剑英的师门，有什么发现？"

这件事，是四执事去做的，四执事相对苦笑，长孙畏道："我们已经通过各方面的关系，查阅了近七千年来所有的修到空冥期以上的修真者。但没有找到有关'莲月心'这个名字的任何消息。"

"这样啊。"司徒轩皱起眉头："那就继续查，查到一万年以前，还不行，就查到二万年前、三万年前！我就不信查不出！"

"是!"四执事一起领命。结果,他真的一直查到三万多年前,他们还是一无所获,直至一个极偶然的机会,他们才知道,莲月心是什么人。而当他们知道这个消息后,全部吓出一身的冷汗。

　　而让景怀宫头疼无比的华剑英,他现在倒是相当的轻松。

　　破日乌梭的效果远比想像中的还有好,瞬间把他带到数万里之外,置身于一个森林中。虽然又陷入不知身在何处的困扰中,不过,终于能摆脱来自景怀宫的纠缠,仍然让华剑英相当的高兴。

　　在这里放弃使用飞行,华剑英决定用走慢慢的欣赏四周景色。现在的他可不同于当年还没修真时,以他现下离合期的修为,神识向外一散,除非是极厉害的先天阵势,不然,没有任何地方可以困的他住。

　　只是,出乎华剑英意料之外,这个森林看上去茂盛之极,实际上却只有十数里方圆,并不算大。向东走,不过二十余里外,就有一座看上去蛮繁华的城市。

　　华剑英略一思考,决定到那座城市去一趟。主要是想要换取一些这个星球的通用货币。有了决定后,华剑英施施然向那座城市走了过去。

　　相隔并不是很远,华剑英很快就来到了那城市的城门口,抬起头望了望,看到城门上,就刻着"静息"两个字。

　　"让人静静休息的城吗?不错不错。"喃喃自语着,华剑英走进了这静息城。

　　出乎华剑英的想像之外,这静息城并不像它的名字那样安静。正相反,这里拥有繁华的商业街道和居民区,相信这里无论白天还是晚上都不会太安静。虽然并没有众多宽阔的街道,但这里的环境相当的优雅,街道的两旁往往种满了各种树木。这些大大冲淡了华剑英对这里众多商家吵闹声音的厌恶。而且,商业发达,也有一个好处,至少,他能找到一个地方换取一些钱财了。

　　华剑英身上没有钱,但并不表示华剑英身上没有值钱的东西,正相反,他身上价值连城的东西有很多。别的不说,单只是他身上的那些仙石,就足以让他成为世界上最富有的人。

　　当初绝天大幻阵中,华剑英得到了三个飞升期高手几千年的收集品,其实,单只是上品仙石,就足以装满一座最巨大的仓库。

　　这些仙石,在修真者眼中,是最重要的常备装备,而在普通人的眼中,更是价值连城的极品宝石。

　　华剑英拦住一个路人,跟他询问这里最近的珠宝行在哪里,那人答道:

"从这里一直向前，第三个路口左转，再走大约三十丈左右，就有一间珠宝行了。"

华剑英道了一声谢，按那人所指的走了过去。刚刚替他指路的人突然想起什么，急忙回头寻找，却又哪里找的到华剑英的影子？那人喃喃自语道："不知这人找珠宝行做什么？是要买珠宝还是卖珠宝？如果是买还好，如果是卖的话……唉，只能希望老天保佑他了。"

华剑英自然不晓得那位路人的想法，他只是按那人所指走了过去。果然，不一会就让他找到了一间"百珍屋—金银珠宝行"。

"看来生意蛮大的嘛。"看着这家百珍屋的门面，华剑英轻轻自语，抬脚走了进去。

百珍屋的店面颇大，好几个伙计正在招呼客人，不过现在看来好像没几个客人。有一个伙计看到华剑英走进来，连忙迎了上云："哟，这位爷，来小店是想要买点什么珠宝首饰么？小店这有的是上好极品，小的拿几件来给您老瞧瞧？"

华剑英摇了摇头，道："不，你们掌柜的在么？我想卖点珠宝，请你们掌柜的出来帮我看看。"

那伙计点头哈腰的道："是、是、是，你老稍等一等。小的这就去走叫掌柜的来。"说着，请华剑英在一边的椅子上坐下来。华剑英坐下，一边打量着这家店的的装饰。

不一会，一个中等身材，面容精瘦神情精悍，留着一撮小胡子的中年人，在那个伙计的带领下，走进了大厅。

那中年人走到华剑英跟前，行了个礼道："在下是百珍屋的老板兼大掌柜绍达。听说这位客官想要卖给敝行一些珠宝？"华剑英点头道："正是，绍大老板的这就要看货么？"绍达笑了笑道："这里人多眼杂，哪能在这里？请客官跟我来。"说着，伸手做了个请的手势，转身向里间走去，华剑英自在后面跟上，却没有看到，那绍老板的眼中闪烁着的凌厉寒芒。

转过一个门，进到内庭，庭有一个小院，中心处一个小小水池，池边立着一个两人多高，丈许方圆的假山石，四周种着不少矮树花从，看上去倒是颇为雅致。两条过道旁，共有四间贵宾室。

华剑英随着绍达来到四间贵宾室中的甲字号房。两人分主客坐下后，先各自说了几句客气话，绍达道："客官说要卖珠宝，可否拿出货来给在下瞧瞧?"华剑英笑道："这是当然。"华剑英伸左手入怀装模作样的掏摸几下，实际上那些仙石全放在那左手芥檀扳指中，只有心念一动，自然会出现在他手上，只是他不想惊世骇俗，所以故作姿态，到怀中去取。

当再伸出手来，手上已经多出一颗渊皓石、一颗赤焰石和两颗潭池石。这四颗仙石一出手，那绍达当场傻了眼。这四颗仙石虽然属性不同，但却均属上品仙石，平时在修真界也是不多见，那绍达虽然对各种玉石虽然也说得上见多识广，但却也从来没见过品质这样上佳的极品宝石。

华剑英把四颗仙石放在桌上，那绍达立时抢命也似扑上。一手抓住两块，放在眼前仔细的看着，看他那样子，如果不是怕会瞎掉的话，只怕已经把这四颗仙石塞到自己眼睛里去了，同时口中念念有词的不知在嘀咕些什么，就连以华剑英耳力之灵也听不清楚。实际，就连绍达的自己，怕也不知他嘟囔些什么。

"咳、咳。"华剑英轻轻干咳几声，心中暗笑："至于吗？不过几块宝石么？我扳指里面多的像山一样，第一次看到时也没见这样。"

当初莲月心怕华剑英知道了仙石对修真的帮助后，会偷偷用仙石辅助修炼，所以对于芥檀指中有着大量仙石的事情，是在他修到元婴期以后才告诉他的。而修真者在修到幻虚期之后，对各种物质、物欲的要求就会大大下降。所以当初华剑英在知道自己有这么多仙石后，也只是在心里"哦"了一声而已。也是因此，对于绍达的反应，他感到很不可思议。

绍达猛然间惊醒，一时间颇感尴尬，干笑几声道："绍某人做了一辈子珠宝行业，像客官这几颗宝石般品质之佳，还是头一次见到。咳、咳，失态了。"

华剑英轻笑摆手，示意无妨，道："那大老板认为这四颗宝石，所值几何？"

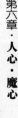

"这个……请恕在下眼拙，只知这几块宝石品质极高。具体能值多少，一时间倒是难以估计。客官可否稍待？等我命人请来本行最好的专业朝奉师父，请他来为客官鉴定一下，可好？"

华剑英有的是时间，自然不怎么在意，当下点头答应。

绍达走到房门前，叫来一个伙计，吩咐道："你速去请唐老爷子来。就说有极贵重的物品，请他勿必快快来到。"说着对那伙计使了个眼色，那伙计微微一愣，马上会意，点点头："小的明白了，小的这就去。"说着转身便急奔而去。

因为吩咐那伙计时，那绍达是背对着华剑英，所以华剑英并没有注意。只是直等了近个把小时，连华剑英也有些不耐烦时，那姓唐的朝奉师父才姗姗而至。

这唐老朝奉身材不高，头顶心处秃得能反光，只是四周的头发，却是又多又长，整个脸上最引人注目的，便是那只大蒜头鼻，一双细眼中，却透射出精明的目光。

见唐老朝奉来到，绍达急忙起身迎接，华剑英也只好一同站起。不过华剑英发觉到，这个唐老朝奉很不简单，似乎是个修真者，不过水平一般，只得炼神后期，连辟谷期也不到。

那唐老朝奉神情间颇见倨傲之意，也不跟华剑英见礼，直接对绍达的道："不知东主找老夫何事？"绍达对这唐老朝奉显然极为敬重，恭敬地道："这位客人来卖珠宝，在下拿不太准，所以特地请老先生过来瞧上一瞧，估估价"。

华剑英在一旁暗觉诧异，一般而言，在这种珠宝店、古玩店又或当铺之类的地方，虽然朝奉的地位极其尊崇，但也不可能在自家东主之上，无论怎么算，绍达这大老板的地位也远较这唐朝奉为高，却为何绍达对这唐朝奉恭敬至此？

这时，唐老朝奉顺着绍达的指引，已经看到放在桌上的四颗仙石，吃了一惊，大步上前拿起，放在手上仔细把玩观察，间或拿出好几个道具，量量测测。半晌后，长出一口气，道："无价之宝。"

绍达又吃一惊，他自然明白唐老朝奉的眼光有多高、多厉害，他说是无价之宝，那就绝对是无价。

绍达略一思索，对华剑英道："客官，您刚也听到了，这几块宝石仍无价之宝，本行只怕也无法收购。"华剑英呆眼道："那怎么办？"他可没想到，东西太好了居然也会卖不出去。

"您看这样行不？"绍达思索一会后对华剑英道："再过几天，本城会有一次大拍卖的行动。您这几块宝石以本行名义，参与此次拍卖，您只需付出拍卖所得的一成，做为中介费和手续费，怎么样？"

华剑英对于钱财之类的东西，并不怎么放在心上，会想要来此卖东西，也只是想以后在这个星球上行动时方便一些，以免再发生上次在饭馆里的事，所以他一口答应。

就在这时，外面突然传来一阵吵闹喧哗的声音，房中三人齐齐一愕。只是华剑英单纯只是惊讶，而绍达、唐老朝奉的神色则有些个古怪的意味。

不一会，在几个伙计的带领下，一个军官打扮的人，带着几个手下，大摇大摆的走了进来。上下打量了华剑英几眼，然后转头望向绍老板，两人互相打

73

了个眼色，各自心知肚明，唐老朝奉轻咳一声，退到了一边。

那军官一进门，便大声道："本官五城巡查使刘通，奉上命调查数日前的失窃大案。闲杂人等，一律接受检查！"

华剑英笑嘻嘻的看着。一开始，因为没有留意，所以对于绍老板和唐老朝奉古怪的神情并没有怎么留意。但自从那刘通巡查使一来，就知道事情有些不对劲了。以他的神识灵觉，那个刘巡查使还没进门他就已经发觉了。本来也没什么，不过这刘巡查一进门就带人直扑这个房间，就有些不寻常了，别的不说，他怎么知道这个房间有人的？

后来，绍达和刘巡查使互递眼色，他又怎么会发觉不了？至于那唐老朝奉看似平常的一退，更是把华剑英的退路全部封死。至此，华剑英已经明白，这些个家伙早就对他不怀好意，那个唐老朝奉修真水平虽然不高，但在世俗界中已经是绝顶的高手，刚才他来的那么迟，想来就是为了联系这个刘巡查使了。同时他也明白了为什么绍掌柜何以对这个唐老朝奉这般恭敬，想来唐朝奉是他不知从哪招揽来的护驾高手。

绍达笑呵呵的走上前，对那军官行礼道："刘大人，这个……"

那个刘通巡查使一副大义凛然的样子，一挥手道："绍大老板，虽然咱俩交情不错。不过，这公事还是要公办的！"

说着，刘通转眼望着华剑英，提高声音问道："你是何人？"华剑英看着他，笑而不答。不过这位巡查使大人这时已经无意关心他的失礼了，因为他已经看到放在桌上的四颗宝石。

连表面功夫也顾不得再做，这位巡查使大人一个箭步抢到桌旁，一把抓起一颗，放在眼前仔细的看着，眼中那令人胆寒的贪婪之色一点也不掩饰的流露出来，嘴角的口水直滴到胸口却不知道。

"咳！咳！刘大人……"绍达干咳两声道："这好像还不是刘大人你的东西哦。"他的话中特别加重了"还不是"的语气。

"早点晚点还不是一样！"刘通脸色不变地说道，一边回头，一边顺手把一颗塞到怀里。

绍达脸色微微一变，道："刘大人，你这是什么意思？"刘通哼道："你说是什么意思就是什么意思。怎么？你——有意见不成？"绍达协议脸色变得难看至极，他倒并不在乎给刘通一些好处，但在这四颗无价宝石中选一颗给他，绍达却仍有些不愿，让他就这么拿走，他更是不愿。

所以，他踏上一步，冷冷地道："刘大人，别忘了，你是怎么爬上这个五

城巡查使的位子。"刘通脸色一变，恶声道："绍大老板，你也别忘了，是谁让你这家珠宝行能一直做到现在的。"绍达也寒着声音道："嘿！笑话！本人能把你扶上这个位子，也能把别人扶上去，更能把你拉下来！"

两人间的气氛一时间恶劣无比，两个人斗鸡般你瞪着我，我瞪着你。弄的一旁的几个伙计和兵士，也面面相觑起来：现在应该怎么办？

华剑英在一旁看的心中冷笑不已，想不到卖几块仙石，居然让他遇到这种事情。

区区几块仙石，他自然不会放在心上，只是看到那绍达和刘通两人，本来的合作伙伴（虽然两人是狼狈为奸，但也确算的上是合作伙伴），转眼间就要自己大打出手。心中更觉厌恶，默不作声，轻轻站起身来，转身就要离开。

原本那几个士兵和伙计或许会拦他，但那几个人被绍达和刘通之间火爆的气氛弄的不知所措，眼睁睁看他往外走去，竟然无人来拦。

眼看他就要走出门去，一个声音叫道："停步！"随着叫声，一股力道从旁袭来。以这股力道而言，华剑英并不放在心上，只是懒的和这人纠缠，闪身退到一边。望向出手攻击他的人，正是唐老朝奉。

冷冷的望着唐朝奉，华剑英开口道："你拦我，又想要怎么样？你们想要的东西，我已经留下了，不是吗？"给两人这一闹，绍、刘二人的注意力倒是给拉了过来。

绍达也皱眉道："唐老先生，何必和这小子瞎闹？既然这小子识相，留他一条小命就是。先生还是帮我……"说着又看向刘通。刘通大怒，几乎就要忍不住动手，却又惧怕唐朝奉，一时僵在了那里。

"不忙、不忙。"唐朝奉笑眯眯的看着华剑英，双眼中却透出一股奇异的寒芒："老头子真是不明白。明明眼前还有一颗大西瓜，东主和刘大人为了那几颗小芝麻有什么好争的？"

"什么意思？"绍、刘二人大奇下齐声问道。

唐朝奉仍然紧盯着华剑英，笑道："这么珍贵的宝石，我老头子这一辈子也是第一次见。可这位爷，却一点也不放在心上，扔在这里甩头就走。为什么呢？当然，他可能像东主所说，是比较'识相'，但那种情况下，绝没有人可以这么轻松。必定如丧考妣，悲痛欲绝。但这位爷却一点也不放在心上。这不免让我老头子有些奇怪了，所以想要这位爷能让老头子明白明白。"

绍达和刘通也是聪明绝顶的人，立刻明白唐朝奉的意思：眼前这小子，必定还有其他的、更多的这样的宝石，所以他才不在乎。这种想法，倒也算他们猜对了。

华剑英冷冷地扫了这些人一眼："哦，那你们想要如何？"

"嘿嘿，不怎么样，只要你把东西交出来就好。"绍达抢上一步道。刘通和唐朝奉也各出一步，把华剑英围在中间。

华剑英又扫视了他们一圈，仰天大笑起来："好、好、好！真是有趣，太有意思了！各位还真是让在下看了一场好戏。"

哼了一声，脸露不耐之色，唐朝奉一掌击了过来。在他看来，这一击是十拿九稳的，不会杀了华剑英，但却足以把人拿下。

华剑英哼了一声，这在别人看来足以开金裂石的一击，在他看来，替他搔痒都嫌太轻。正想反击，忽然想到，这些人全都是些恶人自然不用说了，只是不知他们恶到什么地步？不如装作被他们捉住，看看他们会怎么对付他。

也正是华剑英的临时起意，所以，唐朝奉很"顺利"的，把华剑英手到擒来。

捉住华剑英后，三人先在他全身上下仔细搜了一遍。但华剑英所有的东西都收在芥檀指中，在外面的只有一个玄魄珠。而芥檀指和玄魄珠做为珠宝，虽然也很珍贵，但却远不如那些上品仙石了。

三人搜索半天自然毫无所获。当下又对华剑英一番威逼利诱，现在对华剑英来说，无异于一场好看的猴戏而已，自然表面装作不为所动的样子，却把三人气个半死。

渐渐的，三人已经失去耐心，绍达作个手势，让自己和刘通合共十余名手下看住华剑英，他们三人出了房门来到门外走廊。

绍达道："这小子看来是王八吃秤砣——铁了心。不如用些大刑，也许能逼问出来。"

刘通也道："看来只有如此。两位可有什么建议？"唐朝奉刚才在屋中早就不耐，哼道："这小子若再不从，干脆就把他撕成两片。"绍达吃了一惊，很怕他真的这么做，忙道："这样一来，不等我们问，那小子不就挂了。不行不行。"唐朝奉想想，觉得也是，问："那你二人，可有什么主意？"

刘通道："可以把这小子四肢一个个的绞断，其中巨痛可想而知。如不行，就把他的全身骨头一根根敲断，我就不信他能撑的住。"

绍达道："我有一招，包管可行。"另两人齐问："什么方法？"

"我用'天香续命露'。"绍达话一出口，另两人面面相觑起来。刘通奇道："老绍，你没搞错吧？天香续命露是天下第一圣药，你用它……你是用刑还是给他治病啊？"

绍达诡笑道："所谓万物都有两面性啊。天香续命露确是天下第一圣药，但也正是因为此药神效无比，只要给他用上了，就算把这小子掏心挖肝，一时三刻间，他也死不去。到时……嗯？"

另两人也都是十分聪明的人物，一点就透，一齐笑道："不错，就不信那小子眼睁睁看到自己的心被挖出来放在自己眼前，他还能撑的下去！"

商议妥当，三人回到房中。三人自然不知，华剑英已经把三人刚刚的话听了个清清楚楚。见三人回来，华剑英默不作声的站起身，走到桌旁，把刚刚他们三人搜去，放在桌上的玄魄珠和芥檀指收起，又拿起四颗仙石。

绍、刘、唐三人万万想不到，应该被唐朝奉下了禁制动弹不得的华剑英却突然能动了。一时间都呆呆的站在那里反应不过来。直到看他去拿桌上的仙石，这才惊醒。

唐朝奉虎吼一声，双掌齐出扑了上去。但这次却没上次那么简单容易了。还没反应过来是怎么回事，已经被华剑英一把捉住衣领提了起来。华剑英把唐朝奉扯到自己跟前来："你说得对，但也不对。我确实不在乎那四颗仙石，一则确如你所说，我这里多得像山一样，根本不在乎那么几颗；二则，我根本不把你们放在我的眼中，你们在我的眼里，并不比一只蚂蚁强上多少。"

"你们不是想和我玩吗？好啊。那我就按照你们喜欢的方式，和你们好好玩玩。"

当唐朝奉被华剑英一招擒住时，就大吃一惊。当他听到华剑英说出"仙石"两个字时，更是惊的魂飞天外。他根本不能算是一个真正的修真者，但他却知道，一般人只会叫宝石，只有修真者才会叫仙石。而一个真正的修真者，那决不是他们能招惹的起的人物。他现在真的很后悔，为什么要那么多事？刚刚看这个人要走的时候，任他离开，不是很好吗？不过，他已经没有那个机会和能力再去后悔了。

和唐朝奉不同，绍、刘二人并不明白刚刚华剑英揭示出的身份是多少惊人。但当他们看到华剑英把唐朝奉轻松的撕开两截，然后把唐朝奉只剩半截的身体扔到一边。他们就清楚的知道，他们这回踢到铁板了，他们惹上了一个惹不起的人。

发一声喊，两人一起冲出门去，一左一右的逃走。两人的手下一看情势不对，一个个也要跑。不过没想到门窄人多，一时间十来个人全都挤在门口，谁也冲不出去。

没有在意眼前的事，华剑英把神识散出。绍达正向内堂跑去，而刘通则已经快到大厅了。华剑英喃喃地自语道："跑？一个也跑不了的。"

华剑英从这三人的对话中，早已经猜出他们用这种方法已经不知坑害了多少人。不过，并不想插手世俗界中的这些烂事，华剑英本打算任这些人在这里闹去。不想这些家伙完全让贪婪蒙蔽了心灵，最后居然还是不想放过他，终于让他怒火暴涨之余，大开杀戒。

正当一个人好不容易挤出来，正自一喜。背后猛然间"轰"的一声巨响，这人还没明白发生什么事，就被一股巨大的力量轰的粉身碎骨。不止他，原本挤在门口的十余人无一例外。

从比原本扩大了起码五倍的大门中踏出。华剑英毫无表情的望向右边大厅的位置。

这时，大厅中的几个伙计被刚刚的巨响吓了一跳，突然发现刘通跌跌撞撞的从后堂跑了出来。一个伙计连忙上前扶住他，问道："刘大人，出什么事了？"

刘通一边推开他，一边喘息着道："没事，没事，什么事也没……"

话还没说完，"轰"的一声，大厅的一面墙壁突然被什么轰出一个大洞，被震塌的墙壁和货架压倒了两个伙计，其中一个被砸破头，当场毙命，另一个被压断了腿，倒在地上大声呼痛。

华剑英冷冷的向刘通走去，刘通连忙拔出腰间长剑指着华剑英，一边后退，一边哑声叫道："别过来、别过来，你、你……别过来！"一时不注意拌了一下，一屁股坐倒在地，一边蠕动着向后退去，一边仍在大叫："别过来！不要过来！"

华剑英一步步向他走了过去，冷笑道："怎么了？你不是很威风吗？"看了看他手中的长剑，哼了一声道："剑？你也配用剑？"走到刘通跟前，一把抢过他的剑，左手捉住他仍呆呆伸出的右臂，冷冷地道："你不是想弄断我的四肢和全身骨骼吗？好啊。你先自己尝尝吧！"顺手一扭，劲气发出，霎时间，刘通的右臂已经给扭的像麻花一样。

在刘通大声惨嚎声中，华剑英冷冷的道："很痛吧？"一脚踏出，踩断了刘通的一条腿，在刘通又一声惨叫中续道："以前，被你们陷害的人，他们一定更痛吧？"一边说，一边把刘能的左手从躯干上拽了下来，然后一道剑气把他另一条腿打的稀烂。

看了看刘通那因痛苦而扭曲的脸，躺在那里出气多进气少，哼了一声：

"算了，像你这样的人，还是早死早了的好。"说着，右手一挥，又发出一道剑气。刘通的上半身整个被轰成一摊肉泥。

血肉飞溅中，有不少溅在华剑英的身上，还有几滴血也溅在华剑英的脸上。不过华剑英显然并不在乎，略一沉默，他缓缓伸出舌头轻轻舔去嘴边的一滴血，露出一丝微笑。虽然现在是白天，人虽然还是那个人，但现在的华剑英，就是异常的狰狞与恐怖。

缓缓的转过身，阴冷的目光扫向大厅中已经吓傻的人们。"大爷！这位大爷！您、您，求您放过我们吧！"说着这些人不停的嗑着响头。

华剑英侧头想了想，道："人……要言而有信。"几个伙计一呆，不明所以的看着他："我说过一个也跑不了的，怎么可以跑掉一个呢？更何况是这么多？"说完，不等几人反应过来，几道剑气弹出，几个伙计立时全部毙命。看也不看地上的尸体，华剑英大步向后堂走去。

情知惹来大麻烦的绍达，现在正带着家人准备逃走。

"夫君，到底出了什么事？"他的妻子惊慌的问道。

"唉呀！这个时候你就别问了，快、快带上敏儿快走吧。"一边说着，绍达一边胡乱的在妻子的包裹中塞上一些值钱的东西，然后叫上几个家丁，准备逃走。

刚刚走出后院，只见几个仆人、下人没命的逃来，一边逃一边大声的惨叫着。紧接着几道肉眼可辨的剑气疾射而至，惨叫声中，这几个下人全部倒毙地上。

绍达头皮发麻的望向那个缓缓踱着方步，一步步走过来的身影，回头望望脸色苍白的妻女，心中泛起一阵绝望的感觉。

"哟，绍大老板，怎么？这么急着是要去哪啊？"华剑英的语气很是温柔，但他越是这样，越让绍达觉得恐怖。而他还不知道，一路来到内堂，前后遇上的二十多人已经全让华剑英给杀掉。

"唉呀呀，绍大老板，你和刘通刘大人也是老朋友了吧？你怎么可以让他这么寂寞孤单的在下面一个人呢？"华剑英一边笑着说话，一边漫不经心的弹出一道剑气，一个想趁华剑英不注意逃走的下人惨叫一声，倒在地上。

"你、你、你，你到底想、想要怎么样？"绍达抖着声音问道。

华剑英笑眯眯的，好像在和老朋友打商量一样："不怎么样。只是，在下素有所闻，十商九奸。而在下与绍大老板一见投缘，所以，想借绍大老板的心来看看，是不是真的是黑的？而且，刚刚绍大老板不是想要让在下看看在下自

己的心吗？我觉得，还是让绍大老板示范一下的好。"

"你、你说什……！"绍达说到一半突然只觉胸口一阵剧痛，缓缓的低头看了看插入自己胸口的手，又抬头看了看那张近在咫尺的英俊脸庞。嘶哑着嗓子说出了最后一句话："夫人……敏儿！快逃……"随着华剑英右手向后一抽，一颗仍在轻轻跳动的心脏被他整个抓了出来。

在绍夫人的惊呼声中，绍达砰然倒下。而绍达左胸的伤口中，鲜血喷泉一般射出，浇了华剑英一脸、一身，其中一小部分，更直冲入华剑英的口中，直灌到肚子里。

华剑英咋了咋嘴，并不觉得怎样，甚至……还觉得有一丝甜美。望向握在手中，还在轻轻蠕动的那颗心脏，华剑英幕然仰天狂笑起来。

"哼、哼、哼……呵、呵、呵、呵……哈、哈、哈、哈……哈……哈……哈、哈、哈哈、哈、哈……"

全身染满血迹，站在一地血泊中，右手握着一颗仍在跳动的心脏。华剑英不停地笑，不停地大笑，不停地狂笑！

华剑英，他……已经完全的迷失了。

第六章·人心·魔心

第七章

解惑

　　大多数的剑仙全都是那种特立独行的人，不与他人来往，只凭一人之力遨游三界四方，这就是剑仙，这种为人处世的方式，让一些人称剑仙为'超级散仙'。

　　就在华剑英仰天狂笑的时候，一块石头突然砸在华剑英的头上，同时一个声音叫了起来："你这个恶魔！还我爸爸命来！"

　　没有人想到，这一砸，让华剑英那被愤怒和杀机所蒙蔽，因而入魔的心神，恢复了一丝丝的清明。紧跟着的一喝，则让他完全清醒了过来。

　　"你这个恶魔！还我爸爸命来！"

　　"你这个恶魔！还我爸爸命来！"

　　"你这个恶魔！还我爸爸命来！"

　　"你这个恶魔！"

　　"你这个恶魔！"

　　"你这个恶魔！"

　　"恶魔！"

"恶魔!"

"恶魔!"

……

……

……

"恶魔？在说谁？"……

"难说……是在说我吗?"

华剑英怔怔的站在那，望着那些充满了恐惧的眼神："为什么？为什么这些人……都这样子看着我?"

华剑英忽然觉得有点不对劲，低头看向自己的右手："这是什么？这是……心！人的心脏!"

大吃一惊，华剑英连忙把手中的"东西"丢下，踉跄后退几步："这……怎、怎么会……"他低下头，看着自己的那已经染满鲜血的双手。

由于他现在站在水池边，一低头，他一下子注意到在水中自己的倒影："这个人是谁？难道……是我？怎么、怎么会?"望着水中那个披头散发、满脸血污，眉宇间仍可隐见一丝杀气、一点暴戾、一些狰狞的男子……望着自己的倒影，刚刚发生的事情在心头闪过。

再低头看看自己那已经完全变成红色的长袍，一股颤栗从心底涌出："不是的……不是的……不是的……不是的……不是的……不是的!"

不明白自己为何会突然变得如此凶残，华剑英失控的大叫起来："不是的！不是的！不是的！不是的！不是的！不是的！不是的！不是的！不是的！不是的……不是这样子的!"最后一声大吼，声传百里，全城人没一个听不到的，全都吓了老大一跳。

大吼一声，华剑英破空而去，留下绍府的一群人在底下面面相觑。这到底是……出什么事啦?

华剑英不顾一切的催动全身的真元力，疯子一般向前疾射而去。他双手捂着脸，只觉什么也看不到什么也听不到，心中一片的空白。

心中的理智告诉他，他做的没有错，像绍、刘、唐那样的人，不要说杀三个，就是杀上三十个、三百个甚至三千个也不能说嫌多。

只是，他的心中就有着一股异样的违和、一股难言的痛苦。自己做的真的是正确的吗？他感到疑惑，至少他知道，自己差一点就步入魔道，为什么会这样？他相信自己做的是正确的同时，又对自己的做为感到怀疑。

就在华剑英混乱无比，脑中其乱如麻的时候。突然间他感到全身巨震，无比的巨疼从全身同时传来："出什么事啦？"

原来华剑英只顾着在想要理清脑中如乱麻一般的思绪，却没有注意到，前面出现在一座高耸入云的山峰。结果，就在华剑英没反应过来的时候，就一头撞在山壁上。

这座山相当的高。"轰！"的一声闷响，山壁被撞塌了好大一块，而华剑英陷入山壁足有三四尺深。"哗啦啦"几声响，四周的岩壁一片片的剥落，巨大石块从山壁上坠下，在巨大的轰鸣声中滚滚落下。随着身体四周的岩石的下坠，华剑英也一起掉落了下去。

但现在的华剑英心中仍然是百味杂陈，他不知道为什么，不想使用修真者的力量。没有受到"外来力量"的干扰，物理上的地心引力有效发挥了他的功效，华英毫无阻碍的进入"自由落体"的状态。

落下的过程并不是"一帆风顺"，下坠了约数十丈的高度后，华剑英砸在一处突出的岩石台边上，然后像一个肉弹般弹起，在半空中转了几圈再一次向下落去。

顺着山体，华剑英"嘣！"的一声重重砸在半山腰，由于山体极陡，华剑英立刻滚了下去，一路上有着不少从山壁上生长出来的树木，华剑英整个人就像一个弹球一样，碰来撞去，弹到这边又落到那边。直到最后他落入一条小河中，随着河水，一起一伏的向远处飘走。

由于根本没有运功护体，所以华剑英现在真的是五劳七伤，只是修真者的生命力远远超过普通人，加上虽然没有主动运劲护体，但体内真元力还是本能的替他化解掉大部分的冲击力，不然，现在华剑英早就是个死人。

就算如此，烦乱的心绪、肉体的重伤、冰凉的河水，三方夹击下，华剑英还是渐渐的失去了意识，坠入无尽的黑暗中。

不知过了多长时间，华剑英渐渐醒了过来。"这、这里是？"眨眨眼，他一时间有些反应不过来。

他正躺在一张木制床上，身上身下，是雪白色的被褥，游目四顾，这是一间约十几平米见方的单人居室，屋中有一张桌子、两个凳子，床边有一个低矮的床头柜，墙角处有一个衣橱，从对面的窗口，黄昏时分的阳光隐约可见。

华剑英缓缓坐起，这才发现，从山上摔下时造成身上的几处伤患，现在显然已经有人帮他处理过了。身上原本那件已经变成红色的长袍已经不见，现在换上了一件雪白色的，类似睡衣的袍子。

"看来伤势并不严重，应该已经有人帮我疗过伤了。"华剑英又看了看四周："这里……到底是什么地方？我晕了多长时间？"一旦失去意识，修真者除了恢复的较快以外，并不比普通人强的多少。

华剑英忽觉心神一动，他感觉到有人正在向这边过来。虽然还不知道是不是来这边，华剑英还是先从床上起身。

华剑英刚刚站起，房门就被人打开，进来的是一个大约十七八岁的美丽少女。一头黑亮长发，用一根细绳束起，白净的脸宠隐隐透出健康的红色。身上穿着一件白色连衣长裙，隐约可以看到，里面的衣服和裤子甚至鞋子也全都是白色的。手里端着一个脸盆，里面装满了清水，盆边上，搭着一条手巾。

"啊？你醒了。"那少女有些吃惊的看着站在那注视她的华剑英："你已经晕了两天了。本来师父以为你最快也要明天早上才能醒呢。"说着，走过来把手中的东西放在床头柜上。

"嗯，是的。我已经醒了。"一时间不知说些什么的华剑英只好说着一些没营养的话，忽然想起，问道："啊，这里是什么地方？是你救我来这里的吗？"

那少女道："这里？这里是雪衫会啊。不是我救你的，是我师兄把你救回来的。嗯，说救也不太确切，我师父说你也是一个修真者，而且水平不低，就算没人救你，你也会没事的。喂，你修真境界很高吗？"

华剑英摇了摇头，道："我那又算什么高？我也才离合期而已。对了，我应该怎么称呼你呢？"他对固达星上的修真界的事还不是太了解，所以虽然和景怀宫闹的是天翻地覆、不可开交，却不知道雪衫会和天南殿都是和景怀宫齐名的修真门派。

少女轻声低呼道："哇，离合期啊，好厉害哦，我从小入门，修真十年也才只刚刚人辟谷期。啊？我？我叫夏雪，师父都叫我雪儿……啊？我、我……"夏雪话说到一半才想起，告诉这人自己叫什么倒也罢了，怎么连自己的小名也说了？登时红了脸。

这时，门外传来声音，门再次被打了开来，只是这次却进来两个男子，一个看上去约二十岁刚出头，身材极高，国字脸，浓眉大眼，一脸刚直之气；另一个看上去大约三十左右，比前一个稍矮一些，容貌也算英俊，只是一张脸上横七竖八数十道伤痕，看上去倒是多了一股狰狞、剽悍之气。

两人都是修真者，较年轻的一个大约是元婴中期的水平，较年长的一个已经是离合初期。两人身上穿着同样的白色劲装，看着他们两个和夏雪的衣服，华剑英开始明白他们为什么叫雪衫会了。

第七章·解惑

两人进来看到华剑英已经清醒起身，都微微一愕。那个二十左右的青年道："原来兄弟已经醒了，可比我师父估计的还要早呐。"

华剑英一愕，还没说话，旁边夏雪已经开口道："这位是我师兄范定山，另一位是我师父杨亢。你……咦？话说回来，你叫什么名字还没告诉我啊。"

华剑英拱手行礼道："在下华剑英，多谢范兄相救之恩，杨前辈援手之德。"华剑英一报名字，范、夏二人倒也罢了，站在一边的杨亢脸色微微一变。

范定山摆摆手道："唉呀，不过是举手之劳，而且，就算没有我，你也不会有事的啦。对了，听师父说你应该有离合期的修为了，是真的吗？嘿，真要感谢我的话，不如有时间指点一下我怎么修真吧。"

华剑英略一犹豫，道："好啊，也别说什么指点，有时间与范兄切磋切磋就是。"华剑英自觉自己也还没修好，哪里谈得上什么"指点别人"？一边的夏雪叫了起来，拉着二人道："哇！我也要、我也要！"除了本门师长之外，能够得到别家高手的教导，在修真界是很难得的机会。小姑娘自然不愿放过。范定山无奈道："好吧！到时你一起来就是了。"

杨亢在一边忽然道："华小兄弟，可否请教尊师是何方高人？在下修真水平虽然一般，但四五百年的经验，还是能看得出，小兄弟修真的时间应该不长，却有目下离合初期的修为，真是难得。不知小兄弟出身哪家哪派？"

华剑英感到很奇怪，怎么都对他的师门这么关心？这时他还不知道，他在固达星已经是声名远扬了。突然冒出的神秘离合期高手；打败景怀宫八执事之首的姜尚清；以一己之力大战景怀宫四大高手而不落下风，事后更从容退去。种种事迹，无不让固达星另两个修真门派天南殿和雪衫会对他备加关注。

天南殿远在固达大陆南方，倒还罢了，雪衫会和景怀宫同处于大陆北方，加上两派暗中支持的回、维两国，近百年来战事不断，为此，两派之间没少交锋。雪衫会虽然没输给景怀宫，却一直被压在下风。如果不是景怀宫怕全力对付雪衫会，会给天南殿以可乘之机而一直有所保留，雪衫会虽然不会被灭掉，但也绝不会像目下这般轻松。所以，对于华剑英这突然出现的修真高手，雪衫会给予相当的重视。

对于华剑英，固达大陆上的修真门派真的是非常的疑惑。虽然固达大陆上也有通向其他星球的传送点，有别派修真者来到也并不算什么很稀奇的事。但就三大派所知，最近一段时间，固达大陆上的两个通向异星球的传送点根本没有启动过。要知道，启动这样的超大型传送阵，所需的能量相当惊人，三大派的高手们不可能全无感觉。也就是说，最近一段时间，既没有人来，也没有人离开。但固达大陆上却突然冒出一个不属于任何一个门派的修真者，而且水平还不低，当然让三大派吃惊。

尽管有些疑惑，华剑英还是如实的告诉杨亢："家师莲月心。"

杨亢微微的皱起了眉头。本来，听到莲月心这个同样没人听过的名字后，不少人怀疑，这是不是华剑英瞎编出来的一个名字？虽然修真者绝对不敢乱认师父、不认师门，但如果是出于自己的师父授意，那自然没什么顾忌。

杨亢苦笑道："这个……请恕在下孤陋寡闻，从未听过尊师大名。"

华剑英呵呵笑道："没有听过是正常。如果前辈听过家师的名字，那可真是太让我吃惊了。"

言者无心，听者有意，华剑英这么说，是因为莲月心当年虽然在修真界极有威名，但毕竟飞升离开修真已经超过五万年之久。不要说五万年前，现在想找一个一万年前的修真者怕都找不到，自然没人知道莲月心这个名字。不过杨亢却更加肯定，所谓的莲月心，九成九是个假名，甚至连华剑英这个名字可能也是假的。

如果华剑英知道杨亢的心里在想些什么，只怕会再次晕过去。

心存疑惑，杨亢不再多说什么，闲谈几句后，带着两名弟子离开。

杨、范、夏三人离开后，华剑英缓缓的在床上躺了下来。

他觉得自己已经有好久没有这样悠闲的躺在床上了，自从一年前修到元婴期后，根本用不着吃饭、睡觉，只要坐下来修炼一会，自然就能吸收到足够的维持生命的能量和恢复精力。

想起两天的那一幕，华剑英忍不住看着自己的右手"感觉……还是那么的清晰。"华剑英喃喃自语道。一切就像刚刚发生的，右手似乎还能清楚的感觉到握着那颗人心时的触感。

当时为什么要逃呢？华剑英不知道；是感到罪恶吗？华剑英并不认为自己做错了什么。

"你觉得迷惑吗？"一个熟悉的声音轻轻响起。

"这个声音！难道是……不、不可能的！"听到这个声音，华剑英大吃一惊，猛地从床上坐起身，望向声音传来的方向。

一身淡雅青袍，未加修饰的长发随意的披在肩上，面前摆放着自制的酒壶和酒杯，脸上带着熟悉的微笑望着华剑英。一个熟悉的身影就坐在华剑英的不远处。

"师父！"华剑英惊呼道："您怎么在这里？"

第七章·解惑

"哟，徒弟呀，不过来陪师父喝一杯吗？"

"师父！您、您、您怎么会在这里的？"华剑英惊讶之极。

"你这小子！大惊小怪的。见到为师难道你不高兴吗？快过来陪师父喝两杯。"莲月心满不在乎的道。

华剑英走过去坐下，又问："师父，你怎么会在这里的？"

莲月心并没回答他，看了他几眼，道："英儿，看起来很迷芒啊。有什么心事，不妨跟师父我说说。"

莲月心的话立刻挑起了华剑英的心事，他叹了口气道："师父，我真的不明白啊。"说着，把在静息城中发生的事仔细跟莲月心讲了一遍，然后道："师父，你觉的我做错了吗？"

"唔，徒弟。我要告诉你，你做的并没有错。换了是师父我，也会这么做的。"莲月心少有的严肃的说道。

"我也觉得我没有错，可是师父，我还是觉得迷茫。为什么？为什么我会变的那么残忍？为什么我会觉得难以面对那个眼光。"华剑英显然还是有些不能释怀："师父，我、我当时确实入魔了啊。"

"入魔？哈、哈、哈、哈……"莲月心大笑起来："徒弟啊，你以为从魔道中恢复过来是这么容易的吗？"

"师父？"华剑英不解的看着莲月心，显然有些不明白他的意思。

莲月心笑道："修真界有这么一句话，叫做'一日为魔，终生为魔'。虽然不能说是绝对，但也确形象的说明了入魔容易出魔难啊。如果你当时真的是入了魔道的话，你大概已经把那个静息之城杀成一个死城了。"

"那我当时是……"

"不过是迷失自我而已。"

"迷失自我？那……为什么会这样的？"虽然知道自己不是入魔后就大大松了一口气，但华剑英还是有些紧张的问道。

莲月心沉默半晌后，缓缓地道："没有足够坚定的道心，徒有强大的力量，会发生这种事情，一点这不奇怪，这是我的错。"

又思索了一会，莲月心续道："英儿，你知不知道，剑仙在太清界中有超级散仙的称呼？"

"散仙？这是为什么？"华剑英感到很惊讶，他知道，不论是什么原因，修真者修散仙，肯定是一种无奈的选择。所以，他真的不明白，位列高等仙人的剑仙怎么会被视为散仙？同时，他也不明白，怎么突然说到这事上了？

"是因为坚持。"

"坚持？这……我不懂"

"英儿，你知道吗？实际上在很久以前，久到连我也不知道那是多久以前，在修真界和天界，修真者和仙人们修炼方法，就是和我们剑仙一样，不借助任何外力和宝物的力量，通过一点点的吸收自然界的能量来改变自己的体质和生命形态，从而达到修真的目的，那个时候，能达到元婴期的修真者，都非常的少。"

"后来，修真者们发现仙石对修真有着极强的辅助作用，而且随着法宝的作用越来越大，这种利用仙石和法宝的修真方式，比原本的方法要快上近一倍，越来越多的修真者开始走向另一种修真方式，连带着天界的仙人们的修真方式，也发生了改变。但是，仍然有极少数的修真者，仍然坚持着原本的修炼方法，这些人，就是最初的剑修。"

"剑修的出现，是因为对心中所坚信的正确的'道'的坚持，每个人都有每个人所不同的'道'。不管别人的目光，只按自己所认为是正确的路走下去，超然于正邪之外，一切取决于自己的心。这就是剑修，就是剑仙。"

"而这种有别于其他人的坚持，造成大多数的剑仙全都是那种特立独行的人，不与他人来往，只凭一人之力遨游三界四方，这就是剑仙，这种为人处世的方式。让一些人称剑仙为'超级散仙'。嘿，实际上，为师也算这些人中的一份子。"

"取决于……自己的心？"华剑英重复念道。

"不错，剑修是很少去在意他人的眼光的。比如，一般的修真者是不屑于对普通人动手的，像你这次遇到的事，一般的修真者也许会出手教训那些人，但却不会杀他们。但像你这样的剑修就不会在意这些，该杀的人，管他值不值得你和他认真，杀了就是。"

"我明白了。"华剑英轻声道："我会迷失，是因为我的心还不够坚定，同时也因为我还有着一丝虚荣。在我看来，我是在'除恶'以'扬善'，所以，当那些见到我杀人而害怕的人，让我在不知不觉间迷惑……"

"而迷惑又让你迷失。"莲月心接道："你现在明白了吗？"

华剑英笑了起来："是明白了，我不会再迷失了。只是这样说的话，剑修岂不是很孤独？"

"不喜欢孤独也不要紧，剑修以自己的心为指引，要怎么做全都看你自己喜欢。如果你不喜欢孤独的话，也可以不去忍受孤独。对有的人来说，孤独的感觉是一种享受，不过并不是所有的人都喜欢这种感觉，并不是所有的人都喜欢享受孤独呢。而且，我也说过了吧，剑修所坚持的，是自己的'道'，但却不一定是前人的道，你没必要因为我的话而有所束缚。"莲月心一边说，一边站了起来。

"师父？"

"现在的你，应该已经不会再迷失了吧？不过你要小心，心的迷失对于修真者来说是相当危险的，它已经在你的心中种下'心魔'的种子。"莲月心缓缓的转过身，"不过一切都看你自己，如果你觉得魔道更适合你的话，跻身于魔道又有何妨？不管英儿你最后选择了哪种道路，师父都会支持你。"

眼见莲月心一边说，身影便越来越远，华剑英叫了起来："师父！等我一下！师父！"

"师父！……吓？"华剑英猛地坐起身，一时间不明白发生了什么，呆呆的看着四周，雪白的被褥、一桌数凳、一柜一橱，还有，从窗口隐约可见的鱼肚白。

"刚刚的……是梦吗？"华剑英从床上走下来，再一次确认自己确实一直躺在床上没有动过。"什么时候睡着的？还有，可真是有好久没做梦了。只是，这个梦好奇怪啊。"

"而且，不管那是不是梦，我也不会再迷惑了。"华剑英轻声自语，声音并不大，但神情中，充满了一股自信。

华剑英抬步向门外走去，不经意间的一瞟，却让华剑英全身巨震。只见桌上不知用什么写着八个字："天道无凭，唯心以求。"

"师父。"华剑英停下脚步，看着桌上的字迹，他已经明白，虽然还是不敢确定师父是否真的来过，不过，昨晚的一切，显然绝不是梦那么简单。沉思一会，"师父，这是你最后给我的提示吗？"想着，华剑英对着桌上的字迹躬身一礼，当他再站直身子，字迹已经消失。

大步走出门去，华剑英轻轻纵身跳到屋顶上，顶着即将升起的太阳，缓缓运转起全身的真元力。真元运转全身，隐约之间，华剑英知道自己又进一步，已经修入离合中期的境界。

过了一会，华剑英缓缓从屋顶落下，一边忽然有人说话："华大哥，你已经起来了呀？好早哦。"

华剑英转头，望去，正是那个叫夏雪的小姑娘，点点头笑道："你也很早啊。嗯？怎么了？"

夏雪走到华剑英跟前，上下仔细的打量着他："好奇怪哦，只是一晚不见，华大哥你给人的感觉完全都不一样了耶。"

华剑英淡淡一笑，他心里当然知道，解开心结后，目下的功力进展还不算什么，对他日后的修真影响可是巨大无比，不过心里虽然明白，嘴里还是笑道："不一样，有什么不一样的？我不还是我吗？"

夏雪还是看着他，道："不，还是不太一样。哪不一样呢？只是觉得不一样了，却说不清哪里不一样。"

这时一个声音传来："是不一样。昨夜华兄弟似乎有什么心事，高深的修为虽然一眼可见，但却给人一种心神不宁的感觉，显然有什么心事。如今却是神完气足，眼中更是充满自信，想不到啊。"

夏雪回过头，叫了一声："师父。"整个人立刻蹦了过去。

杨亢和夏雪笑闹了几句，走到近前又上下打量了华剑英几眼，啧啧称奇道："人说士别三日当刮目相看。华兄弟只一夜不见，就功力大进，呵，我看来已经不是华兄弟的对手喽。"他这说的倒是实话，杨亢的离合初期实力，和昨晚心结未解的华剑英相比，也不过在伯仲之间，如今华剑英功力大进，已经胜过他一截。所以单以实力计算，华剑英确实已经凌驾在杨亢之上。

杨亢又道："华兄弟精神大好，不知有何打算？"

华剑英思索半晌，道："本来也没有什么计划，不过，晚辈忽然有些想家。想要回家乡看一看。然后四处转转，看能不能找到定魂玉魄。对了，杨前辈，你知道这个星球去别的星球的传送阵吧？"

杨亢点头道："当然知道。"他脸上虽然没表现出来，但心中却是大叹可惜，如果华剑英继续留在固达星的话，雪衫会就有可能拉拢住这个高手做帮手，而且似乎确是大有机会。不过现在看来却是不行了，雪衫会可不想像景怀宫那样无谓的树此强敌。所以华剑英要离开，雪衫会的人虽然会有些不高兴，却也不会强留。

杨亢心中一动，递给华剑英一块洁白如雪的牌子，道："华兄弟，我们也算结识一场，这是我们雪衫会的标记，只要是雪山会的弟子，就都认得。如果你有机会见到在外历练的本派弟子，还请你给些关照。"

华剑英想了想，伸手接了过来，却不知道，这是雪衫会客卿长老的标记，有这块牌子的人，就等同于雪衫会的长老。这样一来，他算是让杨亢给拐了。而且，杨亢也不怕他知道了后不高兴，他早就说了这是雪山会的标记，可没说是什么标记，怪只怪华剑英还是经验太少。

不过，等到这块雪衫会客卿长老的牌子真正发挥作用，已经是很久以后的事了。杨亢此时也不知道，他无意中给雪衫会拉来了一个了不得的大高手。

杨亢又想起一事，问道："华兄弟，你要定魂玉魄做什么？要合药吗？"

华剑英心中一愕，定魂玉魄能用来合药他倒知道的。不过这个时候他也只能打个哈哈混过去，如果让人知道他身边跟着几百个修炼了上千年的元婴，只怕不出三天就会有一大群人来追杀他了。他问杨亢道："杨前辈可知道哪里有定魂玉魄？"

杨亢摇了摇头道："我也不知道。只是听说定魂玉魄是什么地方的特产，只有那里有出产，不过是哪，我也不知道。"

华剑英听了心中略感失望，不过杨亢又道："不过我建议华兄弟你去沃勒星去看看，那里也许能找到一些线索？"

华剑英心中一喜，问道："为何要去那里？"

杨亢道："宇宙中有少数星球，是完全以修真者为主的星球。那里完全是修真者的天下，有不少修真者的东西，也只有在这些星球上能找到的。沃勒星就是这样一个星球，在那里未必能找到定魂云魄，但应该能打听到在哪能弄到。所以我建议你去那里看看。"

华剑英大喜，这下终于有头绪，不用到处乱跑了。而杨亢也不知道，他无意中说的最后几句话是多么的关键。后来，华剑英之所以能接受那块牌子所代表的意义，就是因为杨亢这无意中告诉他的消息，让他少浪费许多冤枉路和时间。

而这时，在玄魄珠中，几道没人听到的声音："呜、呜、呜，小英子终于想起来了，小英子果然没忘记我们，这下子终于快熬到头了。"

第八章
家人

华剑英轻轻一笑，伸出右手食指，一股淡淡青气从指尖上冒出，慢慢凝成几个人型，正是华氏一家人，其中甚至包括现在不在坐的华陀；青气一收，几个人型也随之消散。

亚图星，穆亚大陆，大陆历 1128 年 7 月 28 日，黄昏，苍云山脉秀云岭。华剑英静静地站在一处山崖边上，望着远处的市镇。"唔。看来比五年前要繁荣的多了嘛。"华剑英轻轻的自语道。

本来华剑英在一个月前就想回亚图星的，不过范定山和夏雪二人却不肯放人，以他答应二人要指点二人修真为理由，硬是又把他留了一个月。杨亢虽然在一边没表示什么，但能够把华剑英多留几天，让范、夏二人和他成为朋友，借此以拢络住华剑英，对雪衫会来说，自然是再好不过。

不过思乡之情这个东西，平时没想起来的时候倒也罢了，一旦想起来往往就如山崩海啸般涌来。初时华剑英自己也不觉得怎样，所以多留几天也就多留几天。但后来想家的感觉和想法却越来越难以压制，勉强又留了一个月后，无论范、夏二人如何挽留，他还是告别二人，回到了亚图星。

眼见的已经到家了，华剑英反而犹豫起来，这大概就是所谓的近乡情怯吧？"反、反正天已经不早了，我、我看我还是明天再、再回去好了。"华剑英想了半天后终于让他找出来一个理由先暂缓一缓："嗯，这样的话，先去法雅城看看，正好也给家人准备点礼物。"摆脱了目前的"困境"，华剑英立刻轻松起来。

法雅城是离华剑英家所在的小镇约数十里的一个城市，属于莱汀帝国，人口20多万，地处苍云山脉南边的苍云平原，道路四通八达，商业也因而十分繁荣。在穆亚大陆算是颇大的城市。华剑英以前也曾来过。

华剑英到达时，城门倒也没关，只是考虑到如果从城门进入的话，就要从十几里外的地方降落，然后再走过去。懒得多费那些功夫，华剑英索性直接飞入城中，找了个没人注意的地方悄悄落了下来。

华剑英首先找了个地方换了一些钱出来，站在珠宝店的门口，想起上一次的事情，还真有些让他心有余悸的感觉。不过这一次很顺利的卖掉四颗仙石，换得二百多万晶币出来（穆亚大陆通用货币，一种看上去很像水晶的东西制成。）。

然后华剑英就在法雅城的夜市上逛了起来。夜市，是法雅城的一大特色，商人和店铺并不会因为入夜而离合，反而会变得比白天更加热闹。在法雅城，只有在新年祭、立国庆典这两个每年最大的节日，白天集市才会和夜市差不多热闹。据说整个大陆上，除法雅之外，只有三个城市有着同样的特征。

对于给家人准备什么样的礼物比较好，华剑英感到有些头痛，除了知道爸爸华铭是个医生，因而对相关的东西感兴趣外，他竟然完全想不起父母喜欢些什么东西。这让他在深深自责的同时也非常的难过，看来自己真的不是一个孝顺的儿子。实际上很多年轻人都是这样，他们根本不知道也不关心自己的长辈，只有事到临头，才想起来，自己对于长辈的一切竟然近乎于一无所知。

除了父母之外，给自己的兄弟姐妹们准备些什么东西比较好，也让华剑英颇伤脑筋。大哥华陀，比自己年长近十岁，今年应该已经三十岁了，是个天才医师，十岁时已经尽得父亲医术真传，十三岁时坐堂看诊，自己五年前离开时，大哥已经成为一个超越父亲、名动一方的神医了，只是天生有些陀背的大哥，也不知娶老婆了没？大姐华芷，比自己年长六岁，推算起来，也应该已经出嫁了才对；小妹华珂，离开时才十三岁，正所谓女大十八变，今年她应该正好十八岁，会喜欢些什么东西，更不是华剑英所能料想的到。

也正是因此，华剑英索性只要看到可能是家人喜欢的，便不管三七二十一

93

的统统买下来，反正现在他手上几百万的身家可不是假的，芥檀指不要说是这些许东西，就是来两三座大山也装得下。

四处转着，华剑英正在寻思，东西也买的差不多了，是时候找个地方休息一下了，他倒是不在乎去不去客栈，反正他睡不睡也无所谓，找个地方坐一坐就足够了。

正在打算着，华剑英忽然闻到一股熟悉的味道："这是……好重的药味。是药铺？还是医馆？"华剑英扭头望去，就在街对面，正是一家医馆。好怀念啊……家里也是一间医馆呢。还记得，当初之所以会遇到师父，就是因为去给家里采药的原故。闻着那熟悉的药味，华剑英一边感慨一边抬头望去："哦，华记医馆。呵、呵连名字也一样啊，记得家里……"

"嗯？等、等一下，华、华记医馆?!"华剑英一下子猛的省过味来，再仔细的看了看挂在边上的招牌，"没、没错，真的是华记。那块招牌我记得很清楚，那、那还是我做的。怎、怎么会？"

心中十分惊讶，一时间什么近乡、什么情怯全部都消失了，只剩下对家人的思念，他抬脚缓缓的走进了对面的华记医馆，应该是他的家的地方。

不但门面比原本的要大很多，里面的装饰也要比以前家中的小医馆要好许多，这样子看来，家人的日子过得还不错。

看样子已经快要关门了，几个下人正在打水扫地，收拾东西。其中一个看到华剑英，上前道："哟，这位爷，您是要来买药吗？是的话可要请您快一些，这就要关门了。"上下打量了一下这个皂衣小帽的伙计，如果不是外面挂着的那块招牌，他真的不敢相信这里是自己家里。

"呃，这个……没、没什么要买的，我、我只是进来看看、进来看看。"说着华剑英又打量起这间不小的医馆来。

"耶？看看？"那个伙计真的是很奇怪，这世上竟然还有这种人？跑到医馆里来参观，真是林子大了什么鸟都有。

华剑英四处看着，一边看一边想。他真的有些不明白，才短短五年，家里不太可能会变成这样啊。难道是因为什么原故卖了家里的祖传招牌？要知道，对于像华家这样的世代医家，招牌就好像修真界的门派标记一样，只要招牌还在，只要医术还在，一代代传下去，就总有重新站起来的一天。一块牌牌，看上去好像不起眼，但其中代表的是有如生命一样的名号和信誉。所以，这代表了医家生命的招牌，往往是宁愿饿死也不会卖的。"难道是家里出了什么事？才被迫连招牌也卖掉？"华剑英心中想道。

就在华剑英开始冒出种种负面想法的时候，一个中年女人的声音忽然传来："时候不早了，都收拾好了没?"

华剑英全身一震，猛地转身望向从后堂走出来的中年女人。她身材并不高，就算在女性当中也算是相当娇小的一类，一头长发，盘在头上，颇见斑白；虽然已经是美人迟暮，但隐约之间，尚可看出，年轻时必是一个千娇百媚的大美女。同时，那个女的也看到了华剑英，两人同时一震。

是妈妈! 华剑英心中大叫起来，望着比五年前看上去苍老不少的母亲，一时间，华剑英只想扑过去与母亲相见，两腿却有如被钉子钉死了一般动弹不得，嘴巴也好像被堵上了一样，说不出话来。甚至连全身的力气也好像在瞬间被抽走了一样。

梅若兰，华剑英的母亲，则从最初的震惊，变成有些迷惑和惊讶的看着这个年轻人，她觉得这个年轻人的样子真的很像她那离家多年的二子华健。只是却又不太像，这个年轻人，比华健可要英俊的多了。她却不知道，修到元婴期后，华剑英经过一次肉体的重塑，和以前长的样子已经大不一样，如果不是当时华剑英是无意中进行的话，他的样子甚至会变得让她完全认不出来。

梅若兰刚想开口说些什么，华剑英终于开口叫了一声："妈!"梅若兰一惊，道："你、你说什么? 你、你是、是谁?"

终于开口叫出第一声，华剑英只觉得全身的力气好像一下子又回来了，一下子扑到母亲身前，一把抱住她，叫道："妈! 我、我是华健! 我是阿健啊!"

"阿健? 阿健! 你、你真是阿健! 呜呜，阿健，你、你终于回来了?"相貌可能会变，但母子之间亲情与感觉却永远不会变，梅若兰立刻确认，眼前的年轻人真的是她离家5年的儿子。当场抱着华剑英，一边叫着他的小名一边大哭起来。

听着母亲的声声呼唤，什么坚持，什么道心，霎时间全给华剑英抛到九霄云外，抱着母亲也一起哭了起来。亲情，永远是人心中最重要也最美好的东西。

一边的伙计可是傻了眼，他们当中倒是有几个听说过，东家本有两个儿子，其中有一个多年前不知去了什么地方。看样子，这是二少爷回来了。其中一个较机灵的，连忙扔下手中的活计，跑到后堂报告。

华铭年近六旬，因调养得当，看上不去不过五十左右，三缕长须，垂至胸口。此时突然听说二子华剑英（华健）回来了，吃惊之余，也连忙赶到前堂。到了之后，只见母子二人正在抱头痛哭，当下哭笑不得的上前把二人分开道：

"若兰，阿健回来，那是大喜事啊。你们娘俩在这里哭什么啊？"

望望华剑英，离家时，华剑英可还没他高，现在却已经高出他近两头了。华剑英见到父亲，对父亲的敬重可远远超出亲切，擦了擦眼泪道："爸。我回家来看看。"华铭伸手用力抱了抱他，然后拍了拍华剑英的肩头，道："回来好、回来好啊。"说着，只觉自己的鼻子也是酸酸的，连忙转头吩咐道："来人，快去准备些酒菜来，今天我们父子、母子要好好聚一聚！"

从前面的医馆出来，穿过一个精致小院，就到了后面华家一家人居住的地方。在一个小厅中，下人们已经支起桌子，开始布置酒菜。华剑英则和父母坐在一起闲谈聊天。实际华剑英早已不用吃食，只是今天家人重逢，大家都特别高兴，他自然奉陪，反正他只是不用吃东西，又不是不能吃。

华剑英问道："爸、妈，大哥和大姐上哪去了？还有，小妹呢？"

华铭轻笑道："你大哥现在首都庭京城供事，你大姐已经出嫁，至于你小妹，则在学堂上学。咳，按理说该回来了，也不知又跑去哪里玩了。"

从父亲的表情中，华剑英能看出，父亲对大哥的工作和大姐的婚事，是相当满意的。问道："是这样啊，不知大哥现在在做什么？还有大姐嫁了什么人家？"

梅若兰在一旁道："你大哥现在在首都庭京城的太医院做事，现在可是三品供奉的衔呢。你大姐则嫁了咱们山南行省总督，平家的四公子。"

华剑英吃了一惊，太医院可不是人人能进的，不但要有高超的医术，还要有人从中周旋、推荐才行。大哥的医术不消说，但自家可没这人脉，更没钱去打点这些东西，不知大哥怎么进的太医院？至于大姐嫁入总督府，则更让他吃惊，虽然只是四子，不会继承总督大人的爵位、地位和封地，但怎么说也是豪门大族，竟然会和自家这样的平民联姻，这比大哥华铭进了太医院更让华剑英感到意外。

显然看出了华剑英的惊讶，华铭解释道："5年前，你离开不久，陛下外出巡视地方。来到法雅城附近时，不知怎么，太子忽生急病，就此卧床不起，随行太医无人能治。陛下跟着下令招唤太医院所有太医前来，却依然无人治的了。无奈之下，陛下令方圆左近所有稍有名望的医生，一起去行宫帮太子医病。"

听到这里，华剑英已经有些明白了："结果是大哥治好了太子的病？"

华铭笑着点了点头，道："之后，你大哥就被皇上招入太医院，赠六品供奉衔，也是你大哥争气，入太医院不久，就治好了老太后的陈年痼疾，又帮京

第八章·家人

96

城中不少王公大臣们诊症，甚得皇上和太子欢心，现在已经是三品供奉了。"

梅若兰续道："你大哥虽然没有被封为贵族，但眼看着越来越受到皇帝陛下和太子殿下的宠信，连带的，咱家也被地方上的贵族重视起来。"

华剑英恍然，大哥地位虽然不高，显然却极受皇帝和太子两人信任，同时得到现在和未来两任皇帝的信任，大哥自然成为一些外地贵族眼中，用来拉近和皇室关系的最好人选。想来那位总督大人会屈尊降贵的和自家这种平民联姻，为的应该也是这个原因。

"那姐姐，出嫁后过的可好？"对于这一点，华剑英确实有些担心，以前，他就听说过不少关于这种平民女子因一些原故嫁入豪门，结果却受尽欺凌的故事。

"呵、呵，你在担心你大姐吗？"知子莫若母，梅若兰立刻就明白华剑英的意思："放心吧，你大姐和总督四公子之间相当的恩爱。我常去看望你姐姐，看的出，她过的很幸福。"

华剑英轻轻松了一口气："大姐过得幸福就好。"

这时，酒菜已经着差不多摆上了桌，只是华剑英的小妹华珂却还是没有回来。看了看时间，华铭微微皱眉："这疯丫头，又疯到哪里去了？要不，咱们就不等她了，先吃着吧。"梅若兰平时虽然最疼这小女儿，只是今天离家多年的儿子回家，自然更加宠着一些，所以也说："那我们就先吃吧。"

华剑英哪看不出父母是想多顺着他些？忙道："爸、妈，不用了。儿子好不容易回来，要的就是全家人聚在一起的热闹嘛。大哥在外供事，大姐已经出嫁倒也罢了，可绝不能少了小妹。所以，我看还是再等等吧。嗯？这不，说着说着，就回来了？"

华铭和梅若兰可没华剑英那样的灵觉，自然察觉不到什么。

果然，有一个娇柔的声音隐约传来："咦？今天有什么事吗？怎么老爸老妈还没吃吗？而且还是在正厅吃饭？"

另一个声音，华剑英现在已经知道，那是搬来法雅后，父母雇的管家的声音："是的二小姐，是二少爷回家来了。"

"什么！二哥回来了！唉呀真是的，怎么不叫人早去告诉我？知道我就不出去玩，一下学就回家了。"华珂激动的大叫起来，同时华剑英也感觉到她正飞快的向这边跑来。

华剑英不由的露出一丝微笑，兄弟姐妹四人中，华珂是老幺，大哥比她整整年长十二岁，大姐也比她大了九岁，只有华剑英只比她大三岁，年龄相近。

所以，华珂总是和华剑英玩在一起，两人也是最亲。华剑英5年前突然离家，可让华珂伤心难过了好一阵子。

华珂一阵风也似的冲入厅中，华剑英只觉眼前一亮。人说女大十八变，果然不错，现在的华珂，已经不是华剑英记忆中的那个青涩的小女孩了，已经变成一个人见人爱，青春亮丽的美少女了。

华珂看到站起身来的华剑英，叫了一声："二哥！"一边叫着，一边扑了过去，一下子冲到华剑英的怀里，整个人挂在华剑英身上再也不肯下来。嘴里则："二哥！二哥！二哥！二哥！二哥！……"的叫个不停。

华剑英一时间哭笑不得，这本来是华珂最喜欢和他玩的游戏之一，整个人挂在他的身上往往半天不下来，想不到一见面她就又来这一手。更何况，当年华珂还只是一个小女孩，现在她可是一个大姑娘了。

"小珂，小珂，好了啦，不要闹了，快下来啦。"华剑英哭笑不得到哄着小妹。

华珂扭糖一样在华剑英的怀里扭来扭去，嘴里道："咿，二哥哥坏死了，这么多年也不回来看看小珂。也不知道人家有多想二哥，二哥是大笨蛋啦！"说着用一双小拳头用力地在华剑英身上捶打了起来。

她的那一点力气自然不会让华剑英有什么感觉，但却让他觉得，好像一下子回到几年前，还和小妹一起玩闹时的情景，当下一边大声叫痛，一边哀声告饶。华铭和梅若兰也在一边笑着看着他们兄妹二人在一起笑闹。

闹了好一会，华珂才从华剑英身上下来。一边开饭，一边问道："二哥，这些年你去哪了呀？这么多年一点音讯也没有。"当年华剑英随莲月心离开时，只有他父母知道他是去做什么，因为当初莲月心说，这一去少说也要几十年才能回来，本以为可能这辈子再也见不到华剑英回来，所以当时并没有跟华珂明说。

而华珂这么一提，华铭倒也想了起来，问道："小珂不说，我倒忘了。阿健，你怎么才5年就回来了？不是说最少也要几十年吗？"华珂愣愣的坐在那里，惊讶的看看父母，又看看二哥，不知老爸在说什么。

华剑英苦笑一下，这还真是不好解释。本来确是要几十年的，只是半道上师父感到等不下去了，凭空帮他把功力提了好几级。

只是这样说的话，要解释的东西就太多了，所以华剑英只是简单的解释说，他在师父的帮助下，进境远比师父预料中的还要快上许多，所以师父提前让他出来历练一下。他觉得反正暂时也没什么地方好去，所以就先回家来

看看。

华铭也只是问问，梅若兰能够再见到原本以为可能永远也见不到的儿子，更是不太在乎其他的一些事情。

华珂在一边可就兴奋了："哇！二哥，原来你是跟着那些大仙们一起去修炼去了呀？好了不起哦。"一边说着，她看着华剑英的目光变得充满了崇拜。

接着又缠着华英让他说一些修真时的事情。华剑英的修为先不说，单说见识的话，在修真界实际上算是孤陋寡闻得很，只是比起华珂足不出方圆百里之地来说，他的见闻倒也算丰富。特别是说起其他星球上的风土奇景，不要说华珂，就连华铭在一边也听得惊叹无比。为了让父母和小妹明白什么是星球，就让他浪费了不少口水。

说笑了一会后，华剑英道："爸，在这里陪你们几天后，我打算去看看大哥和大姐。"

华铭点点头道："你难得回来一趟，既然回来了，就去看看他们吧。"梅若兰在一边接着说道："这样的话，我和你一起去，正好我也好一阵子没去你们大姐那了。然后连上你们姐，咱们一家子一起去京城看看你哥。听阿健你刚刚说了那么多玩的事，我也想出去转转走走呢。"

华珂在一旁问道："我也一起去吧。好不好？"梅若兰笑道："那当然，我不是说一家人一起吗？"见华铭和华剑英两人在那里面面相觑，瞪起眼睛道："怎么？只许你们男人出去游玩散心，就不许我们女人去吗？"华珂自然在一边帮腔。华铭和华剑英吓了一跳，忙齐声道："可以可以，当然可心。"

却不知梅若兰自有一番打算，她听出华剑英这次会回来，纯属意外，这次再离开，没个百八十年，恐怕真的不会再回来了。这样的话，华剑英下次回来时，自己和丈夫只怕都见他不到了。所以才会打算全家人聚在一起，出去好好的玩玩，也算给全家人留下一个美好回忆。

当下，一家人一边吃一边聊，等到夜色渐深时，各自回房休息，只等明天一起去山南行省的首府湘城。

第二天一早，华铭命人准备好马车，一家人前往湘城。华剑英本想带着家人一起飞过去的，只是想了想，觉得一家人一起，坐着马车，一起慢慢旅行也不错。于是一家四人，加上几名随从，一路游玩，往湘城赶去。

由于一行人一边赶路一边玩，所以原本只要三四天的路程走了近半月才到达湘城。在城门口，一家人刚刚进城，忽然有人把马车拦了下来。

华铭探头问道："这位拦住我们一家不知有什么事？"

那人上下打量了华铭几眼，问道："请问这位是华铭华老爷子吗？"

华铭微微一呆，点头道："不错，正是老夫。请问……"

那人行了一礼道："小人是四少爷家中的下人，以前在府上也曾见过华老爷子您，不过您应该是记不得我的了。小人奉四少夫人之命前往法雅城寻找华老爷子。刚才在城门口听到您的声音，还以为听错了呢，还好过来确认一下。"

华铭微微一愣，奇道："阿芷让你找我？有什么事吗？"

那人答道："是的，听说贵府大少爷在京城出事了。所以四少夫人特地让我前去请您前来商议。"

华铭在开始和那人对谈时，华家一家人就全都开始在车上注意了，这时听了那人的话，全都吓了一跳，一时间面面相觑起来。华铭也是大吃一惊，问道："出事了？出了什么事？"

那人并不知道车上还有好几个人，只是苦笑道："小人也只是一个下人，具体的并不知情。华老爷还是快去四少府上，四少夫人正在等着您呢。"

华铭哪敢再耽误，立刻命人驱车直奔华芷家中。

山南行省总督名平野，莱汀王国伯爵，生有五个儿子和两个女儿。华芷所嫁的，正是平野的四子平尚。平尚和华芷家，本来是总督在湘城中的另一处产业，在平尚与华芷成婚后，送给两人居住。

华家的人一路上都心中忐忑，也都失去了玩乐的心情。华剑英更是暗下决心，如果事情真的无法收拾的话，宁可再一次大开杀戒，也要救出大哥华陀。

华芷长得和梅若兰、华珂颇为酷似，不同于母亲的美人迟幕，也不同于小妹的年少青涩，今年二十七岁的她，更显成熟女性的风采。

接到消息，说父母亲等一家人全都到了时，华芷和她的丈夫平尚都还有些不敢相信。毕竟他们的信使才刚刚派出还不到一小时，怎么这么快的？

不过等到他们见到急冲冲赶来的华家众人时，这才相信。见到华剑英，华芷自然也十分高兴，华剑英也上前见过平尚这第一次见面的姐夫。只是现在情况紧急，略述姐弟离情后，众人就立刻坐下来，商谈起华陀的事。

一家人当中，数华珂最是年幼，也最是沉不住气。一坐下来，就开口问道："大姐，姐夫，听你派人传信，说大哥在京城出事了！倒底发生了什么事？"

华芷却没答她，问华铭道："爸，你们怎么来的这么快的？我今早刚派人去的，还以为最快也要四五天你们才会到的。"

华铭和华剑英心知她不想大家心情太过激动，有失冷静，毕竟华陀远在首

都庭京，真要有什么意外，急也无用。华铭勉强笑道："说来也是凑巧，你二弟前几天刚刚回家，你妈想起你，就决定一起到你这来，再去找你大哥，一家人好好的聚聚。"

华芷这才恍然，笑道："原来如此。"平尚这时对华剑英道："听说二弟离家，一别5年，不知去做什么了？岳父、岳母老是不愿说。"

华剑英轻轻一笑，伸出右手食指，一股淡淡青气从指尖上冒出，慢慢凝成几个人型，正是华氏一家人，其中甚至包括现在不在坐的华陀。青气一收，几个人型也随之消散，华剑英笑道："我去做这个了。"

这种完全不借外力，纯靠本身真元力达成的凝形化物的手段，是离合期的能力，平时在修真界也是不多见。众人一时间更是看的呆了，半晌，平尚才结结巴巴的道："原来、原来阿健，是、是个仙、仙人的！"这真是太让他意外了。

要知道，穆图星上并没有修真的门派，只有一些修真者偶尔经过这里，有时会插手帮一下当地人一些忙。但因为这里没有修真门派，所以到这里来的修真者全都是一些过客而已，他们是不会卷入当地国家的纠纷的，更不可能被什么人所用。所以平尚在知道华剑英是个修真者后，想到他和华家之间的关系和可能的得益，一时间完全呆住。

华剑英自然不知道他脑子里想的这些个东西，看他突然面露傻笑的呆在那里，只道他是太吃惊了，也不管他。扭头看着姐姐华芷，道："大姐，大哥在京城究竟出什么事了？"

华芷叹了一口气，缓缓把事情说了出来。

原来，皇帝陛下在大约一个月前突然病倒，且病得相当严重，包括华陀在内的一众太医完全束手无策。

如果只是这样的话，和华陀本来也没有什么关系。只是皇帝的弟弟德亲王忽然宣布，通过调查，确认这次皇帝会突然病到，是因为华陀平时进献给皇帝专用的一种养生保健药"元灵再造丹"引起的，所以他下令要把华陀处死。幸亏太子对此事还有些怀疑，加上老太后的干预，所以暂时把华陀打入天牢收监。

听完了华芷的介绍后，华家的人感觉对一句古话有了更深刻的体会：伴君如伴虎，古人诚不欺我。

沉默了一会，华剑英道："我要去京城！"在场的人先是一呆，跟着面面相觑起来。他们都听的出，华剑英的语气中，充满了愤怒和一股不满的意味。

"二弟去京城打算怎么做？"平尚在一边小心的问道。

"当然是去救大哥了。"

"可是你打算怎么办呢？要知此事牵连极广。上至皇帝陛下和太子，下至一干朝臣。再说，华陀大哥现在被关押在天牢中……喂！喂！喂！二弟，你、你不会是打算去劫牢吧？！"说到一半，平尚突然发觉华剑英的神色有点不对劲，想到他可能的打算，忍不住叫了起来。

"是又怎么样？有用的时候捧在手心，没用的时候就踢开。虽然还不太清楚内里究竟是怎么回事，但我绝对不会让任何人伤到我的家人。姐夫，我是一个修真者，作为修真者我一般是不想牵扯到世俗界的事，但如果扯上我的家人，那决不是我所能够容忍。"

说着，华剑英的脸色渐渐沉了下来，眉宇间，甚至隐现一丝杀气。"在这个……大陆，以我的能力我完全可以为所欲为。这个国家会变成怎么样我并不关心，我只关心我的家人。如果有人敢动他们。哼，哼！我一定会让他们后悔的！"一时口顺，华剑英差点脱口说出星球，想起这里的人并没有星球的概念，临时改口说成是大陆。

平尚满脸的苦笑，他想不到这个妻弟这么的冲动，他却不知，华剑英不是冲动，而是不在乎。就像华剑英自己说的，在这里个连元婴期修真者也见不到的星球上，以他的离合中期修为绝对是所向无敌，再加上这次的事件又是和他敬重的大哥有关。如果华陀真的有个三长两短，华剑英绝对会把莱汀王国夷成一片平地。

平尚此时可不知他心里想的，但他却知道，如果让华剑英这个样子跑去庭京城，不出事那才真是奇怪。他心中暗暗叫苦，还好这时华芷道："二弟，你也要尽可能为你其他的家人想想呀。像爸爸、妈妈，还有我和小妹。别的不说，你也还要想想你姐夫平家啊。你真要生出这么多事来，我们一家总共只得六人，倒还好说，你姐夫家可是家大业大，到时可要怎么办啊。所以，二弟，算姐求你。你去庭京帮大哥当然可以，但一定要冷静，凡事多想想再做，不要随时就那么喊打喊杀的好吗？"

华铭也在一边同意华芷的话，道："不错，这件事，一个不好就可能扯上亲家。所以，阿健啊，你不要那么冲动。"

华剑英这才想起，自己确是没想到姐夫家的问题，颇感不好意思。对平尚道："对不起，姐夫。是我不对，我会注意的。"顿了顿又道："那么这件事到底应该怎么办呢？"

想了一下，平尚道："大哥是一定要救的。只是二弟你对朝中的一些事情完全不了解，所以我会陪你一起去。家父好歹也是一方封疆大吏，在朝中多少也有一些关系，也有助了解事情真相。"

华剑英想了想，应该也不差这一天的时间，道："好吧。那明天我和姐夫一起去庭京城。"

当晚，平尚安顿好华家一家人后，连忙赶去见父亲平野，平野一听说华剑英的事，吓了一跳。不过他却也立刻想到，这对平家实是有百利而无一害。现在穆亚大陆上虽然人人都知道修真者的事，但近几百年来还听说有谁再见到修真者，更没有哪一个国家真的能得到修真者的帮助。当初和华家联姻，本意只是想和太子进一步拉近关系，现在看来，这无意中的一着，竟然成了一步绝妙无比的好棋。背后有一个修真高手支持，平家的声势在莱汀王国……不！甚至在整个穆亚大陆的声望都完全不一样了。

为了加强和华家之间的关系，平野甚至已经在想，要不要让最小的五儿子娶了华家的小女儿？正好两人年纪倒也相当。听说华家老大华陀至今未婚，正好自己的小女儿也还没嫁，也可以把两人撮合到一起。

当下，平野一边叮嘱平尚进京时一些注意的要点，一边命人为华剑英和平尚起程做准备。第二天一早，平野更亲自来见华家一家人。

一番客套下来，华剑英早已经等得不耐烦。出门来一下子看到，平野给他和平尚准备的马车、侍女、下人和护卫队。华剑英愕然道："这是什么意思？"

平野在一旁解释："这是给你们两个预备的随行队伍。"

华剑英哭笑不得的道："要这做吗？不需要啦，总督大人还是把这些人和东西收起来。我和姐夫两个人就好了。"

平尚在一边笑道："阿健你这话让人一听就知道不是贵族了。这些东西和人是必须要有的，这些是我们的身份、地位甚至是实力的象征。如果你不准备这些的话，在京城，别想能办好一件事。"

华剑英感到自己几乎都快精神衰弱了，还真是受不了这些贵族啊。摆了摆手道："好吧、好吧，随你们好了。"顿了顿，看着那些人对平尚道："就是这些跟着我和姐夫你一起去是吧？"

平尚道："没错。又怎么了？"

华剑英不答，双手捏决，口中念起咒法。破日乌梭立刻凭空出现在众人面前，而且很快就变得异常巨大。

在场所有人都看着眼前的东西目瞪口呆。"这、这是什、什么？"反而是华珂先反应过来问道。

华剑英淡淡地道："是我师父给我的法宝，用它去庭京，中午之前就能到。嗯，要在庭京前几十里的地方落下来才行。"说着，扫了那些随行人员一眼，道："都做好准备。疾！"法咒一起，破日乌梭立刻发出一股吸力，把华剑英、平尚和那些随行人员一齐吸到它的内部。

只听华剑英的声音从破日乌梭里面传来："爸、妈，大姐、小妹，等救出大哥，我会和他一起回来看你们的。我们一家人要一起出去玩啊。"

不等华铭等人再说什么，破日乌梭已经以肉眼难见的速度破空而去。

第八章·家人

104

第九章
京城风云聚

华剑英却并没有看他，眼神望着其他方向，冷冷地道："过份？我可不觉得过份。没把整个庭京城一起夷平，就是我够能克制自己了。"

时间，是华剑英和平尚出发前往庭京城的前一天深夜。在平尚和华芷府邸的客房，华剑英的房间。

"阿健，你真的太冲动了。我知道你很想救你大哥，但也不应该在大庭广众之下说那种话啊。"华铭显然对于白天时，华剑英打算强行劫狱的事有些不满。

华剑英轻轻吹了吹手中的茶，笑道："爸，你不会真的以为我会那么不知轻重吧？"

华铭一呆："你……"

"白天我那不过是演戏而已。政治这东西啊，我不喜欢，但并不是说我就不了解。大哥这次的事情，颇有蹊跷，八成是大哥不知怎么，成了朝中那些大佬们政治斗争中的炮灰。"

"而平家那些人也是一样，对他们这些玩政治的人而言，一切都只是为了利益而已。比如说那位平四少爷和大姐间的婚姻就是。以前那是知道和华家联姻能给他们带来利益，利益没了的话……现在我是让他们知道，和华家维持良好关系可以继续为他们带来利益。"

华铭皱眉道："可我还是不明白，你白天为什么要那么做。"

华剑英笑笑，解释道："在知道我是修真者后，平家一定想要来拉拢我们华家，因为可以给他们带来更多更大的利益。而他们所会采取的手段，不出'软硬'两种。软的，就是像之前让平四少和大姐那样的婚姻关系，而说起这个，咱家的老大和老幺，这一男一女可好像都还没结婚嘛。而我听说，平家也有一男一女没结婚的。"

"那硬的又是什么？他们难道会敢招惹你？以你的能力，他们怕是惹不起你吧？"华铭问道。

"唔，老爸。正面为敌，我自信在整个大陆上大概都没人会是我的对手。不过，我却有一个极大的弱点在他们的手中啊。"

"是什么？"华铭有些奇怪的问道，他想不出儿子有什么弱点。却不见华剑英的回答，只是一直盯着他在看，华铭猛地省悟过来："你是说……我们？"

"是啊！"华剑英叹道："修真者，并不是真的绝心绝情，只是对世俗界的一些事与物不太放在心上而已。现在，我在世俗界最后的牵挂就是爸爸你和妈妈，反倒是大哥、大姐和小妹我倒不太在意。他们都有他们自己的路，不管最后会如何都是他们自己决定的，我会帮他们，却不会对他们有太多的牵挂。只是爸爸你和妈妈却不同。"

"我在这里的时候，倒是不怕他们，可是我早晚会离开，去继续潜修。所以我要为我离开里的情况考虑啊。而我白天之所以要那么做，就是要给平家的人一种性格冲动，有勇无谋的感觉。这样，他们就会认为我是一个很容易控制的人，他们就只会用比较柔和的方法了。"

"而且，我认为他们一般也不会用硬来的方式，最可能的方法，就是我刚刚说过的，进一步和我们家联姻。甚至可能把大姐的孩子推上平家继承人的位子上，这样的话。我这个做舅舅的，也不好意思不帮平家了。"

华铭呆了半晌，突然苦笑道："唉，你这小子，你去修真还真是可惜了呐。"

华剑英微微一呆，问道："老爸，你这是什么意思啊?"

"你应该去做政客才对。"

"我才不要！做政客这么累，还是做修真者比较轻松。"

庭京城，莱汀帝国七百年的首都，方圆足有近百里之巨，人口超过两百多万，在它的四周还建有四座卫城，分别守护着庭京的四方，每个卫城中驻扎着两万到三万不等的精锐城防军士兵。

为了避免惊世骇俗，华剑英在离庭京城还有七十多里的时候，就找了较隐蔽的地方落了下来，和平尚一起坐上了平野给他们两个准备的豪华马车。

刚从破日乌梭上下来的时候，那些随行人员甚至包括平尚在内全都有些精神恍惚。从地理上讲，山南行省算是莱汀王国比较偏远的地区，与首都庭京城相隔足有万里之遥，现在竟然只用了两个多小时就到了。对这些人来说，这将会是他们终生难忘的经历。

马车逐渐接近庭京，华剑英就把神识散出，一边观察附近的情况一边默默思索："庭京城是莱汀首都，加上四个卫城，总共近三十万的军力。以一城之地而言，可说全国之冠。如果事情有变，救了大哥和姐夫直接走人就是。在天上，可没人拦的我住。咦？那些人……是密探吗？怎么好像都很注意我们的马车？"

他却不知道，现在庭京城内局势紧张，各大势力都派出大量探子。对城内，监视自己的对手；对城外，则注意都有些什么人进城。可说一般人早在数百里外就会被人发现，近一步上报到庭京城内各大势力的首脑。而平家的马车，虽然本身没什么问题，但却好像凭空出现一样，突然在离城不过数十里的地方冒了出来，可把那些密探和密探后面的那些们大佬们吓了老大一跳。

华剑英发现了这些情况，却不明白是怎么回事；平尚能明白却不知道，他还沉浸在刚刚的奇妙感觉中呢。华剑英想了想，也就把这件事放下，对他来说，这些探子全都只是一些无聊的蚂蚁而已，放在那里也是无妨，真要有那个必要的话，随时都能全部拔除。

做为一方诸候和王国伯爵，平家在京城有一座自己的房屋。这时刚刚午后，大约都安顿好之后，平尚道："阿健，你有什么打算吗？我打算先到庭京城中，和我们家有关系的人物那里去拜访一下。"

华剑想了想道："姐夫，在那之前，能不能先带我去天牢一趟？我想先看看我大哥的情况。"

平尚一呆，点了点头道："嗯，这我倒忘了，先见见大哥也好。他是这次事件的直接当事人之一，先去和他了解一下情况，应该会有帮助。"

于是平尚准备了一下，华剑英则扮成了平尚的随从。在这个时候，两人都认为还是不要让别人这么快知道华剑英的身份比较好。

天牢位于庭京城北门外与北卫城之间。是庭京和北卫城之间最大的建筑。"天牢关押的应该都是国家重犯吧？我们能进得去吗？"华剑英问道。因为扮成平尚的贴身随从，所以华剑英和平尚一齐坐在马车里，另外几个随行人员坐在外面。

"没关系，要知道，关在天牢里的这些人，全都是些大有身份的人。说不定什么时候掌权的人想起他们中的哪一个，那这个人的身份地位立刻就又不一样了。所以天牢那些看管人员，等闲也不会得罪这些未来可能位高权重的人。进去见犯人一面，更是可以。当然喽，也有例外的。"平尚解释道。

"哦，什么样的人例外？"华剑英好奇地问道。

"首先就是那些犯了肯定会死的大罪的人，比如谋反的。还有就是知道一些什么秘密的人，为了让这些人吐出他们所知道的秘密，被各种残酷的刑罚折磨自然是免不了的。"顿了顿，笑道："唉呀，二弟你安心吧。大哥他是太医院中医术最好的太医，没人真的会把他怎么样的。我看，他现在在里面大概过得舒服着呢。你不用太担心啦。"

华剑英笑了笑点头称是，但他的心里总觉得有点不对劲。"大哥，你不要有事啊。"华剑英心中默念。

很快，到了天牢。就像刚刚平尚说的，并没有什么难的。特别是天牢的那个管事在接下平尚的几块晶币后，更是点头哈腰的，不知道的，还以为平尚是他的顶头上司。

但是，当平尚提到要见的犯人是华陀时，那管事先是一愣，跟着脸上为之变色，道："华陀？这个……大人，这有点难办啊。"

平尚一呆："难办？这有什么难办的？"

"这个……"那管事四下瞄了几眼，贴近平尚轻声道："这是上面的意思，华大夫现在被关在天牢地下最严密的地牢里。而且更有专人来叮嘱过，绝对不许任何人探视。这个……小的也是没法子啊。"

平尚脸色难看之极，又递给那管事几个晶币后道："多谢你告诉我这些，我来过这里的事，不要告诉任何人。"

那管事连连点头："是、是、是。小的知道了，小的一定照办。"

平尚转身向马车走去。实际上，平尚心里也知道，这些家伙，全都是认钱不认人的，如果有人也给他足够的钱的话，这家伙肯定会把自己这次到这里来的经过，详细的告诉那些有兴趣知道的人。

不过在这之前他还要好好安抚一下另一个人，他轻声道："这真是太奇怪

了，竟然连探视也不让，这完全不符合常理啊。不过阿健你放心吧，我会派人仔细打听大哥的情况，然后想办法把大哥救出来。所以阿健你……咦？阿健？阿健？"平尚说了半天后，终于发现不对，回头一看，华剑英不知什么时候消失不见了。吓了一跳后，平尚心念电转："这小子跑哪里去了？嗯？难、难道说……"望望就在不远处的天牢大门，平尚不由得苦笑一下："这、这小子，太、太乱来了啦。天牢丢了一个犯人，可不是小事。嗯，看来还是按原计划拜访京城各大重臣的好，也好让人觉得和我没什么关系。"当下平尚连忙跳到自己的马车上，前去拜访在京城中的平家的朋友。

等到平尚逐一拜访过和平家有交情的各家族、重臣之后，已经是华灯初上时分。平尚坐在马车里，问道："老何，还有谁家没去吗？"

老何，本名不详，是在平野还是小孩时，就在平家做事的老家人，极得平野信任。所以平野让他专门陪同平尚一齐进京，以便在一旁随时提醒、协助平尚。

"四少爷，就差左大臣大人家了。"坐在车辕处的老何答道。

"唔，那可不能怠慢。我们快去吧。"平尚道。在莱汀帝国，没有宰相一职。左大臣、右大臣和内大臣三个职位分别负担了宰相一职的部分权力。所以，在莱汀王国，没有那种一人之下的百官之首，不过左、右、内三大臣仍然是位高权重，左大臣江城武公爵，是朝中和平家有交情和关系的地位最高的一位。同时，左大臣家和平家，也是姻亲的关系。

到达江家，已经快到晚餐时间，但仍可见一些官员在等候左大臣接见。虽然在京城中那些豪门大家看来，平家只不过是一个外藩而已，但江、平二家毕竟是有亲戚关系的，所以平尚并没有等多久，就被下人十分恭敬的请到书房见到左大臣江城武。

左大臣出乎平尚意料之外的亲切："是小尚啊。呵，坐吧。与你上次见面，好像还是六年前你大哥与玲儿结婚的时候。听说你二年前也结婚了？怎么样？婚后生活感觉如何？"

平尚坐了下来，恭敬地道："托伯父大人的福，还不错。"

左大臣点点头，叹道："自从陛下出事以来，政务差不多全压在我们几个身上，你刚也看到了，在家里也不安生。"说到这里忽然对外面道："来人。"

立刻进来一个下人，立在一边："老爷，有何吩咐？"

"告诉外面的人，今天就到这里，让他们都回去吧，明天到政务所再继续。我今天就在书房里吃饭。嗯，小尚啊，你也没吃吧？也给小尚准备一份，我在这里和他一起吃。"左大臣吩咐道。那下人立刻照吩咐下去办。

平尚几乎有种受宠若惊的感觉，能够在左大臣大人的书房里和左大臣一起吃饭，这可是只有极少数地位极高的人才能有的荣誉。

很快简单但丰盛的饭菜被端了上来。二人一起坐下来吃喝起来。

左大臣忽然问道："小尚，你是今天刚到吧？"

平尚点点头道："是的。"

"唔，去过什么地方没有啊？"

"去过一些朋友家。"由于平家在京城中有交情的这些家族、重臣，大多也是左大臣一系的，所以平尚也不怕告诉他，一五一十的说给他听。

左大臣听了后，问道："没再去别的地方？"

平尚心中微微一惊，他不知道左大臣这句话只是随口问问还是意有所指，不过他想起，今天去天牢之事，由于事先没有想到，所以并不是隐密之事，真要想查，很容易就能查出，没必要因这种小事惹得左大臣大人不快。于是照实答道："不，在这之前去过天牢一趟。"

出乎平尚意料之外，左大臣全身一震，紧接着问道："你去过天牢？什么时候？去做什么？"

平尚有些反应不过来，不过还是照实答道："大约是刚过午后。贱内的兄长是太医院太医华陀，听说他获罪被关入天牢。所以小侄前来看看，出了什么事。这也是小侄来此的主要目的之一。只是不知道怎么，天牢管事竟然不让小侄探视，真让小侄吃惊不小。"

左大臣显然早就知道平家和华家的姻亲关系，所以并不吃惊。皱眉想了想道："那应该是在那不久之前。你然后又去过别的地方吗？"

平尚答道："没有啊。之后就去拜访我们家在京城中的一些朋友了，刚刚也跟伯父您说过了。"见左大臣"嗯"了一声就不再说话，小心翼翼的问道："怎么？伯父，天牢……出什么事了吗？"实际上，平尚知道，天牢要是不出事，那才真是奇怪了。不过他确想知道，到底发生了什么？为什么连左大臣也对天牢的事这么关注。

"唔，今天下午天牢确是出事了，那应该是发生在你离开天牢不久之后。今天下午，有人把天牢彻底夷成一片平地，天牢中关押的一千二百七十六名大小人犯全部逃脱。由于事情太过突然，城卫所、官防署等相关部门完全没有准备，急忙出动所有差役甚至动用军队，也只捉回来不到三百人。而且，真正的重犯更是一个都没抓到。唉，这到底是怎么回事？"

平尚吃惊的张大嘴巴，虽然早就料到华剑英必定会搞出些事来，但却也完全没料到会搞到这么大。从天牢中劫持人犯，本身就是死罪。强行攻破天牢更是等同谋反，那可是抄家灭族的大罪，平尚一时间脸色都有些发青："二舅子啊。你、你在搞什么啊。怎么、怎么把事情弄得这么大！"

"很令人震惊吧？"左大臣道，显然，他误会了平尚吃惊的理由："连我也给吓了老大一跳。你没看到现场，真是吓人，整个天牢完全变成了一片废墟。真是惊人，不知是什么人做的？"

如果是别的星球上，如固达星，大概早就有人想到这件事一定和修真者有关。但亚图星上的修真者实在太少，加上又从不插手世俗之事。所以除了少数知道内情的人外，没人想到这事会和修真者扯上关系。

强打精神和左大臣吃完饭后，平尚急急忙忙赶回住所。一进门就问："华公子回来了没有？"

一个下人道："回来了，现在正在他房里呢。"平尚抬脚刚要走，那个下人犹豫地道："那个……四少爷……"平尚微微皱眉，问道："有什么事？快说!"那人道："华公子他，带回来好几个朋友。一个个稀奇古怪的……"

平尚差一点一头栽倒在地，不等这人完全说完，平尚就急急忙忙向华剑英的房间赶了过去。他心中叫苦不条送："阿健啊，你毁掉整个天牢还不够，竟然把些个犯人带到我们住的地方。你想要做什么啊？"

来到华剑英的房间。床上躺着一个人，想来是华陀了。华剑英正坐在床边，手中发出阵阵青气缓缓流入那人体内。除这两人外，房中另外站着八个形相各异的人。

平尚一呆，刚想说话，华剑英就道："是姐夫吗？稍等一下。"说着，收手站起身，给华陀盖好被子。

转过身来，对平尚道："姐夫，来的正好。我先来给你介绍一下。"说着指向另外八人。平尚并没有把这八人放在眼中，只觉得不过是让华剑英顺手救出，又想找个靠山而已。

不过互相一通名可把平尚吓了好几跳。这八人倒真是五花八门什么人都有。

其中瘟神任横行、暗黑王曹婴、天煞叶龙、魔头底天宵四人，都是威名赫赫的超级高手。拿任横行为例，任横行本是一个纵横大陆各国的独行大盗，十数年间劫掠许多财物，不过由于他只对那些为富不仁的贪官和有钱人下手，从不抢劫平民，有时还会用自己抢来的财物救济一些灾民之类，所以在大陆平民中，声望倒是不错。听说十年前，他被帝国发现并堵上，帝国以损失数员上将和数千精兵的代价才把他捉住。而曹、叶、底三人，无论名声和实力，都是不下于任横行的高手。

而战神独孤风，更是三十多年前名震大陆的一代名将，世人都以为他已经死了，原来却是他功高震主，被上任皇帝抓住关在了天牢，还好他本是孤儿，又不曾娶妻，不然他的家人可惨了。

其他三人的身份却有些古怪。一个名叫张德超的英俊中年男子，却是号称大陆史上最成功的骗子，他甚至曾经假扮微服出巡的皇帝，无人能识破他，八年前运气不好，在莱汀帝国某地又假扮皇帝，却正好让他撞上真正微服出巡的皇帝，下场自然不用说。

另一个长相平凡的男子与张德超类似，名叫石川，不是骗子却是"大"偷，曾经偷过某国皇帝皇冠上的宝石而闻名，在想偷莱汀帝国皇宫时，被房梁上的灰尘引的打了个喷嚏而被捉，被捉住时，还在大声抱怨莱汀帝国的卫生条件真差，皇宫里都那么脏，气的皇帝一连杀了二十多名当值的侍从。

最后一人的身份却最是奇怪，名叫李坚，是宫庭史官，一问才知，这人人如其名，为人刚正不阿，让他写史他真的照实写，连包括莱汀帝国现任皇帝在内的，史上所有皇帝功过事非全部详细记载，结果却惹来皇帝不快，做皇帝的人人都想万古流芳，谁会想要遗臭万年？所以现任皇帝要他只写一些好事不许记那些坏事，李坚却誓死不从，气的皇帝想杀了他，不想李坚在做史官之前，在文林中名气极大，皇帝要杀他的消息传出，不但本国的文人、清流，就连其他国家都有一些大人物送信过来，请求皇帝饶他一命，皇帝不想犯众怒，无奈下把他打入天牢，终身监禁。

平尚心中暗叫乖乖不得了，这些人中，哪一个的身份、经历都能吓人一跳。瘟神、暗黑王、天煞和魔头四大高手能活到现在更是奇迹。

平尚虽然不再小看这八人，但心中有事的他，还是急匆匆把华剑英拉到门外，低声道："阿健，我明白你救大哥的决定；也明白你同时放出好几个人，是为了扰乱他人视线，不然我们平家就一下子全都暴露出来了。不过，你把整个天牢夷为平地，近一千三百多名犯人全都让你放了出来，有些过份了吧？"

华剑英却并没有看他，眼神望着其他方向，冷冷地道："过份？我可不觉得过份。没把整个庭京城一起夷平，就是我够能克制自己了。"

虽然认识还没几天，不太能肯定华剑英到底是个怎么样的人，但平尚仍然觉得，华剑英有些不太对劲："怎么了？阿健，到底出什么事了？"

华剑英却不正面答他，只是用右手大姆指指了指后面的房门，涩声道："你自己进去看吧。"

平尚呆了呆，刚才为房中的八人吓了一跳，加上急于找华剑英问清楚，所以并没有很注意华陀的情况。现在听华剑英的话，他晓得华陀的情况一定很不好。

连忙又赶回到床边，一看之下，平尚连忙用手捂住自己的嘴巴，才没有失声大叫出来。华陀双眼紧闭，仍然意识不清，全身被一层层的绷带、纱布包的好像木乃伊一般，虽然看不太清，但伤势之重，可以想像。

"怎么、怎么会这样？"平尚压下震惊，颤着声音勉强开口问道。

"大哥的鼻子和耳朵都已经被人割掉了，毁容已经是肯定，没有瞎掉聋掉，总算不幸中的大幸。"不加何时来到他旁边的华剑英冷冷的说道，语气之中，难以掩饰的透出一股悲愤之气。

"什么!?"平尚又吃一惊，虽然看到华陀脸上也包着绷带，但却也没想到严重至此。

"大哥的手指甲全都被拔光了，脚趾已经全被人斩掉。哼！哼！哼！那些人没把大哥的腿砍去，我是不是应该感谢他们啊?"

"什么!?"

"现在包上了绷带姐夫没看到，大哥全身上下到处都是伤，不要说肉，连块好点的皮几乎都找不到!"

"什么!?"

华剑英每说一句，平尚就忍不住惊叫一声，可见其心中的震惊。说实话，平尚并不是震惊于这些手段，而是惊讶，为什么华陀会受到这种对待？他不过是个太医啊。

"大哥一直都没清醒，所以我没办法问他。姐夫，你回答我，按照你的估计，这有可能是谁做的?"华剑英语气渐渐平静，但其中透出的那股肃杀之意，不要说平尚，就连任横行、曹婴、叶龙、底天宵四人，也为之一颤。

"这个、这个……我、我觉得，可能是德亲王吧。"因为华剑英的气势而感到全身不舒服。平尚只能勉强的回答。

"哦，那他住在什么地方?"

平尚吃了一惊，连忙拽住他："阿健，不要冲动。这事怎么看都透着古怪，你如果随便出手的话，说不定反面便宜了真正陷害大哥的人啊。"

华剑英冷冷一笑，道："姐夫你放心吧。我现在很冷静，我不会乱来。"说

着看了看躺在床上的华陀，"这人把我大哥弄成这副人不人鬼不鬼的样子，就算他想死，我还不会让他死咧。"然后转头看着平尚续道："所以，姐夫你放心好了，我不会随随便便对那个什么德亲王出手的。我只是去他那里瞧瞧，看看有什么线索没有。毕竟，他现在是最有可能的人了，不是吗？"

平尚看着华剑英的神情，心道："冷静？你现在要是冷静，我把头割下来给你当球踢。"不过他也明白，现在他已经无法阻止华剑英做什么。不然，说不定这家伙真的会一路杀到德亲王府的。不过还好，从华剑英的话来看，他确是不会随便就杀了德亲王，只是这位亲王大人可能比死更惨就是了。

叹了口气，平尚只好把德亲王府的位置告诉华剑英，并再三叮嘱，这回不要又搞得太大了。

淡淡一笑，华剑英对任横行等几人道："大哥的安全，就拜托几位前辈了。"任横行等人答应后，又对平尚道："姐夫，这几位，就先安排住在府上吧。"平尚心想："京中局势愈来愈紧张，多这么几个厉害人物帮忙，也是不错。"当下点头答应。

华剑英微一点头，身形一晃冲出屋外消失不见。平尚又叹一口气，望了望天空，不知怎得，涌出一股替德亲王这政敌祈祷的冲动。

虽然已经是晚上，但京城首都的夜晚却依然热闹，到处灯火通明。不想过于惊世骇俗，华剑英像一些世俗中高手一样，在各个房屋之间蹦来跳去，不过速度之快，却是会让看到的人吓出病来。

德亲王府左近，华剑英心中一动，身形一闪，跃至一棵大树的树杈上。在前面不远处的半空中，隐约可见一团古怪的黑气。

"这个感觉是修真者？不过，好古怪的感觉，这个家伙，应该只有元婴期的修为。不过那团黑气，就散发出空冥期的气息。是了，这团黑气是一件法宝，能够让拥有者像空冥期一样凝气藏形。吓了我一跳。"注意着这团黑气，华剑英心中开始思索。

"这家伙，是什么人？看样子他是在监视德亲王府。是其他势力派来的吧？只是没想到，还有其他人有修真者的帮助。"

华剑英决定先搞清这个修真者的事情。毕竟，在穆亚大陆，修真者实在太少见了。

过了好一会，那个人才晃身离开亲王府上空。华剑英悄悄的跟在后面。

很快，华剑英跟着那人来到另一处占地极广的宏伟宅邸。果然，像这样的地方，这里的主人一定是个极有身份的人。奇怪了，这人究竟是用什么东西收买这个修真者的？华剑英心中十分不解。修真者对世俗的东西都不太在乎，因为他们和世俗中人追求的东西完全不一样。所以除了少数特例，比如这次像他这样，因为家人，不然修真者卷入世俗界中几乎是不可能的。

这时，那团黑气降到那大宅中的一个小院落了下来。黑气迅速收缩起来，从中出现一个大约二十几岁，面色苍白的人。收起那团黑气后，那人抬步走入一个房间。

华剑英用神识一探，不由得吓了一跳。除刚刚进去的那人外，里面还有四个人，其中竟然有三个是修真者，修为都是元婴期。

居然会有四个修真者，这真是让华剑英太吃惊了。他悄悄落在那房间的屋顶上，探出神识注意那五人的对话。

"哦，阿特姆先生回来了，有什么情况吗？"这是那个唯一不是修真者的人在说话，虽然是男子，但声音轻柔，十分动听。从的意思来看，应该就是这里的主人，也是他让这个修真者去德亲王那里去的。

下面的显然是那个阿特姆在回答："今天晚上人不少啊。先后有十来人到那老头那里去，分别有…………"紧接着是一大串的人名和职位。不过华剑英并不关心这些东西，完全是一耳进一耳出。

"哼，想不到会有那么多人会听这老东西的话。我们看样子要加快计划才行。"刚刚的那人道。

这时，又有一人开口，此人修为是那四名修真者中最深的一个，可能也是他们的头领："这样事情都好说，在这个几乎没有修真者的星……咳，世界，我们师兄弟可说是无敌。不过，我说太子殿下，你答应我们的东西，什么时候弄好啊？"

华剑英心中暗暗吃了一惊，太子？竟然是太子？有没有搞错？不过太子接下来的话让他又吓了老大一跳："呵、呵，里特拉先生不用着急，两百名资质上佳的少女已经准备好了，几位先生什么时候要，我随时都可以送来。放心吧，都是按照几位先生说的方法挑选的，且保证全部是处女。"

华剑英惊的差点从屋顶上滚下去。两百名？全部是处女？这有没有搞错啊？想不到这个平时看上去道貌岸然的太子，竟然是这么恶毒的！不过让他惊讶的还有别的，那些修真者要这么多女孩子做什么？

这时太子沉吟半响："对了，古鲁夫和达伽玛两位先生对于今天下午天牢被毁一事有什么看法？会不会也是修真者做的？"

另两名修真者中的一人答道："我们去看过了，虽然不清楚是什么人用什么手法弄成的，不过应该和修真者无关。"

华剑英在屋顶上心道："不知是什么人用什么手法弄的，却又肯定和修真者无法。这叫什么逻辑啊？"

太子哦了一声不在说话。不过那个里特拉的一句话让华剑英的心一下子提了起来："那个叫华什么东西的太医这下子也不知跑到哪里了，太子殿下不担心吗？"

太子哼了一声道："那家伙已经是个废人了，别说他并不是知道得那么清楚。就算他对所有事都清楚明白，现在变成这样又有什么好担心的？"

刚刚说过话的那个修真者道："说起来太子你也真是奇怪，你那皇帝老子被我们下了禁制，一个普通医生是无论如何也解不开的。你有什么好担心？还要把他弄到天牢里去。"

太子笑道："古鲁夫先生，你不要太小看那个华陀，他的医术确是十分神奇。所谓不怕一万就怕万一，万一他把老头子弄醒了，不就糟糕了？更何况我曾经暗中让他给老头子下毒，虽然他没发觉，只当是老头子自己不小心食物中毒就把毒又给解了，万一哪天他回过味来就不好了。"

那个阿物姆这时道："那你把他杀了就是，把人关天牢里做什么？"

太子诡笑道："这叫一石二鸟，我故意把老头子曾因华陀而中毒的事透露给德亲王那老笨蛋，然后再以他的口把华陀关起来。暗中再让华陀写一份此事是德亲王那老东西指使的东西，把那老鬼一起拉下来。"

另一个没说过话的，应该就是那个达伽玛插言道："这不就露馅了吗？不是那德亲王把他关起来的么？"

太子笑道："这就叫实则虚之，虚则实之，别人知道了，只会以为当初德亲王是想要杀人灭口。再没人会想到我身上来。"说到得意处，太子忍不住嘿嘿怪笑起来。

"好了。既然这样，一切就照太子的计划。事成后，殿下……不，应该陛下可别忘了和我们的约定。"里特拉道。

"放心，放心。本官……呃，朕是不会忘的。"说着，那太子笑着打开房门走了出来。不知是否以为事情必成而心中高兴，一边说他还在一边笑。

在屋顶上的华剑英冷冷地看着太子的背影："好阴险恶毒的家伙。原来是这么回事。哼！现在还不是时候，我不会让你死的，我要让你后悔自己为什么不早死早了！"

虽然还没有替兄长报仇，但却意外的知道了陷害兄长的仇人是什么人，华

剑英心中有种心怀大畅的感觉。正要起身离开，忽然听到底下的四人又在那说话。

里特拉："二师弟、三师弟，你们下午去那个天牢那里有什么收获？"

古鲁夫："没错。绝对是修真者。"达伽玛接着补充道："看样子修为颇高，恐怕已经在元婴期之上了。"

阿特姆："元婴期以上？那不就是说最少也要离合期？那我们四个只怕……"

里特拉哼了一声："所以，这件事绝不能让那个什么太子知道！带上这两百个处女鼎炉后，就准备离开。"

达保玛："为什么？大师兄，别的不说，那个太子可还差咱们一百名处女鼎炉呐。"

里特拉："顾不了那么多了，万一这个超越元婴期以上的高手是冲着这个太子来的。那可就糟糕了。好不容易收集了整整四百多个上好鼎炉，在师门中立下大功，如果一时不慎前功尽弃怎么办？准备一下，就这两三天内走人。"

其他三人一起应道："是。"

"原来是这么回事。"华剑英多少有些明白了。鼎炉是修真界的一种术语，一般是泛指那些用来辅助修真的工具而言。而肉鼎，指的就是利用活人来修炼，是一种非常邪恶的修真方式，是属于黑魔界的修真方法。在修真界是一种禁忌，想不到居然有人打算利用这种方法。

华剑英略一计算，带着整整两百人一齐上路，就算是修真者也快不了。"还来的及，等收拾那个太子之后，再来收拾你们几个。"有了决定后，华剑英纵身离开太子府。

一切，就将在这几天决定。

第十章
落幕无声

那人一声长笑，笑声凝而不散，直入云空，同时身形急速旋转，衣袍下摆扬起，扫中诸卫。霎时间，惊呼声中，众侍卫人仰马翻的向后倒去。

在华剑英的灵药和真元力救治下，华陀在第二天上午就清醒过来。

在昨天晚上从华剑英口中得知真相的平尚，一大早就已经出门，四处连络。而在华陀的房间中，华剑英坐在已经醒过来的华陀床前一张椅上，也正在谈论着这件事。不过，华剑英一脸的不高兴。

"这么说，大哥你早就已经知道这件事了？"华剑英的语气中透出一股不满的意味。

"不错。大哥我毕竟就是医生，从上次皇上食物中毒时的种种蛛丝马迹，我就知道是太子做的。只是，太子对我毕竟有知遇之恩，所以我故意当作不知真情。"华陀的话气中，充满一股无奈与惆怅。

"那这次陷害你的人实际上也是太子，大哥你可知道？"

"本来是不知道的。不过，在天牢中，那些人拷问我时，要我说出所谓陷害皇上的幕后主使。一开始我还以为这是德亲王的意思，后来那些人要我画押的供词上，竟然要我说主使人是德亲王。我又怎么可能猜不出了？"

"不会吧！既然大哥你都知道！那你还要我放过那个混帐太子？"华剑英是真的快要气死了，他怎么也没想到，大哥竟然是这么的愚忠于那个混帐太子。

华陀斩钉截铁的道："纵然太子对我不仁，我也不能对太子无义。"

"你！"华剑英气的七孔生烟，可又拿他没法子。来房中来回踱了半天，断然道："不行！就算大哥你不计较，我也不能就这么放过那个混帐太子！"

华陀望着华剑英："为什么？阿健，大哥知道你为大哥好，你心疼大哥，想替大哥报仇。不过，你以为卷入这种宫室内讧是很好玩的吗？大哥现在已经心灰意懒，他们爱怎样就怎样吧。但你这样一定要闹下去，如果……如果一个弄不好把爸妈他们也牵扯进来……嗨，那时可怎么是好啊。"

眉头一挑，华剑英这才明白。不想和太子翻脸，怕把事情闹出去，并不是因为大哥愚忠于太子。而是已经看出，太子为人心狠手辣，生怕因此连累到家人。

叹了一口气，华剑英在华陀床前椅子上又坐了下来："大哥，我明白你的意思了。只是……大哥，你以为这样真的好吗？"

"别的不说，以太子的为人，万一他知道了大哥你还活着，你以为他会放过你吗？你以为，他会放过咱们华家和姐夫平家吗？"

华陀明显的一震。

"再从大处说，太子为了能早点当上皇帝，竟然连自己的亲父也不放过。再者，他为了得到那几个修真者的帮助，就那样牺牲了几百名少女。太子，完全不像他平时表现出来的仁厚，大哥，让这样一个人当上皇帝，你认为对莱汀帝国来说是件好事吗？"

华陀神情连变数遍，最后叹了一口气道："那你打算怎么对付太子？"

华剑英知道大哥终于被他打动，续道："以我的实力，正面打倒他太容易了。不过，这样未免也太便宜他了。"

华陀苦笑了一下，道："二弟，得饶人处且饶人啊。"

华剑英冷笑道："但适当的显示一下自己的实力，也是保护自己的一种方式啊。一切，就按照正常的手续去办好了，还要有姐夫的配合。而最后的时候……"

时间很快过去了两天。

太子府中，太子忽然接到皇太后要在宫中宣布皇帝遗旨的消息，让他快快进宫。

太子为此相当的迷惑，因为他从来也没听说过什么遗旨的事情。而且，皇太后为什么要这么大张旗鼓的？这两天那四个修真者也不知跑到哪去了。这些让他直觉有些不对，可又说不清哪里不对。不过，不管怎么说，这种大事，他是不能不去的。所以他暗中对几个心腹下令。一旦势头不对，就直接起兵，强夺庭京城。不过太子并不觉得会用到这个手段，只是生性小心的他，还是决定留下一手。

皇宫某偏殿内，以左、右、内三大臣为首，数十名莱汀王国的重臣已经齐聚此地。虽然大多都觉得，皇帝传位必定是传给太子，不过现在在京城中的十来位皇子，还有如德亲王这些皇亲还是全部到场。

太子到时，皇太后还没有到。只见德亲王和几个平时较亲近的人正在说着什么，而另外一些重臣们，也各自三五成群的在一起聊着。虽然听不到他们在说什么，但想来也和这次要宣布的皇帝遗旨有关。

太子上前与平时和他较亲近的左大臣江城武道："江老，今天这是怎么回事？本宫怎么从来没听说过先……父皇有什么遗旨？"一时口顺，他差点直接说出先皇来，不过他立刻想到，虽然说是宣布遗旨，但皇帝毕竟还活着，所以临时改口。

江城武看了他一眼，淡淡地道："太子殿下与陛下父子之亲尚且不知，老臣怎么可能知道？"

语气说不上冷淡，却透出一股莫名的漠视。太子碰了个软钉子，心中暗怒，暗想等登位之后必定要让这老家伙好看。

当下转过身，与另外几个交情不错的大臣打个招呼，说起话来。却没发觉，江城武看着他的背影，露出一丝冷笑。

又过了一会，司礼大太监的声音响起："皇太后娘娘驾到！"

立刻，包括太子在内的所有人一起跪倒，口中道："参加太后娘娘！"

皇太后年约七十多岁，容貌已经极为苍老，只能从眉眼之间，去遥想其年轻时的娇美风采。太后坐到首位上后，先让众人站起。接着也不说废话，直接道："今天哀家要大家来此的目的，想来大家也应该都知道了吧？"众人同声应是，"那就好，哀家我也就不多说甚么了，大家都直接听皇帝的旨意吧。来人。"说着，伸手一招。

立刻有一名太监上前，手中捧着一份圣旨。太监把手中的圣旨打开，略清了清嗓子，念道："奉天承运，皇帝诏曰：朕在位二十七载，兢兢业业，无日不为我莱汀一国忧心。二十余载功过切磋，总算尚无大错。及至近日，朕身心俱疲，难掌国事。以平日所见，皇四子淳，深肖朕工，堪当大统。着及：传位

于皇四子端木淳。钦此。"

遗旨念完，整个偏殿之中立刻好像炸了锅一样，众大臣全部悄声议论起来，整个偏殿内一时间嗡嗡响个不停。其中最为震惊的，莫过于太子和四皇子端木淳。太子自然不用说了，被定为皇位继承人的四皇子心中震撼实不下于太子，他平时生性耿直，犯颜直谏，经常顶撞皇帝，因而一直不为皇帝所喜，怎么也没想到，皇帝会传位给他。不过不为所动者也有，那就是左大臣江城武。

"不可能的！这不可能的！假的！假的！对！这份什么遗旨肯定是假的！"太子整个人失控的跳起来叫道。

"全都给哀家安静！你们当这里是什么地方！"皇太后大喝一声，全场霎时无声，整个偏殿只剩太子一个人站在那里不住喘气的声音。皇太后瞥了他一眼，道："你不用急，还有一份旨意，而且，是关于你的。"除江城武外的所有人又是一呆。"你不跪吗？也罢，那你就站着听吧？"看着脸色越来越难看的太子，皇太后淡淡的道。

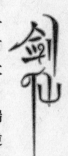

只见那太监又拿出一道圣旨，展开念道："奉天承运，皇帝诏曰：太子端木和，身为人臣，不知报效国家，却思谋朝篡逆；身为人子，不思孝道，大逆弑父。如此不忠不孝之人，何能为我朝太子。着及：废去太子端木和太子尊位，立刻交付刑部，严审其谋逆之行，立即执行，不得有误！钦此。"

皇太后冷冷地道："卫士！还不快将这不忠不孝之徒给我拿下！"

几个侍卫扑了上来，正要动手。宫外忽然传来一阵喧哗声。所有在场大臣又自一愕，太子……不、应该是大皇子端木和猛然大笑起来："我的手下已经动手啦！庭京城马上就在我手！你们现在求饶还来的及！哈！哈！哈！哈！"此话一出，不少大臣又自变色，虽然心中觉得，就算太子攻下宫城只怕也无大用，但为保性命，对他假意称臣，也算的上是个办法。

这时，一个威严的声音冷冷的响起："哦？你以为，庭京真的已经在你手中吗？"

"那当然！城卫军统领和东、西、北三城城防军督统同时动手！就算庭京城早有防备，也能强行硬攻下来，更何况……呃！？"端木和正在得意扬扬的宣扬自己的胜利，却突然看到说话的人，当场再也说不出话来。

来人正是当今莱汀王国的皇帝，端木成泰。端木成泰年约五十，身材十分高大，面容冷竣，给人感觉不怒自威。只是现在脸色却多了一股病态的苍白感。看到应该永远也不可能站起来的父皇突然出现，端木和已经发觉不妙了。

"哼！想不到，你这畜生平时处处以仁示人，实际却是这般狼心狗肺的东西！"皇帝冷冷的怒骂道。

"我、我、我！"端木和一时间说不出话来。

这时，殿门突然打开，一个武将打扮的人走了进来。跪下道："皇上，四名叛将，已经全部成擒，是否……"端木和的脸立时变得比白纸还要白上三分。

还不等那武将说完，皇帝便怒道："见这些忘恩负义的混蛋做甚！没的污了朕的眼，立刻拉出去！全都砍了！"

"是！臣遵旨！"情知皇帝现在心情恶劣到极，那武将也不敢再多问，当下退了下去。

看了看失魂落魄，呆站在那里的端木和，皇帝怒道："还让这畜生站在这里做甚，拉下去，拉下去！交到刑部去审问！"

几名侍卫刚拉住端木和，忽然大门"砰！"的一声被撞开，一道青影猛地冲了进来，冲着大皇子直扑过去。旁边的几名侍卫大吃一惊，急忙抢上。那人轻笑一声，单手一挥，众侍卫只觉一股排山倒海般的巨力涌到，惊呼声中，全被推了出去。

那人一把抓着大皇子，立刻直扑殿外。殿外这时已有数千名侍卫随时待命。见到异变，立刻有百来名功夫较高的直冲了过来。刀枪之类，一齐向那青影攻来。

那人一声长笑，笑声凝而不散，直入云空，同时身形急速旋转，衣袍下摆扬起，扫中诸卫。霎时间，惊呼声中，众侍卫人仰马翻的向后倒去。

在阵阵长笑声中，一个声音高声道："端木和就由在下带走啦！"青影连闪几闪，那人抓着端木和破空而去，转瞬消失不见。

除少数人外，在场所有人全都傻了。世上竟然有人强横至此？

皇帝突然叹了一口气："是他？"

江城武苦笑道："没错，看来是他了。"

皇帝又叹一声默然不语。皇太后在一边插言道："要不要通过华太医去找他？能影响他的人，大概也只有华太医了。和儿纵有不是，怎么说也是我皇室的皇子啊。"

江城武在一边道："陛下，娘娘，我看最好不要。对他们这些人来说，金钱、皇权完全是没有意义的东西。日后我莱汀帝国对他还有诸多仰仗之处啊。"

皇帝沉思半晌道："算啦，由他去吧。落在他的手上，和儿只怕比到刑部去还要惨上几分。我们就不要去管啦。"

说着，皇帝又叹了一口气，瞬间好像一下子苍老了十年，不管怎么说，和自己的亲生儿子反目到这种地步，任何人都不可能会高兴的。挥了挥手，示意除四皇子外所有人都退下。于是，一场影响了整个莱汀王国的宫廷内讧，就在大部分人莫明其妙中落下帷幕。

顶央山，位离庭京城不过百余里，是庭京城附近著名游览圣地。不过由于时节不对，现在这里颇为冷清。

来到顶央山上，华剑英猛的把端木和贯在地下。看了看四周，哼道："到地方了。"

端木和并不认得华剑英，还道华剑英是要救他，当下躬身一礼道："多谢这位壮士相救，请受小王一拜。"直到现在，他虽然是在答谢，却也还是没忘记皇子的架子。

华剑英却闪身避往一旁，不受他这一礼。冷笑道："谢我？你日后只怕会恨我入骨呢。"

端木和发觉他避往一旁，只好站直身子。听到他的话，惊讶问道："壮士救了小王性命，小王感谢还来不及，怎么会反而怨恨壮士？"

"哦，那你可知道我是谁？"

"这……壮士说笑了，小王又无未卜先知之能。怎么可能知道壮士姓名？"

"那我就告诉你。我姓华，叫华剑英。"

端木和微微一呆，华剑英绩道："我就是那个被你陷害而进了天牢的太医华陀的亲弟弟！"

端木和脸色大变，这才知道，刚脱狼窝，又入虎口。他虽然也练过几手功夫，但刚刚见识过华剑英的身手，知道几百个自己齐上也不是他的对手。当下白着脸色问道："既然如此，那、那你为、为何要救、救我？"

华剑英冷笑一声："你不会真的白痴到以为我是要救你吧？我只是不想让你落到皇帝手中，因为我要让你求生不得，求死不能！"

说着，在端木和惊惧的目光中，华剑英随手一招。在一旁的树丛中，一只不知从哪跑过来的猴子怪叫着飞了过来，不过，从他的动作就能看出，它并是自己想要过来，而是被华剑英吸了过来。

顺着它的来势，华剑英右手食指疾出，点在那只猴子的额头上。在华剑英古怪的咒语声和那猴子发出怪叫声中，猴子的身体急速萎缩。不，准确点说，是迅速的被华剑英手指上的一点给吸了进去。不一会，猴子的身体完全消失，在华剑英的手指尖处，只剩下一个约手指头大小薄薄的淡青色菱形物体。

端木和吓的汗下如雨，他现在自然看的出华剑英也是个修真者，而且看来实力远在那四人之上，只是他不知道华剑英为什么要在他的面前表演这个，难道是要用这个方法来对付他吗？

"你、你、你……你要用、要用那个法、法术来、来对付我、我、我吗？"端木和颤着声音，脸色苍白的问道。

"唔，你说的不错。"华剑英冷笑道："不过我想你不会知道这一招的真相，不过我会告诉你。在你还能听懂我的话之前。"

"这一招，名叫'穿棱菱'，通过法术，把某种生命体的身体和意识压缩并变形到现在你所看到的菱状物体中。然后，用它作用于目标的身上，就可以把目标的意识永远的封印于穿棱菱中。而被下了这个法术的人，他的意识将会被形成穿棱菱的生物的意识所取代。"

端木和的脸色瞬间变得更加惨白，他已经明白华剑英要怎么对付他了。华剑英笑了笑："唔，看来你已经明白了。只要把这个用在你的身上，你就会变成一只猴子，一只大猴子。不过你的意识将仍然存在，存在于穿棱菱中，只是不能再操纵你的身体而已。呵，你应该感谢我大哥，是他不让我杀了你的。"

"不！不！不要！救命！救命啊！"端木和吓的一边大叫一边跌跌撞撞想要逃走，现在，他倒宁愿华剑英杀了他。

"啧！你以为你跑得掉吗？"端木和跑出没两步，华剑英鬼魅般出现在他面前，手中的穿棱菱准确命中端木和的额头："乖乖的做你的大猴子吧！"

端木和只觉得脑中猛然传来一阵晕眩，眼前的景物也变的愈来愈模糊。"不、不要！"耳中，传来华剑英的最后一句话："说不要前，先想想那些被你害了的人吧。"

"唔、吱……"倒在地上的端木和发出一声轻轻的叫声。不，现在那已经不能说是端木和了，那只是一个有着人类外表的猴子而已。

把变成一只猴子的端木和丢到一个无人山区，站在一棵大树的树梢上，看着一边怪叫，一边蹦跳着渐渐逃远的端木和，华剑英心中没来由的泛起一阵感触："哼，这就是那贵极一时的仁贤太子的下场啊？虽然说是他咎由自取，但想来也颇让人感慨。这算不算是恶人自有恶人磨呢？"

"唉哟！那我不也变成恶人了吗？"华剑英有些困惑的搔搔头："唉呀，不过话说回来，成为专磨这些恶人的恶人，也不错啊。"

庭京城中，时间已经过去了一个星期，事情已经渐渐平息。太子谋叛，太子的党羽和许多原本亲近太子的势力全部被清除。毕竟，作为皇帝心腹军队的城卫

军，加上东、西、北三卫城的城防军一起参与谋反，这在莱汀七百年历史上是前所未有的事情。因为这件事，皇帝对整个莱汀帝国内部势力来了一个大洗牌。就连三大重臣中，除左大臣外的其余两个，也全部被降职。不少原本和太子无关的人也受到牵连，许多人看出，这实际上也是皇帝在为新太子登位做准备。

除了调查和处罚一众叛党外，也有对忠于皇帝，对这次平叛有功之人的奖赏。首先是左大臣江城武公爵，他的封赏很简单，除了加大了封地外，赠其爵位世袭罔替。

在这里，就要说明一下莱汀贵族爵位的情况。在莱汀，贵族爵位由低到高为：爵士、准爵、勋爵、男爵、子爵、伯爵、候爵、公爵、王、郡王和亲王。其中爵士、准爵、勋爵三个爵位，是终身制，但不能世袭。而其他的爵位，虽然可以世袭，但却不能超过三代。按莱汀王国的规定，除有皇帝特许的少数家族，任何贵族家族如果没有人为国立功，三代后，爵位自动降两级，也就是说，如果这一家族中一直没有优秀人物出现的话，就算贵如亲王，一二百年后也变成平民（亲王—王—候爵—子爵—勋爵，勋爵不可世袭）。这样的做法，有效的使莱汀少了许多无谓的贵族和纨绔子弟，多了许多人才。

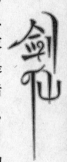

如今，皇帝降旨，赠江氏一族世袭罔替，也就是说，只要莱汀不灭亡，他们一家就永远都可以承继这公爵的地位。江家也成为莱汀开国七百年来的第五个这样的大家族。

同时，山南行省总督平野升候爵，封地由二千户加为三千户。其子平尚封伯爵，赠大学士衔、太子少保，准上书房行走，封地三千户。

不过，真正让群臣们目瞪口呆的封赏，并不是江、平两家，而是原本默默无闻的华家。

华陀，因其忠心为主，封伯爵、礼部侍郎、太子太保、准上书房行走，封地五千户。华剑英，揭穿前太子的阴谋，救下皇帝性命，挽国家于危难之中，特封郡王、准世袭罔替、莱汀三军大元帅、领兵部尚书衔、太子太傅、准上书房行走、随时入宫、见君不拜、接旨不跪，封地一万五千户。华家，成为莱汀帝国七百年来第一个能够世袭郡王爵位的家族。

一连串的封赏下，不要说那些个大臣们，就连华家兄弟二人也傻了眼。这有没搞错啊？不过两人也立刻明白过来，这些封赏中，除了江家以外，不论是对华家还是平家，真正的目的就是想要拉拢华剑英。

华陀倒也罢了，华剑英对于皇帝给他的这些封赏可是头疼的很。别的不说，在给他的封赏下达后，每天都有一大群人来求见，虽然他一律挡驾，不过也够他头疼的。唯一让他觉得比较高兴的，就是当初和华陀一起被他从天牢中救出来的八人，全部得到皇帝特赦。不过这八个全部以他的仆从自居，赶都赶不走。就在他不胜其扰，打算就此撒手不管，自己先离开时。好像早就料到一样，皇帝连续又两道圣旨让重视亲情的他不得不留下来。

第一道，皇帝因听说华陀至今还是独身，特别赠婚，把他最宠爱的女儿，七公主下嫁华陀，并赠下一座府邸，和许多的侍女、侍从、侍卫之类。

第二道，却是新太子虽然已经有了几个妃子，却尚无正妃，也就是说日后的正宫皇后之位还空着，皇帝下旨，决定立华陀和华剑英的幼妹华珂为太子正妃，并且圣旨已经送往山南。大约再有二三个月，华家的人就陪着华珂到京城了。华剑英知道这个消息后，让皇帝给噎的半天说不出话来。明知道是怎么回事，偏又没有办法。

于是华剑英这几天来就一直住在他的郡王府中，平时除了修炼之外，也指点华陀和任横行等八人几手修真的功夫。

华陀脸上的伤，用世俗界的方法，是不可能复元的了，但修真后，修真层次每提升一级，肉体就经过一次简单的重塑。虽然在元婴期前，不可能让伤痕完全消失，失去的耳、鼻也不可能长出来。但至少看上去会好得多。而且，也不是没希望修到元婴期。虽然华剑英自己剑修，但通过玄魄珠中的元婴们，他可是能找出几百种不同的功法，加上芥檀指中那像山一样多的仙石，华陀倒不是没可能修到元婴。不过，比起修真，华陀对做官显然更感兴趣，对于这一点，华剑英也只能无可奈何了。

不过，除了华陀，任横行、曹婴、叶龙、底天宵、独孤风、张德超、石川和李坚八人，倒是对修真都颇有兴趣。每个人都练的十分勤奋，修为也都是突飞猛进。不过，出乎所有人意料之外的是，八人中，进步最快的，竟然是李坚。虽然是在华剑英的帮助和大量仙石的辅助下，但能在短短两个月中就达到灵启后期，接近炼神期的修为，让大家都很意外。

华剑英思索了很久之后，才有些明白。李坚比其他人进步的更快的原因，是因为心境的不同。

其他几人修真，从某种角度上来说是一种无奈，他们在天牢中长的被关了三十多年，短的也有十来年。所谓江山代有人才出，一代新人换旧人，加上年纪已老，现在，他们也无意再去争那些东西。而年龄渐渐变大，肉体渐渐衰老，年长者对于死亡的惧怕也一日强似一日。

李坚不同，今年只得四旬的他，对于男子来说，正当盛年。不过，经过这

次下狱，也让他看透了很多。这个世俗界，也不过如此。也正是看穿了这些，所以，他修真起来远比其他人进步要快的多。

三个月的时间，说长不长，说短不短。华陀和七公主在皇帝的安排下，经过三个月的相处，已经变得相当亲密，最初对华陀容貌的恐惧渐去，逐渐被华陀丰富的常识吸引，七公主就真的喜欢上了这个看上去十分丑陋的男子。

而从山南行省来到的华家送亲队伍终于来到庭京城，不过，他们带来的并不是新娘，而是在半路被劫，包括准王妃华珂在内的数名年轻女子失踪，华铭和梅若兰也被人打伤的消息。

消息传来时，华陀、华剑英正陪着七公主在庭京著名风景地玉阳湖游玩。华陀差点一头栽到湖里去。

华剑英脸色阴沉得滴得出水来，说了一句："我们赶快回去，搞清发生了什么事！"说着，手一挥，一股气劲击在湖面。小舟箭一般射回码头。

来到宫中，一所偏殿中。皇帝、太子加上皇太后，全都脸色难看的坐在那里。在他们面前，跪了三个人，正是这次负责送华家一家进京的人。

"陛下、殿下、娘娘。这、这是怎么回事？事情的经过如何？"华陀行过礼后立刻问道。华剑英则一言不发的站在华陀身后，脸色已经回复平静的他，看不出在想什么。

皇帝叹了一口气道，一脸的疲惫，指了指跪着的三人："你问他们，让他们来说吧。"

华陀转头看着那三个人。其中一个道："事情发生的非常快，对方只有两个人，实力强的却让人难以相信，轻而易举打败了我们一千人。他们、他们应该是修真者。"

而在听到那人最后一句后，华陀、华剑英同时变色。然后所有的目光又全都集中在华剑英身上。

华剑英想了想，问道："他们用的是什么法宝？"

那三人一齐呆住，反问："法宝？什么法宝？"

华剑英这才想起这不过是三个普通人，改口道："你们看没看清，那几个修真者是用什么东西攻击你们的？"

明白过来，其中一个道："他们用的好像是一把剑，一把黑色会飞的小剑。"

另一个接着道："他们的剑好奇怪的，我们也没给打中，就有一种冷森森的感觉。"

第三个补充道："说冷森森好像不太对，应该是……阴森森的，对，是一种阴森森的感觉。"其他二人也点头附合："对，就是那种感觉。"

华剑英又问道："你们听那两个修真者说什么了没？"

"这个……"三个人面面相觑："那两个人，好像没说什么吧？"

"对了、对了。"其中一个叫起来："我是所有人最后一个晕倒的，我晕迷前，隐约听他们说了一句，呃？说了一句……"

华剑英气道："到底说了一句什么？！"

那人给华剑英一吓，倒清醒了起来："对了，其中一个说了句：'想不到居然会找到一个资质这么好的绝顶肉鼎。'"

"肉鼎！"华剑英整个跳了起来，上前一把抓住那人："肉鼎？那人真的这么说吗？"那人给华剑英的神情吓个半死，只能不住点头。

"他妈的！我这混蛋！我怎么把这么重要的事给忘了！该死！"华剑英随手把那人丢开，气的脚把地上踩出一个大坑，嘴里仍忍不住破口大骂："该死的！怪我！都怪我！王八蛋！"一边骂，脚下一边连用力狠踩。

在场所有人全给吓呆了，从没人见过一向温文的华剑英这个样子。偏殿的地面被他踩的一个坑一个洞的。

"二弟，这到底是怎么回事。"华陀到底和他是兄弟，虽然给他的样子吓了一跳，但至少还不至于怕到不敢和他说话。

华剑英喘了几口气道："那两个家伙，应该另外还有两个同伴。他们，是太子……唔，是前太子找来的修真者。"

皇帝一惊："莫非就是这次让朕晕迷不醒的人？"

华剑英点了点头："正是。那四个混蛋很明显属于某个邪道修真门派。本来，我想等事情解决后就去找他们，结果后来一大堆事情涌来，让我把这件事给忘了。现在竟然……嘿！全都怪我！"

华陀道："那、那现在怎么办？"

华剑英想了想，道："他们要去哪，我大体猜得到，要趁他们离开前赶上他们。"

华陀皱眉道："二弟……"

华剑英淡淡一笑，道："大哥，你放心吧，那几个家伙我还没放在眼里。爸妈身受了伤，他们就拜托你照顾了。"

说完，华剑英转身走出偏殿。青影一闪，消失不见。华陀叹了口气道："希望老天保佑，小珂不会有事。"

第十一章
在沃勒星的朋友

一道奇异的异样光芒突然从华剑英身上亮起。这道光芒同时有着好几种颜色，青色、金色、翠绿色和深蓝色混杂在一起，交相闪烁。虽然光芒很亮，但却给人一种十分柔和、舒服的感觉。

"唔，这里就是小珂她们被袭击的地方。"华剑英观察着四周的环境，这里是一个林间大道，四周树木林立，蔚然成荫，如果换个时间到这里来的话，华剑英大概会很喜欢这个地方吧？不过，他现在可没心情去看这些美丽的景色。

"嗯，他们从庭京城离开后再到这里，按这条路线走下去……这些家伙果然是要离开这个星球。他们寻找鼎炉的任务应该已经结束了，会继续掳掠女孩子，大概是顺手而为吧？照这些家伙的速度来看，应该还来的及，不过要快一点了。"

华剑英腾空飞起，全身上下散发出淡淡青光，全速向前飚射而出。

三个小时后，某深山山谷中。

这是一个很奇特的山谷，谷中光秃秃的，寸草不生，但却有许多各种各样的嶙峋怪石。在山谷的中央，立着八根高约三丈有余的巨大石柱，石柱表面，深深的雕刻着许多奇怪的花纹，而八根石柱围成一个足有十丈方圆的大圆圈，而圆形图案共分八层，从中心到最外围，每层之间也都刻着许多符文。这里，就是穆亚大陆上唯一的星球传送阵。

华剑英飞到山谷上空时，只见山谷中站着数百名服饰打扮各不相同的年轻美丽女子。看这些女人的样子，这些女人可不止是从一个国家找来的，看来端木和当初还真是下了大力气。而四名白衣男子，则站在传送阵旁，显然是在调较方位。像这样的超大型传送阵，其可能的传送目标少则几个，多则几百千个，不仔细把方位找准了可不行。

发觉到华剑英破空飞来，四个人中有三人全都转过身小心的看着华剑英，只有一个仍关注于传送阵，看来已经快要调较好了。转过身来的三人中的一个，对华剑英喝问道："嘿！你是谁？"要知道，他们做的事在修真界算是一种禁忌，所以一看有修真者来到，立刻变得十分紧张，更何况这个人看起来要比他们厉害多了。

华剑英一听声音就认出这家伙是那个阿特姆，不过他暂时只当没听见，先仔细的在那数百少女中寻找华珂的影子。只见这些女子虽然都是青春貌美，但一个个双目无神、神情呆滞，好像木偶一般。

华剑英立刻明白，这些少女的身上全被下了某种禁制，不过他并不担心。玄魄珠中的几百名元婴，正可谓是一部修真界的百科全书，只要和修真界有关，在它们当中查不到的东西几乎可说是不存在。更何况破日乌梭更是各种禁制的克星，只是使用破日乌梭有些太耗真元力了，如果时间充分的话，他并不想用。

他倒是很快找到了华珂，不过很让他失望，看来这些家伙很看重她，把她紧紧带在身边。这让原本打算不管怎么样，先抢出华珂把她送到安全地带再说的华剑英感到相当的失望。

不过，失望并不代表放弃。心情恶劣的华剑英并没有说什么，抬手就向那四人攻出一招，而一出手就是九字真言剑印的三印合一向三人轰了过去。

古鲁夫、达迦玛和阿特姆见华剑英半天没有理他们也没说话，心中觉得十分不快。如果不是看出华剑英实力远在他们之上，加上现在不欲生事的话，恐怕早就上去教训对方了。

没想到华剑英突然冲了下来，而且一出手就是威力惊人的绝招，完全没有准备下，三人只能同时向一边闪去。

刚闪开，他们就发觉，华剑英真正的攻击目标并不是他们，而是在他们身后正在准备启动传送阵的里特拉。

三人一惊，同时出各自的飞剑向华剑英攻去。可能艺出同门的关系吧，三人三把飞剑的样子和给人的感觉几乎是一模一样，都是墨蓝色，外面缠绕着一层黑气。

"好奇怪的战甲，果然是修炼魔道的修真者。奇怪了，现在修习魔道的魔门修真竟然敢大摇大摆的四处走？怎么和师父说的不太一样啊？"华剑英心中多少有些奇怪。

莲月心以前曾和华剑英提到过魔道修真者的事。

魔道修真，实际上可以说是道家的一个分支。其追求的"黑暗"与"毁灭"本身也是宇宙法则的一部分，所以并不能和"邪恶"直接划上等号。

只是多年传承下来，魔道修真者大多都沉浸于魔道那强大的力量之中，而失去了对于黑暗真正的认识，使得其修炼方法大多流于阴邪一流。认为抛情弃爱、断绝世情，才是魔道和修真的正途。也因此，在很久以前，魔道修真在修真界成为公敌，受到来自各方面追杀。虽然没有全灭，但残存下来的少数传人也大多隐藏起来，成为真正的黑暗中人，不过，莲月心并没有直接参于其事就是了。只是现在这些家伙竟然这么肆无忌惮。

不管这些，华剑英的攻击出手要比三人早，速度也要快得多。眼看就要击中里特拉，但在距他大约尺许距离时，华剑英的剑气突然被什么东西挡了下来，发出轰然一声巨响。华剑英一呆，这才知道，这几个家伙原来已经设好了防御法阵。而且，应该是以某种防御法宝为主的阵法，不然，以刚刚一招三印合一的威力，就算这四个家伙联手都未必接得下，何况是他们布的防御阵。

巨响声中，里特拉全身巨震，向前跟跄两步，"哇"的一吐出一口血。满脸惊讶的回头望华剑英一眼。他知道，自己身处"暗云障"之中还受到这么大的震动，那么这个修真者的实力要远远在自己师兄弟之上。他一边加快速度启动传送阵，一边暗暗盘算起来。

华剑英大感意外，自己志在必得的一击竟然没有取得任何效果，而另外三人的攻击已经近在眼前，虽然华剑英功力要远胜这三人中的任何一个。但这样子被正面击中的话，却也绝不是什么好玩的事情。更何况还不知道这三把飞剑是不是有什么特殊的地方。上次与姜尚清一战，差点被他的飞剑冻成冰雕，从那之后华剑英再也不敢小视别人的飞剑。

华剑英双臂向外一振，强劲剑气透体而出，在他的身体四周旋转缠绕，迅速形成厚厚一层像茧一样的剑气。剑气不住旋转，三把飞剑同时被弹开。却是

十方剑诀中的"缠"、"旋"二诀，不过华剑英把原本用来攻击敌人的螺旋状剑气加以变化，变成了防守。

"既然这样，那我就先把这三个人解决掉。"华剑英心中了有决定，双手合于胸前，右上左下的相对一拍，紧跟着双手上下一分，拉出一道匹练般的青色剑气，在他双手掌心间来回流动。随着他双手轻轻挥动，青色剑气变得好像河水一样荡漾在四周。

"试着接接我的青河剑气吧！混蛋们！"

刹那间，周围全是亮晶晶的青色气芒，闪烁着柔和美丽的光华，给人的感觉就像是浸泡在一条大河之中。

不过古鲁夫三人却是大惊失色，他们看得出来，这一招是极厉害的，他们根本挡不住。三人拼命运起飞剑护住全身，一边向后飞退，一边大叫："大师兄！快来帮忙！"

华剑英心里可是安心得很，缓缓的把剑气向前推去，把三名对手渐渐的逼在一处。

这招青河剑气是莲月心教给他的保命绝招之一。是当年莲月心修成剑仙后创出来的招式，如果不是华剑英功力不足，连这一招万分之一的威力都发挥不出来的话，这几个人和剑气一接触的时候就被绞成肉末了，只要用的人愿意，半个星球都可能会被绞的粉碎。

青河剑气果然厉害，古鲁夫三人虽然拼命抵抗，但还是被逼到一处。要知道，华剑英的离合期修为虽然远胜三人的元婴期功力，但同时把三名元婴期高手像这样子玩弄于股掌之间，却近乎不可能。

就在这时，传送阵突然射出耀目豪光，传送阵启动了。

华剑英被传送阵的光芒弄的微微一呆，青河剑气也微微顿了一下。里特拉猛然飞扑过来，大声吼道："十方俱灭！"

里特拉的三名师弟神情一振，趁着青河剑气的压力略略一缓的刹那，同时飞扑过来。四人同时亮出一块外形好像令牌一样的黑色铁牌。

四人立刻以真元力把四块铁牌打出，四块铁牌在四人的真元力操纵下，在半空中合成一个奇形怪状的法宝。里特拉师兄弟四人一声低喝，那件法宝立刻高速转动起来，同时开始散发出阵阵黑气。而那些黑气，居然把继续逼过来的青河剑气全部挡住。

华剑英大吃一惊，因为他发觉那股黑气可不只是挡住青河剑气，隐隐间，还有一股要反击回来的感觉。

而那法宝在里特拉四人的摧动下越转越快，随着速度加快，黑气渐渐形成一个的黑色的圆形气团，上面隐隐浮现出阴阳八卦的形状。

"疾！"里特拉师兄弟四人一声大喝，一道黑色气柱猛然间从那黑色阴阳八卦中射出。强大威力瞬间把青河剑气击散，向华剑英身上轰了过去。

十方俱灭，是一件威力等同于仙器的强大魔器。里特拉四人的师父怕他们遇上麻烦，把这件魔器交给他们，只是也知道，以四人的修为，再过一百年他们也操纵不了十方俱灭。所以把十方俱灭拆散开来，让四人每人持有一部分，再传给每人一个特殊的法诀，四人合力才能勉强使用。不过，四人合力虽然勉强能够发动十方俱灭，但也只能发挥它极小的一部分力量而已，至于十方俱灭最厉害的绝招大暗黑空间，不要说这四个人了，就算他们的师父也没本事使用。

如果里特拉四人的对手是其他人的话，那这一击就足以决定一切，虽然只是极小的一部分力量，但毕竟就是一件魔器发出的一击，换了别人，没寂灭期以上的修为，挨上这一下怕就已经灰飞烟灭了。

不过，可惜这一次他们遇上的是华剑英。

就在那道黑色气柱只差毫厘就要击中华剑英时，一道奇异的异样光芒突然从华剑英身上亮起。这道光芒同时有着好几种颜色，青色、金色、翠绿色和深蓝色混杂在一起，交相闪烁。虽然光芒很亮，但却给人一种十分柔和、舒服的感觉。华剑英身上的四件仙器开始反击了！

虽然不是华剑英有意识的去推动，但四件仙器的力量加在一起，仍然远远胜过十方俱灭。十方俱灭的黑气立刻被反压了回去。

里特拉四人突然发觉十方俱灭上的压力倍增，骇然之余，也只能勉力支持。里特拉眼睛连转几转，突然高声大叫道："三位师弟！为了师门重任和荣誉！这里就交给你们了！"

其他三人一呆，还没反应过来是什么回事。里特拉突然撒手，转身抱起没有意识的华珂，猛地跃入传送阵中。一阵光芒闪动后，两人已经消失不见。

目瞪口呆之余，古鲁夫、达迦玛和阿特姆三人气的几乎吐血。不过本来四人合力才能勉强控制的住的十方俱灭立刻开始反噬三人。像十方俱灭这样的魔器，威力固然极强，但一旦反噬持有者，就算飞升期的高手也未必撑得住，何况他们三个。所以三个人立时陷入连话都说不出来的状态。

而除了这三个，还有一个人气的肺都差点炸掉，那就是华剑英。华剑英心里这个恨啊，你跑时带走谁不好？偏偏要带走华珂！如果这时里特拉让华剑英逮住，绝对会被他扒皮拆骨！

华剑英的四件仙器刚刚只是为了护主而自动发动，所以十方俱灭的压力一去，立刻就停了下来。只是华剑英现在怒火三千丈，大喝一声："青丝鞭！"手上青光一闪，一件散发出华丽青光的长鞭出现在他的手上，正是仙器三千青丝。

"三千青丝长，青丝三千丈！给我去！"一声怒喝，手一挥，青丝鞭立刻向古鲁夫三人击去。

霎时间，三人以为自己来到了海边！猛吼的狂风，涛天的巨浪，铺天盖地般向三人涌来。就像海浪冲刷过的海滩，一切在刹那间全部消失，一切的东西在仙器的威力下全部在瞬间被击散。不止是三人的肉体，就连三人的元婴也在那一刹那间完全消失无踪。

华剑英突然想起什么，连忙把青丝鞭收回来。开玩笑，虽然传送阵有极强的护持法诀保护，但没人能保证挨上仙器的一击还会没事。和不能完全操纵的十方俱不同，华剑英收回的意念一起，青丝鞭立刻乖乖的卷了回来。

收回的青丝鞭顺便还带回来一件东西，是那个十方俱灭，做为一件威力不下于仙器的强大魔器，这是在青丝鞭一击后，在攻击范围内唯一留下的东西。

不过华剑英现在可没心情管这个，顺手收到芥檀指中。抬脚冲向那个仍在启动状态下的传送阵。

忽然想起什么，华剑英略一犹豫，他知道，这个地方普通人是很难找过来的，心中不忍心这几百名青华正茂的少女一个个全都死在这里，当下法决一起，低喝一声："破日乌梭！"破日乌梭立刻凭空出现，瞬间变得足有半个山谷那么大，一阵墨玉般的光芒射出，缓缓扫向那几百个神情呆滞的少女。过了大约十来分种，华剑英感觉到所有人的禁制全都解开，那些少女已经开始恢复神智。当下收起破日乌梭，走入传送阵中。只留下那几百名少女，一个个目瞪口呆的看着四周陌生的环境，不知发生了什么事。

光华闪过，华剑英的眼前，是一望无际的山川。传送阵的另一头，是在一座极高的山峰上，整个山峰有若刀削斧劈一般，突兀的耸立着，直插云空。激烈的罡风在耳边呼啸，激起皮肤的刺痛，远远望去，一座座山峰连成一条雄伟的山脉远远的延伸出去。

那是非常令人震撼的景色，不过此时，华剑英并没有心情关心这些。眼前景色带来的震撼只是短短的一刹那。

纵身飞上半空中，神识不停的探视着四周。但是，除了山石和树木之外，

华剑英并没有发现其他的东西。这里，显然是一片无人山区。

"难道……迟了吗?"华剑英不由得为刚刚救人的举动感到后悔。他并不是那种会为他人牺牲自我的人，所以现在，他真的有一种后悔的感觉："早知就不那么心软了。"

而且，现在他觉得自己有些小看那个家伙了。"以他本身的能力，应该不会逃得这么快。看来他应该还有其他的什么逃命的法宝。"

"该死!"华剑英怒骂一声，心中激动之余，连连大口喘气。华剑英猛然用力在头上一拍，低声自语道："冷静! 冷静呀! 在这种紧要关头，首先一定要冷静下来才行!"又长吸了几口气，等到呼吸平稳下来后。心中暗道:"看样子，暂时是找不到那家伙的了。怎么办? 是了，那个里特拉逃走时，别人不带，偏偏带上小珂。虽然不是什么好事，但小珂的资质作为肉鼎显然让他十分的重视。这样的话，暂时他应该不会伤害小珂。"想到这里，华剑英不由得轻轻松了一口气。

接着，他继续思索起来:"魔道修真，绝对不敢真的公开四处活动。在穆亚大陆敢这么做，应该是因为那里的修真者太少。那样的话，想找他可就有些个难度了。嗯，不妨找到这个星球上的修真者，然后看看能不能借他们的力量把这个家伙找出来。而且，魔道修真是修真界的公敌，说不定这里的那些修真者知道这件事后，直接就会动起来对付那个家伙。"有了决定，青影一晃，华剑英迅速飞走。

华剑英离开后，又过了好一会。在传送阵所在，不远的下方，一块山石忽然轻轻的颤动了一下，停住。又过了一会，真正的动了起来，从下面，一下子被掀了起来。这时才看清楚，那根本不是一块石头，而是一个人，正是华剑英正在追踪的里特拉，在他旁边，则躺着没有意识的华珂。

"呼，好危险，还好有这幻之蔓帐，不然就死定了。不过，那家伙是什么人啊。"虽然没有看到华剑英使用三千青丝的情景。但华剑英竟然能够压制住十方俱灭这魔器的力量，那决不是正常情况下一个修真者能拥有的力量。"开玩笑! 和那种家伙为敌，有几条命都不管用。希望那家伙不要追着我不放啊。"里特拉并不知道被他带着的这个顶级"肉鼎"是华剑英妹妹，如果他知道，绝对会立刻放弃她。毕竟，还是自己的性命比较重要。

完全没想到里特拉没有立刻逃走，反而躲在原地。全速飞驰的华剑英很快就飞出很远。飞行途中，华剑英忽然有种感觉:"这个感觉……是修真者吗?"华剑英在半空中停下身，默默的站在那里。

不一会，从侧后方，飞过来一男二女共三名修真者。那男子看上去大约二十七八岁的样子，五短身材，容貌粗犷，不过长得并不是十分很难看，透露出一股男子的阳刚之气；两个女修真显然是一对双胞胎，样子生的极美，大约十八九岁，唯一可以分辨她们谁是谁的，相信只有她们的服饰打扮，二人的上身衣服都是一边无袖，一边有袖，袖子也只到手肘处，而那一只袖子，一个在左边，一个在右边。

华剑英并没有特别收束自己的气息，所以那三人显然也早就注意到他。缓缓停在华剑英不远处。

那男修真面色平和的望着华剑英，没有什么敌意，但也没表现出亲近之意。而那两个女修真，一个看来颇外向，肆无忌惮的上下打量着华剑英，眼神中，流露出好奇的神情；而另一个女修真，则要腼腆多了，见华剑英望了过去，立刻面色微红的低下头去。

华剑英淡淡一笑，也不管对方看不看得懂，先行了一礼道："这位兄弟请了，请问这里是什么地方？"

那男修真露出奇怪的表情，奇道："这里是什么地方？连这里是什么地方都不知道，这位你是怎么到这里的啊？"

华剑英露出一丝苦笑："说实话，在下是莫明其妙的被传送到这来的，所以并不知道这里是哪里，只好四处乱转一番。还好遇上了几位，还请告知。"虽然他并不是在"莫明其妙"的状态下被传送过来，不过从某种角度上来说，这样的话也能解释的通。

那男修真显然是想起来对修真者而言，离这里并不是很远的那个传送阵，笑了笑，道："这里是沃勒星，我叫公输回天。"指了指一边两个女修真者，"那是我妹妹公输明琉和公输玉琉。我们是公输一族的家族修真者，不知这位兄弟叫什么名字，出身何派啊？"

华剑英大吃一惊，不是因为这里是沃勒星而吃惊，而是因为公输一族："公输一族？公输一族竟然还存在的吗？"

华剑英话一出口就发觉说错话了，一下子捂住自己的嘴巴，只可惜，嘴巴虽然可以捂住，说出去的话却是收不回来的。而公输一族的三个人早就变了脸色，公输回天满脸都好像不住的颤动，公输明琉一脸恼火的样子，公输玉琉也阴着一张俏脸。

"喂！你这家伙！你这是什么意思！最好给我们解释清楚！"不等公输回天开口，公输明琉就冲华剑英喝道。

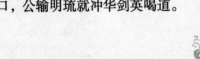

"呃！对不起、对不起。请相信我，我没什么特别的意思！"华剑英一边摇着手表示没有敌意一边道："我只是太意外了。"突然，华剑英发觉这句话好像……也很容易让人误解。

果然，脸色刚刚有所好转的三人立刻又沉了下来。"什么意思？你的意思是说，我公输一族存在于世，是一件让你不能理解的事情吗？"公输回天语气森寒的道，看他的样子，随时都会出手。

华剑英差点没哭出来，自己还真是一张臭嘴啊。当然，如果是换了别人的话，他并不会有这种反应，只是，现在他面对的，是公输一族，是他的师父莲月心曾经跟他提及的，他在修真界屈指可数的几个友人之一的公输一族。所以，华剑英可不想和公输一族间有什么不必要的误会和冲突。

"啊！啊！对不起、对不起。那个……我听我师父提及过公输一族，他和你们一族可是好朋友哦。不过可能是他好久没有公输一族的消息了吧？所以他跟我说公输一族可能已经消亡了，所以我刚刚才会那么吃惊啦。"华剑英慌忙解释道，虽然说有点把事情全丢到莲月心身上的嫌疑，不过反正他并没有说谎，所以也不觉得有什么。

"哦？"公输一族三兄妹相互对视一眼，又看了看华剑英。"那么，可否请教尊师大名？"如果真是家族的朋友的话，那么一两句言语上的得罪也算不得什么。更何况，公输回天与朋友相处时，言语、玩笑间，就常用一些粗话，看上去双方骂得越是激烈的人，实际上感情反而越好。所以知道华剑英的师父可能是家族的友人后，气立刻消了大半。

"啊，先自我介绍一下，我是华剑英，我师父名叫莲月心，这个……你们三位可能不知道吧？"他会有这种顾虑是正常的，虽然莲月心和公输一族的交情非比寻常。但毕竟那已经是五万多年前的事情，相隔的时间实在是太久了，连这个公输一族和莲月心说的公输一族是不是同一个家族都不一定。

不过似乎有人认为这只是华剑英另外一种形式的开脱："哦？'我们可能不知道'？"公输明琉以一种近乎于挑衅的目光，双手叉腰瞪着华剑英，"喂！喂！这不会只是你的推托之词而已吧？我们自己家族的事情我们自己会不知道吗？"

"姐、姐姐……"公输玉琉轻轻扯了扯她的衣角："不要这样啦。你这个样子看上去很没品耶。而且，家族中确有很多事是我们不知道的呀。"

不过公输明琉似乎对另一句话比较在意："呃？很、很没品？真、真的吗？玉琉？"

"是啊，是啊！"公输玉琉头点的像鸡啄米："姐姐记得要保持淑女风度哦。"

公输明琉连忙站好，双手交叉放在身前，做出一副乖乖女的样子。竟然已经忘了华剑英的事情。

而一边的华剑英则忍笑忍得好辛苦，想不到这对姐妹花竟然这么搞笑。忽然对公输玉琉眨了眨眼，做了一个"多谢你替我解围"的表情。公输玉琉立刻红透了脸，脑袋拨浪鼓似的摇个不停，一边摇一边躲到公输明琉的背后。而公输明琉一边保持着那副"淑女"姿势，一边"恶狠狠"的瞪着华剑英，一副"你敢再欺负我妹妹，我就要你好看！"的样子。华剑英耸耸肩，好像一点也不在意，同时饶有兴致的看着躲在公输明琉身后的公输玉琉。

就在华剑英和公输明琉、玉琉姐妹"眉来眼去"的时候，公输回天则在那里苦苦思索。想了半天，他才想起。他确是听过这个名字，不过那只是有一次他偶然听到族中长辈们在谈事情时，曾经提起这个名字。只是当时族中长辈只是略一提及，并没有说这个人到底是什么人，自己当时也没再听下去。如果不是自己记性极强，再加上华剑英提起，他都快忘记这个名字了。

"华兄弟，我以前好像听家中的长辈提起过尊师。只是我只大约听到这个名字，并不清楚是尊师是什么人。不知华兄弟可否和我们回去一趟呢？"公输明琉觉得莲月心这个人，应该确是和家族有关系的，这样的话，不妨把这个人带回家族去，请家族们的长辈来确认，这个人和他的师父，到底是朋友还是敌人。

华剑英当然没问题，他本来的意思就想寻求这里的修真者的帮助。无意间竟然能找到师父朋友的末裔，虽然让他相当意外，但确也会是一个相当的助力。

当下，华剑英随着公输家三兄妹一起向前飞去。途中，华剑英知道三人是出外办完事后，准备回去的。而在闲谈中，华剑英也开始了解一些关于沃勒星的事情，也多少知道一些沃勒星的一些情况。

在沃勒星，也有一些土著居民，基本上大多仍然处于原始社会的氏族部落状态，所以，在沃勒星是没有世俗的国家这种东西的，可说是真正的修真界。

而除了这些少数的当地土著外，沃勒星上差不多全是修真者。这些修真者在沃勒星组成了无数的修真门派和家族，规模大小不等。沃勒星是真正的卧虎藏龙，修真者从最基本的开光期到最高境界的飞升期都有，只是有些很出名，有的却埋头潜修没什么名气而已。名声最响、实力最强、影响力最深远的，就是沃勒星的六大门派和四大世家。

六大门派实力雄厚，弟子众多；四大世家情况相仿，但主力高手大多是家

族中人。相较之下，六大门派实力较强，但四大世家传承却比六大门派更久远，每一世家都有上万年的传统，一代代传承下来的实力，和一些特殊的功法，并不比六大门派差。不过不管是六大门派还是四大世家，相互之间并不是十分和睦。

可以说，六大门派和四大世家的称呼，只是一个方便、统一性的叫法，这十个势力相互之间都是独立的个体。每一个门派和家族都有其势力和影响力的范围，而这个范围不单只是在沃勒星，甚至也辐射到其他一些星球。可以说，六大门派再加上四大世家，组成了沃勒星上的十个与众不同的国家。

公输山城，是公输家族的家族本城，可以说是公输家族的大本营所在。山城依山而建，占地方圆数千里，是华剑英有生以来见到最大的城市，山城有近半的面积更是直接建在巍峨耸立的山崖峭壁上。这里的房屋大多是通过各种法术建造起来的，外形当真是五花八门、形状各异。不过，让华剑英感到意外的是，公输山城是没有城墙的。在穆亚大陆，没有城墙的城市，再繁华也只能称为城镇而已。不过想深一层，华剑英也就明白过来，在沃勒星这种全是修真者的星球，一旦打起战来，必定是修真者之间的对抗。对于能在高空中飞来飞去的修真者而言，城墙完全是没用的东西，自然不需要多花那不必要的力气去弄那种东西。

山城的中央地带，是公输翰院，是公输家族的直系本家成员的居住和修炼的场所，也是公输一族真正的核心所在。公输翰院设有数道极强禁制，只有通过设在外面山城中的数个传送法阵方面出入。

像华剑英这样非本家族的修真者，没有受到特别邀请是不能进入公输翰院的。而公输回天虽然是公输家年轻一辈当中的佼佼者，但也无权带他进去，再加上公输回天也没有完全相信他。所以把他安排在山城中一个类似客栈的地方，然后自己带着明琉和玉琉姐妹回本家复命，同时上报华剑英的事情。

华剑英倒是安心的在客房中安心的住下来，本来他还有些担心，过了这么久，公输家的人会不会不记得师父了。不过，虽然是极偶然，但既然公输回天也曾听过师父的名字，那么公输家一定有人晓得师父的事情。至不济，也会有相关的记载，所以他并不担心，只是不知道要等多久。

不过，虽然早有心理准备，仍然没想到，居然会是这么快。公输回天去了不到半小时，就带着一个身穿一身黄袍，一脸温和笑意的中年男子来找他了。

这个中年男子名为公输申，是公输回天的叔祖父，当代家主公输轮的弟弟。自我介绍后，公输轮直接发请邀请，当家主公输轮请他前往公输翰院一叙。

在前往公输翰院的途中，华剑英从公输回天那得知，他在把遇到华剑英的情况告知公输轮等公输家的当家高手后，那些高手中有不少也听说过莲月心这个名字。但只知道莲月心和公输家族关系不浅，具体情况却也都不清楚。于是公输轮等几人就去请教公输家族当中辈份最高的一位高手，也是公输回天的太叔公，公输鱼。

公输鱼，是公输家族目前辈份最高的一位前辈高手，在他这一辈现在只剩下他一位，单以辈份算，不要说是在公输家族当中，在整个沃勒星都是数的着的。目前公输鱼已经修入飞升期，正在为应天劫而闭关做准备。

听说，公输轮前往公输鱼的闭关处，告知公输鱼有关华剑英的事情后。结果公输鱼关也不闭了，整个人一阵风一样从屋子里冲了出来，据说当时这位公输家的老前辈直接揪着公输轮的领子问他："莲老爷子的传人？在哪里!?"当知道华剑英现在正在山城之中，差点用脚去踹公输轮的屁股，火烧火燎的大叫："快去给我请来！"当下，公输家的人立刻知道这个莲月心一定很不简单，所以立刻派公输申跟着公输轮一起去请华剑英。

当公输回天跟华剑英解释的差不多时，已经到了公输翰院的大门前。虽然早有预料，但场面大的仍让华剑英吓了一跳。当家主公输轮带着他的几个兄弟几十个公输家的高手在那里等候着。

当先一个面貌和公输回天有几分相似的中年男子走上前来："呵，这位应该就是华剑英先生了。在下公输轮。"华剑英不敢怠慢连忙上前见礼："华剑英不过是一个后辈小子，怎么当得起前辈亲自来迎?"

公输轮笑着客气了几句，然后回身给华剑英介绍了一下他的几个兄弟。

这几个全都是公输家族的当家高手，每一个的修为都极深。公输溥，公输轮的弟弟，也是公输回天的祖父；容貌和公输回天有七八份相像；公输志，与前两人不同，身上多出一股书卷气，额下三缕长须，看上去倒有几分文人风采；再加上公输申，这四个人全都有寂灭期的修为，是公输家目前的主力高手。

另外还有几十名公输家的高手，不过由于公输鱼老爷子急于见华剑英，所以公输轮等人就不给华剑英一一介绍，只是大家一起上来略一见礼。华剑英暗自注意，这二三十名高手，最差的也有离合后期的修为，大多已经是空冥初期和中期，较强的一两人已经到了空冥后期，接近寂灭期了。想到公输家还有一些潜修中的高手没有出现，华剑英不由暗惊于公输家实力之强。以此推之，

难怪沃勒星的的六大门派和四大世家在修真界有如斯的名声和影响力。

当下，华剑英在公输家四大高手的带领下，进入公输翰院，往见公输鱼老爷子。由于华剑英是公输回天带来的，所以他也破例陪同在旁。

公输翰院真正的位置实际上并不在公输山城，那里的只是一个迷惑旁人的摆设，和一个通向真正公输翰院的传送阵。

华剑英跟着公输家的一人一路飞来，口中啧啧称奇。这里的环境美妙绝伦，好像真的到了仙境一般。而且，一座座房屋和亭台，竟然都是建造在空中，这让他不住的啧啧称奇。直到后来，他才知道，这种建筑手法在修真界并不稀奇。不止公输家，沃勒星六大门派四大世家，甚至修真界所有有这能力的大派大族，他们的真正根据地，除了建筑风格可能不同外，全都是用这种手法建造的。

公输回天轻声告诉华剑英，他们这是前往"百巧玲珑殿"，那里是公输翰院的主殿，极少动用。

不一会，众人来到百巧玲珑殿的前，出乎华剑英和众人的意料之外，那位公输鱼老爷子竟然就在门口外等着他们。这位公输家族中辈份最高的老前辈看上去一点都不老，看上去只是一个普通的中年人而已，只是两道垂过眼角的雪白长眉，隐约给人一种老人家的感觉。

见过礼后，公输鱼竟然等不及进到大殿中去，直接问华剑英道："老夫倚老卖老，先称你一声小兄弟。小兄弟真是莲老爷子的传人？"他的话一出口，华剑英倒还罢了，公输家的人全都呆掉了。要知道，像公输家这样的家族式修真者都很重视辈份，公输鱼这一声"兄弟"叫出来，公输家所有人立刻全都成了华剑英的晚辈。

华剑英笑道："不错，家师正是莲月心。老爷子好像不信？"

公输鱼苦笑道："实际上，在这个时代，小兄弟能知道有莲月心这个人，我就信了七八成。只是这件事太令人难以置信，所以我还是想求证一下。小兄弟可有什么凭证？"

华剑英想了一会，从芥檀指中找出一件物事，递给公输鱼道："师父曾经说过，如果有需要证明我身份的时候，可以用这件东西。老爷子看看可否？"那是一个大约只有姆指大小，四四方方，青光莹然的东西，其中一面刻了不少符文。

公输鱼小心接过，仔细的看了半天，脸上露出激动的神情："不错！这确是青莲刻印，这是当年莲老爷子的信物。"说着恭敬的双手递还华剑英，其恭敬的神态除让公输家的人吃惊外，还让华剑英感到相当不自在。

公输鱼叹道："这真是令人难以置信，据我所知，莲老爷子不是早在五万年前就应该飞升去天界了吗？怎么会在修真界收徒弟呢？"

华剑英笑道："这事说来，就连我自己也有些难以置信呢。一切只能说是巧合吧。"

公输鱼也笑道："巧合？我看应该说是天意吧，我想这应该是一件很有趣的故事，可以说给我听吗？"

华剑英笑道："当然可以。"

他们两个在那里肆无忌惮的说话，一边的几个人可是完全傻了眼。从二人对话中，他们至少听出了一件事，那就是华剑英的师父，竟然是一个仙人，一个已经真正飞升到天界的仙人，一个不知怎么又回到修真界的仙人。

老少五人面面相觑，他们看到其他四人脸上，都是同样的骇然之色。怪不得老爷子这么重视这个小子，一个仙人的徒弟，怪不得。

第十二章
重生·散仙

元婴们的身上散发出奇异的光芒，光芒越来越亮、越来越盛。"叭、叭、叭。"的几声轻响，海魂玛瑙爆裂开来，化成一股深黄色的雾气，渐渐的融入元婴的光芒中。

百巧玲珑殿，公输家族的主殿，除了少数的庆典和重要的大事外，极少使用。整个大殿是以一种半透明状的晶石辅以特殊术法建成，漂浮于百余丈的空中。坐在里面，可以俯视整个公输翰院。公输家的六个人和华剑英现在正坐在大殿中，听华剑英讲述他怎么与莲月心相遇并拜他为师的事情。

听完后，公输鱼长叹一声："原来是这样，怪不得。莲老前辈会出现在修真界。"说到这里语气微顿，在场的七个人连华剑英在内，都不禁遥想当初那场从太清界打到修真界的惊世之战，一时之间，都不由得神向往之。

过了半晌，公输鱼清咳一声，又道："华……呃，我应该怎么称呼你才好？你是华老前辈的传人，辈份之高，就算比之我也高出几十辈。呃，这个……"他话一说，公输家的人不由都有些蒙了，这之间的差距根本就算不出来嘛。

华剑英颇感尴尬，笑道："老爷子何必为这伤脑筋？家师当年和贵族的公输般老前辈，不也是忘年论交、平辈相称吗？他们交他们的，我们交我们的，大家都以平辈兄弟相称就好了。"公输般，是当初建立公输家族的第一代当家主，也是当年莲月心一开始摸索着修真时，遇到的那位修真者，可以说莲月心能真正踏上修真之途，多亏了公输般的指点。

公输轮几人不由面面相觑，心下暗道："这下不是乱了辈份吗？"可是他们也实在想不出还有什么更好的方法。

公输鱼想了想，点头道："这样也好，我们大家各交各的，各人爱怎么称呼就怎么称呼。"实际上这也没办法的办法，华剑英辈份实在是太高，人又实在太年轻，如果对这么一个年轻人执后辈之礼，公输家的人多少都会觉得不自在，所以华剑英提出这个各交各的办法，公输家的人虽然多少还有些不习惯，但也都接受了。

公输鱼告诉华剑英，当年封印莲月心的那个绝天大幻阵，有一阵子在修真界可是闹的沸沸扬扬的。

原来，大约是在八千多年前，有一个修真者偶然发现了那个大阵。当时这个修真者修为不足，根本不敢去闯，但却使修真界知道这里有这么一个大阵。后来有高手认出，这是天界仙人设下的阵势，立时引起修真界的轰动。

几乎所有修真者都相信，仙人会在这里布下这种大阵，一定是为了保护什么东西。会是什么呢？有人认为是法宝，有人认为是修仙典籍，也有人认为可能是在天界也很少见的某种灵丹妙药，不一而足。但不管是什么，肯定是价值连城。所以，在修真界引起了一阵寻宝热，只要自认为修为还过的去、对各种阵势的了解还算不错的，几乎都去过那个大阵。只是，一些修为浅的灰头土脸的回来了，一些修为较深的因太深入则连回来都回不来。

后来，在大约一两千年前，为了解开这个大阵的秘密，以三位达到飞升期的高手为主，招集起几十位高手，联手闯阵。结果到了最后，这几十位高手也无一生还。这下子引起了修真者们的恐慌，从此再也没人敢再去那里寻宝了。最后公输鱼道："从那之后，不单是那个大阵，就连亚图星对修真者来说，都变成了一个恐怖的处所。所以，从那之后，除非是真的有极重要的事，不然，修真者很少去亚图星。由于亚图星本来就没有修真门派，从此，那里几乎就没有修真者了。"

华剑英这才知道，为什么自己的家乡会有那么多关于修真者的传说，但却几乎见不到修真者。

公输鱼语气顿了一顿，又对华剑英道："对了。不知华小兄弟你有什么事需要帮助？只管说出来，公输家必定全力相助。"

华剑英心中惊喜之余，也相当的疑惑："老哥你怎么知道我有事相求的？"

公输鱼笑道："老头子我怎么说也已经活了三四千年，有些事情我还看得出来的。刚刚谈话之时，你显得多少有些心不在焉，这说明你心中另有要事。再者，我已经听说你和回天他们结识的经过，你当时明显是有意与他们结交。据我公输一族的典籍记载，莲老前辈为人孤芳自赏、桀骜不驯。世上能让他放在眼中的人物，屈指可数，也正是因此，他的朋友虽然极少，但都是修真界中最顶尖的人物。"

"小兄弟既然是莲老前辈的传人，性子就算和莲老前辈不是如出一辙，也定有相似之处。但这次小兄弟却放下架子主动与人结交，可见心中必有极为难的事情，极欲找人帮助。呵呵，我说的对不对啊？"公输鱼不愧是活了几千年的老修真，华剑英一句话未说，就已经看透他的心意。

华剑英心中也十分佩服，也不再客气，点头同意道："确是如此。"当下把华珂的事情大略讲述一遍。知道华剑英的妹妹被人劫走，公输家的人都拍着胸脯保证，一定帮他把人找回来。不过当听到华剑英认为劫走华珂的人是魔道修真时，全都脸色一变。

"那些魔道中人竟然又出来搞事？这可是件了不得的大事。"公输轮皱着眉头道。

"如果只是华小姐被劫一事，有我们公输一族出手就绰绰有余。只是魔道修真重现之事非同小可，我看我们还是和六大门派还有其他三大世家知会一声的好。"公输申接着道。

公输志也道："不错，当年魔道修真者几乎被修真界全部杀光，可真是仇深似海、恨比天高。如果真的让魔道中人找到机会全力反击，那可是整个修真界的浩劫。"

经过商议后，决定由公输家的人联系沃勒星上的其他门派和世家，一同发动起来寻找这个叫里特拉的魔道修真者。

而华剑英则被公输家的人安排住在公输翰院，也给了华剑英相应的信物，让他可以随时出入公输翰院。平时则潜心修炼，无事时与公输回天、公输明琉、玉琉姐妹一起游玩，有时则接受公输鱼等一些老辈人物指点，毕竟他的修真功力还差的远。而且，他也明白，当初既然一时大意让里特拉给跑掉，那么现在急也无用，只好慢慢的等公输家的消息。

通过与公输家的人的一些交往，华剑英现在已经知道了所谓六大门派，是指"听涛阁"、"望月山庄"、"凤凰门"、"清元教"、"炎阳烈火门"和"风沙堡"这六个门派；四大世家，则是指长孙家、皇甫家、东方家和公输家。沃勒星的六大门派和四大世家，在修真界又统称为沃勒星十大宗门。

在公输家把魔道修真再现的消息通知沃勒星其他九大宗门后，立刻引起了整个沃勒星修真界的轰动。十大宗门全都参与过当年的"灭魔之战"，他都很清楚，魔道修真一旦死灰复燃，对他们来说无异于灭顶之灾。所以，十大宗门少有的联手动了起来，全力追查里特拉的下落。

不过，令人意外的是，十大宗门联手追查了个把月，竟然一无所获，这不由得让他们十分奇怪，有些人甚至已经开始怀疑，魔道修真重现一事，究竟是真是假？如果不是此事后果十分严重，十大宗门宁可信其有，不敢信其无的话，恐怕早就有人放弃继续追查了。

而这个时候，华剑英，正陪公输明琉和玉琉二女在……逛街。十大宗门联手追查，其波及到的范围已经不止是沃勒星，更远至十大宗门影响力所及的所有星球。但追查这么长时间后，居然一无所获，华剑英的心不由得直沉谷底，虽然嘴上不说，但他心里明白，这么长时间都毫无消息，就算十大宗门继续查下去只怕也是无用。不过，华珂万一真要有个三长两短，到时就算厚着脸面去请师父莲月心亲自出手，也务必要为华珂报仇！

公输家的人自然不知他心中所想的东西，但却也知道，他内心绝对不像表面上表现的那般无事。所以，公输轮暗中指示，让和华剑英交情不错的公输回天和公输明琉、玉琉有空时不妨陪他四处走走转转。所以，近几天公输姐妹花为了让华剑英散心，经常会拉了他出来陪她们二人闲逛。

陪着二女走在街上，虽然说这里的人没几个不会飞行，但在城市中一般还是用走的。明琉、玉琉陪着他逛着各种各样的店铺，像这样的修真者的城市，卖的自然是修真者使用的东西。最多的就是各种简单的法宝，没有什么威力，但往往有非常奇特的效果。

玉琉明显很担心华剑英的状况，她并没有买什么东西，只是一直在陪他说话。华剑英明白她在担心他，心中颇为感激，和玉琉在一起时，尽可能的放下对华珂的担心，和她一起说说笑笑。不过明琉嘛，对于这个丫头，华剑英常在想："如果陪我出来的，只有玉琉就好了。"这个丫头似乎只是把华剑英当做活的加很好用的付款机，对她有用的、没用的，可能用的上的、没可能用的上的，只要她喜欢，总是非要华剑英给她买下来。说到这里提一下，修真界的通用货币，实际上就是各种仙石，越高级的仙石，就等于越大面额的钞票。从这

方面来说，华剑英在修真界算是少有的大富豪。

走着走着，华剑英和二女走进一家店铺，进去才知，这里是专卖各种灵丹之类的店铺。明琉也不客气，上去开始挑选起来。玉琉在一边苦笑着看着自己的姐姐。

这里是玉风峡的店铺，玉风峡在沃勒星不算是很有名的大派，但他们制做的各种灵丹却非常出名，最有名的的有三种。一种叫筑基丹，是修真初学者使用的，对固本培元可说有奇效；第二种叫回天丹，意指有回天之力，是修真者身受重伤时使用的，据说只要肉身不毁还有一口气，就能救的回来；第三种叫真元丹，是给元婴期以上空冥期以下的高手使用的，据说一粒顶的上十几年的修行。只是这三种灵丹制做起来非常的难，特别是最后的一种真元丹，是根本不会卖的，只给自己人和一些交情极深的好朋友用。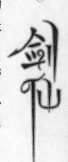

听说玉风峡以前为此还招来一些人的窥视和攻击，后来多得公输一族的帮助才渡过难关，所以玉风峡上代掌门宗主一怒之下，停了各地所有的店铺，只保留了在公输山城的两家。而三种灵丹，每年也只按人头炼制，一部分给自己家里的高手使用，一部分送给一些好友。

不过华剑英却突然想起另外一件极重要的事情，上前问道："店家，请问你这里有定魂玉魄吗？"

店中那名招呼客人的玉风峡弟子不由一愣，问道："定魂玉魄？客人您要那东西做吗？"定魂玉魄本身确是极罕见的合药宝物，但也只是可以用来制药而已，对其他门派的修真者来说，是没什么用的。除非是怕有朝一日肉身不保，以做不时之需。

华剑英当然不会说是要用来制造散仙，他只是笑了笑道："我自然有用，你只告诉我，你这里有没有海魂玛瑙？"

那名弟子搔搔头，有些伤脑筋的道："啊，这个……有是有啦。不过……那不是卖的。是准备送回师门，用来合药的，所以不能卖的啊。"

华剑英听说有货，本来大喜，没想到居然不卖。想了想，道："如果你卖的话，我愿用你进价的两倍来收购！"

那人呆了呆，上下打量了华剑英几眼，他真有些不明白华剑英为什么非要定魂玉魄，想了想，伸出三根手指道："一口价！三倍！"

公输明琉和玉琉吓了一跳，这价未免也抬的太高、太快了吧？明琉当场叫了起来："喂！我说你这家伙太过份了吧？抢劫也没你这么狠的啊！"

不过华剑英毫不犹豫的一句："成交！"却差点让她晕倒，看了看华剑英，再看看那喜形于色的玉风峡弟子，忍不住转头问玉琉："妹妹，你告诉我，到底是这家伙不正常还是我不正常了？"玉琉也惊讶的看着华剑英说不出话，不知该怎么办才好。

过了一会，那名玉风峡的弟子托着一个长方形的木制盘子走了出来，上面有五块大约手掌大小的纸包。"因为定魂玉魄不是用来卖的，所以我们每次进货都不多。现在只有这些了。"

华剑英略感失望，不过他倒也没想过能一次收集到足够量的定魂玉魄，所以很快就释然了。伸手把五块定魂玉魄收到芥檀指中，付了钱（仙石）后，拉着明琉、玉琉二姐妹就往回走。

回到公输翰院，华剑英好不容易才摆脱明琉和玉琉二人（主要是明琉缠着他，想知道他花这么大代价买来这几块定魂玉魄做什么），让她们两个回去。然后悄悄的拿出玄魄珠，法咒刚刚念完，立刻有五道银光从玄魄珠中射出。

华剑英有些诧异的看了看那五个双眼放光的元婴，又低头看了看手中的玄魄珠，奇道："咦？怎么会就你们五个的？其他人呢？"这五个元婴四男一女，这五个元婴中，四个男的分别是冯冲、云溪郎、康南回、令狐元，一个女性名为赫连素素。华剑英也不知他们"生前"是什么水平。只是本以为只怕会上演数百个元婴抢破头的情景，想不到居然刚好只出来五个。

赫连素素"咯、咯"娇笑道："我们一早就料定你没可能一次就找齐足够份量的定魂玉魄了，而我们在那鬼珠子里边又有的是时间，所以我们早就自己决定好了，除那几个只能练鬼仙的家伙外，其他人使用定魂玉魄的顺序。"

华剑英心中也略略松了一口气，也笑着问道："那你们是用什么方法决定的？"

"抓阄。"云溪郎笑着回答，这时令狐元道："我们快开始吧。"五个元婴一齐既兴奋、又凝重的点了点头。华剑英在一旁道："我帮你们护法。"说着，法诀一起，破日乌梭立刻腾起，把华剑英的房间罩住。五个元婴嘴巴动了动，本想阻止他，但看他祭起了破日乌梭，又觉得应该无妨，也就算了。

五位元婴各自吸起一块定魂玉魄，受到真元力牵引，海魂玛瑙外包的锡纸立刻碎裂，露出里面土黄色的定魂玉魄。

五位元婴把定魂玉魄放在身前，一手放在胸口，一手放在小腹，双手手心相对，双手发出一道真元力，夹住双手间的定魂玉魄。

五位元婴又对视一眼，各自向后飘退一段距离，免得过会正式开始修散仙时相互之间有所影响。而华剑英在公输翰院的住所是一个浮在半空中的独立小

第十一章·重生·散仙

院，面积倒是足够大，破日乌梭发出的墨玉色的守护光晕更是可大可小。

元婴们的身上散发出奇异的光芒，光芒越来越亮、越来越盛。"叭、叭、叭。"的几声轻响，海魂玛瑙爆裂开来，化成一股深黄色的雾气，渐渐的融入元婴的光芒中。在混入海魂玛瑙的雾气后，元婴的形体开始变得模糊，渐渐的融化开来。

就在这时，在旁边注视着的华剑英突然发觉四周好像突然变暗，黑黑漆漆的什么也不看不到，不过这种黑并不是那种深手不见五指的黑，倒好像是这个院子周围突然被罩上了一层黑布，挡住了所有的光线一样，四周一片阴森之气。

华剑英并不了解千年元婴修散仙的具体情况，但仍然觉得有些不对劲。心中略感不安，华剑英连忙摧动起破日乌梭，破日乌梭的乌光一起，四周的阴森之气立刻消失，小院也重现光明。

刚刚的，实际上是被元婴修散仙时引发的阴煞鬼气，本来修真者是很少会遇上这种东西的，遇上了也很难应付。偏偏华剑英却是修真界有史以来的头号怪胎，以离合期修为，身上却有四件仙器，仙器上的仙元之气是这个阴煞鬼气的克星，所以破日乌梭的光芒一起，阴煞鬼气立刻就被驱散，也让那五位元婴轻松的渡过修散仙的第一难关"散体"。

这时候，五位元婴已经完全看不出人形了，五团散发着淡淡光芒的雾气浮在那里，现在他们的样子就像是图片中的银河中心，发出极淡，但却十分绚丽的光芒缓缓的转动着。

四周的阴煞之气消散之后，华剑英刚刚的松了一口气。却发觉四周环境有些奇怪，安静，实在是太安静了，安静的让人觉得诡异。华剑英心底突然没来有的一阵悸动，那是打从心底冒上来的寒气。

同时，若有若无的，从元婴灵光中传出一阵阵难听的怪声。这怪声明明细如蚊鸣，但听在华剑英的耳里却又如一声声响彻云霄的炸雷。怪声音时如天籁之声，让人全身舒畅；时如神吼魔啸，让人为之恐惧；有时却又有如恶鬼夜啼，让人为之颤栗。这怪声实在是太难听了，让人好像身处地狱般的难过。

华剑英虽然只在一旁，却也觉得全身寒毛直竖，难过之极。元婴、剑魂也不住燥动，十分难过，五位元婴们的难过就更可以想像。华剑英暗暗心惊，连忙盘膝坐下，把心神沉入元婴之中，全力运转全身真元力，同时引发翠兰玉的力量护住元婴、剑魂。

华剑英此时还不知，现在的怪声正是修散仙第二难关"炼魂"，这一关的要点就是要保持灵智不灭、心志清醒。而翠兰玉的绿光功能安魂定神，最能抵御各种外魔侵袭，绿光不住向外散射而出，无异大大的帮了五位元婴一把。

怪声渐渐的消失，华剑英轻轻松了一口气。抬头一看，惊喜的发现，元婴灵光正在收缩，并且发出了奇异的七彩霞光，很快，绚烂的色彩被纯净的绿色、蓝色和红色所取代（云溪郎、康南回和令狐元为绿色，冯冲为蓝色，赫连素素为红色）。隐隐约约的，可以看到有五个小小的人形，抱膝蜷曲浮在五道光芒中心。

华剑英猜测，五人修炼散仙就快要完成，心中正自一喜，却突然发觉一股强大的压力四面八方的传来。华剑英心中一惊，神识略有所觉，猛一抬头，只见天上不知什么时候，聚集起大量的白云。白云给人的感觉很厚，但奇怪的是阳光竟然毫无阻碍的射了下来。云层不住的凝聚，让人有一种好像会直压头顶的感觉。以华剑英所住的小院为中心，云层中央开始缓缓的旋动起来。

华剑英有一种大祸临头的感觉，他不知道，这是修散仙三大难关中的最后一关也是最难过的一关"天问"。同时也是修真界三种天劫之一的"青煞劫灵"。

本来，天劫降临只和应劫的人有关，旁人就算近在咫尺也是无妨。但华剑英现在以破日乌梭护住冯冲等五人，所以他也被牵连到里面。

旋涡的中心开始出现点点灵光，并缓缓的凝聚。发出"噼、噼、啪、啪！"的响声。华剑英本能的感到极为恐怖，全身毛发直竖。手掐灵诀，把破日乌梭的力量推到最高峰。

突然，"轰"的一声巨响，在灵光聚集点，一道数丈粗的雷柱直轰下来，正正的击在破日乌梭的守护灵光上。

华剑英霎时间只觉全身巨震，眼前金星直冒，耳边嗡嗡作响，差一点就趴在地上。这还多亏了破日乌梭已经把"青煞雷劫"的威力抵消足有了九成九。不然，只这一击，就足以让他形神俱灭。

雷劫的力量持续了约有四五秒种，但在华剑英觉得却好像四五百年般的漫长。青煞雷劫的力量渐渐消散。华剑英暗暗松了一口气："好厉害，这是什么玩意啊？难道这就是师父说的天劫青煞？真是、真是太厉害啦！听师父说，修真者要面对的'黑煞劫魂'比修散仙时的'青煞劫灵'要厉害的多了，真是难以想像啊。"

华剑英心中正在嘀咕，却突然发觉四周那沉重的压力并没有消失，头顶也再次传来"噼、啪、噼、啪！"响声。华剑英大骇抬头，却见天上的青煞雷劫

第十一章·重生·散仙

的灵气居然再一次开始凝聚，骇然之余，心中同时叫苦不迭："天啊！还来？有没有搞错啊？"突然想起，这回是有五个元婴同时在修散仙，该不会是要来五下吧？想到这一点，明白后面还有的来，华剑英真的差点没哭出来："呜呜呜，我好歹命哦！"

不过，这时也由不得他了。挡下青煞雷劫第二击！华剑英当场坐倒在地，虽然勉强撑住，但嘴角却已经流下一丝鲜血，胸口一阵疼痛；紧跟着，挡下青煞雷劫第三击！华剑英一张嘴，一道血柱喷泉般射出，溅得他的胸口和面前的地上一片血红；挡下青煞雷劫第四击！华剑英已经站不起来了，眼鼻耳口一起流出鲜血，坐在地上，默运真元力，发觉元婴极度委顿，剑魂也变得暗淡无光；华剑英勉强盘膝坐下，心神沉入元婴之中，运起最后的一丝真元力，推动破日乌梭。青煞雷劫第五击，最后一击之后，华剑英竟然在心神沉入元婴的状态下晕了过去，全身毛细血管渗出血丝，染得他全身血红。破日乌梭的光芒也黯淡下来，连挡五记天劫雷煞，它几乎耗尽了所有的能量。自动缩成手指大小的小梭子，缩回华剑英的体内。

而也在这时，冯、云、康、令狐、赫连五人也清醒了过来，他们成功的凝化出新的躯体，修成散仙。外形有如十八九岁的少男少女，当真是男的英俊绝伦，女的娇俏无比。

想到长达数千年悲惨无依的日子终于到头了，五人不由得悲喜交加，一起仰天大笑三声，又忍不住低头大哭三声。

情绪略加宣泄后，五人想起华剑英，四下一望，立刻大惊失色。不说五人目下的散仙修为，这五个人本身也都是修真数千年的老手了。一看就知道华剑英现在的情况极为不妙，五人同时抢上，把华剑英扶住。略一探查，发觉华剑英伤势之重，无以复加，全身的真元灵力几乎被震散，元婴极度萎缩，如果不是有剑魂这第二元婴负担了一半的伤害，只怕华剑英就要退回灵启期，重新修真了。五位散仙当然猜得出，华剑英是为帮他们挡天劫才变成这样，五股仙元之气毫不吝啬的送了过去。

就在这时，几人突然发现脚下一歪，然后斜斜的向下落了下去。原来，连续五记青煞雷劫轰击下来，虽然大部分威力都让破日乌梭挡了下来，但仍然有一小部分传到了他们所在的浮空平台上。虽然只是极小的一部分，但天劫雷煞之力，威力何等的巨大，就算一小部分，也是威力强劲，加上前后五击加在一起，已经不是这个平台的法咒能够承受得了的。

五个散仙微微一呆，立刻明白是怎么回事，维持着原有的姿势不变，五人连夹着华剑英一起腾空飞起。"轰！砰！"的一声巨响，掉落地面的浮空平台把地面砸出老大一个洞。

五散仙刚刚飞起，就发觉四周围了好大一群人。由于刚刚脱离元婴状态，五人现在完全是赤身露体的状态，刚刚只顾着华剑英的情况，一时没有想到，现下发现有这么多人，吃惊之余，连忙把元婴心甲迫出体外，穿在身上。当年失去肉身，这些人的法宝大多已经失去，不过一些对他们来说最要的法宝已经和他们的元婴炼化为一体，元婴心甲也一直穿在元婴身上。

"你们四个照顾小英子，这些家伙我来应付。"赫连素素说完，松开手，飞身拦住正赶过来的公输家的人。

一开始，公输家倒没注意华剑英这边的事。但等到天劫煞云开始凝聚的时候，公输家就已经发觉到了。

只是，当时发觉到这是天劫煞云的公输家的高手们，还以为是老祖宗公输鱼的天劫到了，所以，修为差不多能帮上忙的高手们，连忙往公输鱼那边赶过去。就连公输鱼自己也以为是自己的天劫来临了，正在心中奇怪，按理说，他以特殊法门封住自身灵气，按理说是应该不会引来天劫的啊。

不过，等到煞云聚集完成，快要发动时，公输鱼等一些修为高深的高手就已经发觉不对了，因为看样子，这场天劫的目标根本不在公输鱼这边。当时公输家的高手们还在疑神疑鬼：难不成公输家还有另外一名飞升期准备渡天劫的高手吗？等到雷煞灵气开始凝聚时，公输鱼就发觉到不对头了，因为这是修散仙时才会出现的青煞劫灵嘛，公输翰院中有人在修散仙？

公输家的人很快就发觉，从雷煞灵气凝聚的位置来看，目标是华剑英所在的小院。这让公输家的人，更加的惊疑不定。这时候，青煞雷劫轰了下来，公输鱼虽然知道了这不是冲他来的，但作为一个随时都可能天劫临身的飞升期高手，他仍然是心中怕怕的不敢靠近，只是远远的观察着。他不过去，公输家其他的高手也不敢过。开玩笑，有谁会活腻了主动去找天劫亲热的啊？

接下来，青煞雷劫连轰五次，更是让公输家的人目瞪口呆。这种事不要说见，听都没听说过。公输鱼毕竟经验比较丰富，喃喃自语："雷煞劫气竟然会连轰五次？这怎么可能？难道说……五次？那里有五个人在修散仙？这、这怎么可能！"

接下来，浮空平台掉落下来，公输家发现有几道人影从里面飞出，立刻就有几人围了上去。

赫连素素迎了上去，全身上下红光隐隐流动，冷冷地道："全部给我停住！

不许再靠近！"她这话让几个靠的比较近的公输弟子大是不满，怎么说这里也是公输家的地方。只是，刚刚这些人亲眼看到天劫的可怕，就见这个漂亮到不像是人的少女从那里面飞出来，傻子也猜到这少女惹不得。

这时，公输轮、溥、志、申四人已经飞了过来。他们毕竟全是已经到了寂灭期的高手，眼光非同小可，一眼就看出，这个女的是个散仙，而且是个很厉害的散仙。

要知道，在玄魄珠中的元婴里，赫连素素虽然不是元婴修炼最久的，但却也已经有四千年了，足够修成四个散仙的了。而她用的海魂玛瑙，虽然不是最好的，但也算是上品。最重要的，是华剑英有意无意中帮她轻易的渡过修散仙时的三大难关，让她一点伤害损伤也没有的修成散仙。所以，在散仙当中，她已经是很厉害的了。而其他五人的情况，也是一样。

公输轮等人心中吃惊，更加不敢妄动。因为散仙的实力，绝对足以横扫修真界，就算是天劫的飞升期高手，也赢不了散仙。除非飞升天界成为仙人才行，所以，一个散仙绝对可以在修真界打横着走。

公输轮上前一礼道："在下公输轮，是公输家现任当家主，请问这位前辈是……"修炼散仙，最少也要有空冥期的修为，加上千年的元婴修炼，眼前这个有如少女一般的散仙，其辈份一般会在自己之上，所以公输轮低调的以晚辈自居。

赫连素素目光一闪："公输家？公输伯涛现在怎么样啦？"

公输轮微微一惊，恭敬地道："祖父很久以前就已经渡劫啦。"

赫连素素明显大吃了一惊："什么？他没有兵解吗？这么说、这么说……"

公输轮也是一惊，为什么这个女的这么清楚祖父过不了天劫一关？不由地问道："前辈……如何知道我祖父他……"

赫连素素哼了一声，道："伯涛他是个男人，却偏偏是纯阴体质。身为男子，却有纯阴属性，属阳中阴精。他又娶妻生子，身子更是有亏，如果他兵解之后转修散仙，尚有一线生机。但他却非要……唉——"

略一沉默，赫连素素道："现在不是谈这些的时候。小英子应该是你们的朋友吧？一起过来帮帮忙吧。"

"小英子？是华剑英华兄弟吗？"公输轮吃了一惊，连忙道："没问题，我们应该怎么做？"

赫连素素淡淡一笑："有我们几个散仙在，他不会有事。你帮我们准备个房间，我们要想办法救治小英子。"

153

公输轮等四人听到"几个散仙"又给吓了一跳，难道说真像公输鱼说的那样有五个人同时在修散仙？心中惊讶，但反应可没慢了。连忙点了点头，然后吩咐下去。赫连素素则去和冯冲等人把华剑英移到准备好的地方，以便帮他治伤。

当公输鱼发觉天劫煞气完全散去后，也过来看了看。当他见到赫连素素时吃了一惊："怎、怎么会？你难道……难道你是赫连素素前辈吗？"赫连素素因修成散仙时，几乎可说没受到任何的干扰和伤害，所以除了变的更年轻、更美丽外，面貌和以前倒有七八成相像，熟知她长相的人，是能认出她来的。

赫连素素看到公输鱼后，也呆了一呆，道："你、你是……伯涛？不、不可能啊。"

公输鱼行了一礼，道："公输伯涛仍是家父，晚辈是公输鱼。"

赫连素素呆呆的看了公输鱼半晌，叹道："公输鱼、公输鱼，原来你叫公输鱼。"然后呆呆的望着天空，喃喃地道："临渊羡鱼……既然如此，那你当初又何必……"说着，突然摇了摇头，转身走开去。

公车轮等人低声询问公输鱼，才知道，原来赫连素素当年和公输家的前辈高手公输伯涛曾是一对极要好的情侣。只是，当时公输家和赫连素素的师门凤凰门之间正打的热火朝天，公输伯涛在家族压力下被迫与赫连素素分手。后来赫连素素失陷于天绝大幻阵，公输伯涛为此可伤心难过了好一阵子。

"后来，阿爹给大哥取名公输不羡，是暗指'只羡鸳鸯不羡仙'，这鸳鸯就是指赫连素素。给我取名公输鱼，是暗指'临渊羡鱼'，感叹自己不能像鱼儿一样自由自在，毫无牵挂。"公输鱼悄声道。公输轮等人这才明白。

不理会公输家的人轻声议论。赫连素素来到已经坐下来，正帮华剑英疗伤的冯冲等人身边，问："情况怎么样了？"

康南回皱眉道："小英子伤得虽重，却还难不倒我们。不过……"

"怎么了？"

令狐元苦笑道："问题是，我们会治，却没东西让我们给小英子治。当年咱们陷身绝天大幻阵中，一应法宝、灵丹、宝物，全部失落。虽然那些东西对现在的我们来说，已经没有多大作用。但想要医治小英子，还是需要那些里面的一些东西啊"

"而我们和元婴炼化一体的法宝，用来打斗还行，用来救人……却是有劲也使不上啊。"云溪郎苦笑着补充。

赫连素素想了想道："那这样，先把小英子的元婴封闭，以免他伤势恶化。

我回凤凰门一趟，找找看有什么可用的东西带回来。"

"我们倒忘记你是凤凰门的人了。"冯冲道："这样的话，云兄弟、康兄弟、令狐兄弟，你们三个先在这里照看着小英子。我去亚图星一趟。"

微一挑眉，赫连素素道："你要去找我们丢失的那些法宝吗？"

"不错。咱们五人之中，以我的脚程最快。那么，没问题吧？"冯冲道。

"当然没问题，快去快回。"云溪郎、康南回、令狐元异口同声道。

五人呆在一起数千年，彼此间已经有相当的默契。云溪郎、康南回、令狐元的话音一落，冯冲和赫连素素便同时飞射而出。

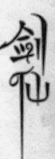

第十三章
寂灭空冥

火凤凰完全变成一只巨大火鸟后。它的体形突然极快的变小，当火焰完全消失的时候，在赫连素素的面前，站着一个一头红发，全身一丝不挂的美丽女子，头顶处伸出两根长长的翎羽。

公输家发生的异变，本来足以让沃勒星其他九大宗门为之疑神疑鬼，琢磨上好一阵子。但另一颗重磅炸弹，却让八大宗门完全忘记了这件事情（凤凰门则是赫连素素不让她们调查此事）。那就是失踪整整四千年之久的凤凰门现任掌门的太师伯祖赫连素素，以散仙的身份重回凤凰门。

这个消息，让沃勒星除公输家外的其他几大势力完全反应不过来。毕竟，八大宗门实力虽然很强，但却绝对敌不过一个散仙。

不过，赫连素素现在对这些事情完全没放在心上。

凤凰门后山，禁地，火凤林。栖霞树，沃勒星特产，其果实对修真者而言，是一种少见的灵药，极富神效。只在火凤林一带有生长，传说是因为神兽火凤凰的祝福，所以只有这里能生长这种奇树。

不过，赫连素素现在来这里并不是为了栖霞果。这件事情，在凤凰门中也

只有极少数人才知道，她来这里的真正目标，是栖息在这里的不死鸟——火凤凰。

凤凰门之所以有凤凰门之称，主要有两个原因：一是凤凰门门下，全部都是女性；第二个原因就很少有人知道，就是长住于凤凰们后山，火凤林内的守护神兽，火凤凰。

火凤凰是传说中的神兽，其力量之强大就算是天界的仙人也不敢小视。是传说中，与青龙、白虎、玄武、麒麟一起，镇守神界东、南、西、北、中五方的五大神兽之一。虽然凤凰门的初代门主得到火凤凰的帮助，从而建立凤凰门，但她也不知道，为什么火凤凰会在这种地方。

在火凤林中央处，有一株有如小山般巨大的栖霞树，而传说中的火凤凰就居住在这棵树的树顶上。

在栖霞树顶，无数巨大的、细小的树枝交相缠绕，组成了一个奇特的巨大房间。在这里，赫连素素见到了她此行的目标——火凤凰。

不愧是传说中的神兽，全身赤红如火的火凤凰的体形相当的巨大。全长超过三十米的身体，加上尾翎则有近百米以上。似乎早就发觉到赫连素素的来到，当赫连素素登上树顶，并步入它的"房间"后。低着头似乎在睡眠的火凤凰从它那巨大的羽翼下，伸出了它那长长的脖子。金黄色的眼眸一眨不眨的注视着赫连素素。

火凤凰的眼神非常的平和，但赫连素素却从中感到一股无声的压力。赫连素素单膝点地，跪了下来："凤凰门弟子，赫连素素，见过火凤凰大人。"

在赫连素素话音刚落，一个柔美的女性声音在赫连素素的脑海中响起："你来找我，有什么事情要我帮助？"

赫连素素有些惊讶的抬头眼着火凤凰，火凤凰的声音再一次响起："我只是能这样直接与你勾通，并不能读取你在想什么。不要惊讶我为什么知道你是来寻求我的帮助，如果我给凤凰门留下的东西中，有能够帮你的，我相信你也不会来找我的。"

"为什么火凤凰大人这么认为，也许我是一个贪得无厌的人。"赫连素素知道现在不应问这个问题，但她还是忍不住问了出来。

"因为你的眼睛。你的眼睛告诉我，你不是那种人。所以，我相信，既然你来找我，那就一定是只有我才能帮你。至少，你认为只有我才能帮你。"

"正如您所料。"赫连素素道："确是如此。"

"那么，赫连素素，告诉我，你来找我，是想要什么？"

"血。我希望能得到您的血，去救助我的一个朋友。"

"我的血?!"火凤凰显然给吓了一跳："唔，你知道吗？赫连素素，你的这个要求，有些过份了呐。"

赫连素素低头道："素素知道。可是，我那个朋友伤得实在太重，如果没有传说中的不死神鸟火凤凰的凤凰之血，帮他凝固元婴、紫府，就算能保住一条性命，只怕也会成为一个废人。所以，我恳求您的帮助。"

"唔，抬起头来吧。"望着抬起头的赫连素素的眼睛："那么，告诉我。你认为那个人，是个什么样的人？"

于是赫连素素便从她失陷绝天大幻阵四千年，到华剑英无意中破掉这个大阵后，却不忍心伤害这她们这些可怜的元婴，再到最近为了帮她们五个元婴修成散仙，硬挡天劫，结果身受重伤的事情讲述了一遍。而且，华剑英这些日子所经历的一些事，以一一说了出来。

"嗯，果然是一个有趣的人呐，已经很久没有遇到这么有趣的人了。"火凤凰说道，眼神之中，隐隐透露出一丝笑意："一个同时拥有着纯真善良的神之心，和狠辣的修罗之心的人啊。想不到这个世上还有这么有意思的人。"

"火凤凰大人，您同意了？"

"不，我并没有这么说。"火凤凰摇了摇头。

"咦?"

"虽然他是一个很有趣的人，但他是否值得让我去救呢？"火凤凰歪着头看着她："那么，和我战斗吧，凤凰们的女孩。如果你能打败我，我就给你凤凰血，让你去救他。"

赫连素素吃惊的看着火凤凰，只见它缓缓浮到半空中，身上腾起赤红如血般的熊熊烈焰，就像传说中的样子，火凤凰变成了一个好像完全是由火焰形成的巨大火鸟。

不过，异变还远不止如此，火凤凰完全变成一只巨大火鸟后。它的体形突然极快的变小，当火焰完全消失的时候，在赫连素素的面前，站着一个一头红发，全身一丝不挂的美丽女子，头顶处伸出两根长长的翎羽。

"我特地变成战斗形状，赫连素素，你可不要让我失望啊。"火凤凰笑嘻嘻地说道。见赫连素素吃惊的看着自己，扫了自己几眼，笑道："啊，真是失礼。"说着全身又升起一团火焰，当火焰消失，火凤凰已经穿上一件火红的皮衣，露出可爱的小肚脐，膝上二十公分处的短裙；膝下一双同样火红的皮靴，手臂上则是一双紧身式，包住手掌露出手指的手套。

"那么……开始啦，赫连素素。"火凤凰笑意盈盈地道："放心吧。这个树林本身就是一个禁制，没人会发现的啦。"明白已经不能不战，赫连素素也飞上半空。

轰然一声巨响，赫连素素被震的远远飞出，半空中连翻十几翻才勉强定住身形。望着远处丝毫不为所动的火凤凰，赫连素素嘴角露出一丝苦笑，传说中的神兽，确是名不虚传，好厉害。虽然仍有所保留，但力量之强横已经远远凌架于散仙之上。

"嘿！散仙对神兽。果然是只有疯子才会做的事情，不过看样子，我现在就必须做一回疯子了。"心中一边暗暗自嘲，赫连素素一边准备好她现在最强的法宝，一件一丈多长，宽约尺许的半透明的飘带出现在赫连素素的身边，飘带穿绕于赫连素素身体四肢之间，散发出淡淡的霞光。

"霓虹之羽衣？"火凤凰看着那件好像飘带一样的法宝："你竟然会有这件法宝呀。不过你不会以为靠那个东西就能打赢我吧？"霓之羽衣是火凤凰当年给凤凰门炼制的超强法宝之一，没有人比她更明白这件法宝。

"不要太小瞧霓虹之羽衣了，火凤凰大人。"就像在回应赫连素素的话，霓虹之羽衣的霞光微微颤动着，随着霞光的颤动，四周开始变得模糊。在火凤凰略显惊讶的眼神中，四周开始出现一个又一个的赫连素素。

"哎阿，通过霓虹羽衣振动空气，折射光线的能力竟然做到这一步。不简单嘛。"火凤凰啧啧的称赞道。

上百个赫连素素同时一声低喝，迅速移至火凤凰四周："小心了，火凤凰大人。"一声低喝，无数赫连素素同时向火凤凰攻去。

"嘻——，不错不错，全部是虚体，但又全部是实体。利用霓虹羽衣的力量让光线折射，把自己的真身好像隐形一样藏起来；而每一个都是虚体中都带有最少一击的力量。如果以为实体一定在这近百个虚体中，一定会吃大亏吧？能做到这一步真是不简单。一不小心，金仙或是真仙都会败在这一招上啊。不过，对我没用。"笑嘻嘻的说着，火凤凰双手合抱于胸前，全身猛然腾起熊熊烈焰，火凤凰猛然身形急旋，形成一个巨大的火焰龙卷。

"飞——花——吹——雪——夜！"无数的火箭铺天盖地般射出，四周上百个赫连素素的身形立刻全被射穿、消失；火凤凰的长吟这时再次响起："火——凤——翱——翔——时！"随着火凤凰双手虚合，向前一推。火焰龙卷瞬间变化成一个巨大的火鸟，激射而出。

空中，突然出现一片涟漪挡住巨大的火焰凤凰，正是霓虹羽衣。虽然勉强挡下，但双方的力量相差实在太远，轰然一声爆响，赫连素素炮弹般向后飞出。一连撞断几十棵高大的栖霞树，才重重的从半空中落的地上。

勉强半撑起身子，赫连素素"哇"的吐出一大口鲜血，看着那晶莹如玉，略有些透明的血迹，赫连素素摇头苦笑了一下："果然是太勉强了吗？以一介散仙之身面对传说中的神兽。"缓缓的站起身子，收起残破不堪的霓虹之羽衣："不过，就算是勉强，也要继续打下去。没有凤凰血稳固真元，就算我们有办法救他，小英子怕也承受不住。"

这时火凤凰飞到近前，慢慢落了下来，笑嘻嘻的刚想说话，忽然看到赫连素素的眼神，不由呆了一呆。

看着眼前的绝世神兽，赫连素素长吸几口气，准备迎接下一波的攻势。既然自己还没认输，火凤凰是不会认为战斗已经停止。

不过出乎意料，火凤凰居然闭目沉思起来。半晌，火凤凰忽然道："真是值得信赖的同伴呐。"

赫连素素一呆，还没等她明白过来。火凤凰左手一抬，出现了一个小水瓶一样的东西。赫连素素一时不知是什么回事，还以为那是火凤凰拿出来对付她的法宝，正在戒备，却见火凤凰抬起右手，手腕处对着瓶口，然后闪着微光的凤凰血缓缓流入瓶中。赫连素素一时完全愣住，她不明白火凤凰为什么突然这么做。

过了一会，火凤凰自语道："嗯，这些就差不多了吧？好像还多了点咧。"说着，血流自动止住，然后递给赫连素素："拿去，这些份量，多重的伤也足够用了。"

赫连素素呆呆的接过，半天才想反应过来："火凤凰大人，这、这是为什么？"

"唔？你不想要吗？"火凤凰奇怪的问道。

赫连素素连忙摇头："可是，火凤凰大人，你不是说，一定要打败你才行的吗？为什么……"

"那个啊，只是我太无聊，想要你陪我玩一玩啦。"火凤凰眨了眨眼笑道，赫连素素却有一种想要翻白眼的冲动。

"不过，如果你打输的话，我确实不会给你。"火凤凰又认真的说道。

"那为什么？"赫连素素疑惑的道。

"是因为你的眼神。"

"我的眼神？"

第十三章·寂灭空冥

"对。那是下定决心，已有必死的觉悟的眼神。"火凤凰微微歪着头："啊，还真有些想见见那个小子呢。散仙比一般的修真者或仙人更加珍惜自己的生命，但你宁可一死也要救他。能够让一个仙人宁死也要救他一命的人，是值得我去救的。所以虽然形式有些不同，你确实可以说是打败了我啊。"火凤凰笑着道。

"火凤凰大人，素素真的多谢你。"赫连素素低头道谢，她真的很感谢火凤凰，像这火凤凰这种更凌驾于仙人之上的超级存在，对这些事情本来可以完全不管的。

"啊——啊——"火凤凰打了一个大大的呵欠，懒懒洋洋地道："啊啦，看样子失血过多，感觉好想睡。真的感谢我，记得常来找我玩呀。呜——人家有那么可怕吗？你们都不来看看我。好啦，我要去睡了。呵—呵——啊——"又一个大呵欠后，红光一闪，火凤凰飞回她居住的"树屋"，回复成大鸟的真身，再次进入沉睡。

低头向火凤凰沉睡的方向低头致礼，赫连素素转身破空飞去。

公输山城，公输翰院。赫连素素带回的凤凰血让云溪郎、康南回和令狐元大为惊喜。本以为她也就是拿回一堆栖霞果，没想到她居然会弄来凤凰血。而公输家也拿出了这些年玉风峡送的，而一直没用的回天丹。

又过了一天，冯冲也回来了："呼啊，累死我了！老莲当初那一下，弄的我们的东西，散乱的到处都是，我可是费了好大一番功夫啊。"

康南回撇撇嘴道："知道你辛苦，快点啦。元婴封闭太久可不是好事。"

点点头，五位散仙各自取回自己法宝，然后又商议了一下，决定了如何进行。然后，把华剑英移到一个较空旷的地方。公输鱼仍然在闭关，公输家的四大当家高手则带了一大群公输家年轻一辈的人物，站在远处观看。

一切准备好后，五位散仙按五行方位站好，排成一个五角星阵。华剑英的身体凌空虚浮于半空之中，凤凰血像一个巨大水泡一般，包裹着华剑英。

由于五人中，只有赫连素素是正好属南方火属性，所以其他四人各自在手中拿了一块属性精石。虽然透过属性精石，发出的五行之气有些不够精纯，不过做为散仙，真元力中的仙灵之气，却足以弥补有余。

五人先解开华剑英元婴的禁制。华剑英自从帮五人渡过天劫后，就一直处于无意识状态中。这时忽然醒了过来，立刻发觉，自己体内只能用混乱去形容。本命元婴萎顿之极，处于半崩溃的状态，剑魂的情况比元婴也强不了多少，原本清明澄静的紫府现在变成一片混沌。全身的真元灵力，也近乎于完全枯竭的状态。

华剑英就在为自己体内糟糕的情况而震惊时，一个声音不知在何处响起："不要太关注这些，我们会帮你把你身体调整好的，准备引导我们送到你体内的五行精气。"明白一定是冯冲他们在帮他。华剑英连忙集中精神，心神完全沉入本命元婴，剑魂也勉强动了起来。

一切准备好后，冯冲首先起决："东方乙木精气，聚！"赫连素素紧跟着："南方离火精气，聚！"康南回："西方锐金精气，聚！"云溪郎："北方癸水精气，聚！"令狐元："中原厚土精气，聚！"（中原，是指中央原点的意思，不是地理中的中原）

五行诀起，五行精气不停的被五位散仙吸收过来，五位散仙双目微闭，手中法诀，戟指向天。紧跟着，蓝色、红色、金色、绿色、黄色五道光柱冲天而起，通过五行精元，五行精气被更快的吸收过来。

汇聚过来的五行精气通过五行星阵源源不绝的送入华剑英体内，同时，凤凰血也随着五行精气一点点的被华剑英吸入体内，修复他那被天劫雷煞之气重创的肉体。五行精气则缓缓的补充他那几近枯竭的真元力，元婴和剑魂也在源源不绝的五行精气下，一点点的恢复过来。

华剑英开始全力推动元婴和剑魂，他发现，吸收了大量五行精气，剑魂已经开始出现变化，光华开始渐渐亮了起来，透发出一股淡淡的绚丽光华。剑魂本身的形态，也发生了改变，原本看上去不过是一块细长铁片的剑魂，现在已经能明显看出剑身、剑锷和剑柄，看上去，已经明显能让人联想到剑。

华剑英的元婴张开眼睛，看着浮在"他"面前的剑魂。相对于元婴而言，剑魂这柄剑明显太大了一些。元婴眨了眨眼，他伸出双手，握住了剑魂的剑柄。

霎时间，元婴"全身巨震"，一股充沛的真元力源源不绝的送入元婴的体内。同时，华剑英忽然发觉自己的意识已经来到了自己的身体之外。

呆了呆，华剑英游目四顾，和离合期的神识外游不同，现在这种感觉，就好像自己的意识，真的完全脱离自己的本体，成为另一个个体的存在。

这种感觉很奇妙，华剑英感到自己低下头，仔细的观察着浮在半空中的自己。这种感觉华剑英真的觉得很有趣，和在镜子中看着自己的时候不同，现在他好像完全是在以另一个人的身份在看着自己。但他却清楚的知道，自己还是自己，并没有改变。

华剑英抬起头来，看了看四周，他看到冯冲、赫连素素、康南回、云溪郎和令狐元围站在不远处，双手掐诀，一手指天正在不断聚集五行精气，一手控制着围绕着他们的五行星阵，把五行精气源源不绝的送到他的身体里。

华剑英心中一阵温暖："我救了他们，现在他们也来救我了。"却忽然发觉，冯冲五人全都以一种古怪的眼神瞪着自己这边，不由吓了一跳。"不会吧？他们看得到我？"

摇了摇头，望向四周较远处，却看到公输家的一群人站的远远的向这边望过来："啊，那天我也没跟他们说一声，就闹出这么大场面，加上现在的状况，相信他们一定会很担心吧？"

忽然，华剑英发现，在公输家的人中，有两个熟悉的俏丽人景，俏生生的立在那里向这边望了过来。"那是，明琉和玉琉吗？倒真想过去看看她们两个怎么样了。现在这样子，也不知过不过得去。"不想心中的念头刚刚转完，华剑英就突然发觉，自己已经"站"在公输明琉和玉琉的跟前。华剑英呆了呆，四处"看了看"，他现在确是在明琉和玉琉的面前。不过，明琉和玉琉显然完全没有发觉到他。

这时，正在帮华剑英疗伤的五位散仙忽然对视了几眼。冯冲忽然开口道："喂！你们怎么看？"

康南回接道："没有错，'神动意转，元灵化合，寂灭虚空，无形无存'，是寂灭期呀。虽然说，他应该只是偶然体会到这种意境和感觉而已。"

"这小子，应该说他是因祸得福呢？还是说他只是在走狗屎运啊？"令狐元怪声道。

华剑英这时在明琉和玉琉面前，而明琉和玉琉完全没有察觉到异样，两人望着远处的五行星阵，明琉的左手和玉琉的右手紧紧相握；两张同样俏丽的脸废，显得有些异常的苍白；虽然不时的用手擦试，但额头上仍然布满冷汗。明琉和玉琉，两人显然极其紧张。

"她们……在担心我吗？"说实话，玉琉会担心他，他倒不太意外。竟然连明琉也这么担心他，倒让他有些诧异了。

这时，玉琉轻声对明琉道："姐姐，你说他要不要紧？不会有事吧？"

明琉摇了摇头道："不知道。不过妹妹你放心吧，那家伙的命比蟑螂还要硬，想要他死是很难的。"

华剑英一时间真的是哭笑不得，这个丫头，也太坏心眼了，最令他觉得尴尬的是，玉琉居然会点了点头。

就在这时，公输申似乎发现了什么，突然冲着这边喝道："谁！是谁的神识在那边！"华剑英突然吃了一惊，也正是这一惊之后，他发现自己的意识突然又回到元婴里来了。

呆了一呆："还真是一次奇妙的经历呐。"华剑英轻轻的笑了起来。

另一边，公输申的喝问倒把公输明琉和玉琉吓了一跳，半晌，公输申冲二女摇了摇手："没事，没事了。"

等公输申回过头，公输轮问公输申："怎么了？"

"唔，没什么。刚刚不知是谁的离体神念在那边，现在已经离开了。看来对我们应该没有什么恶意。"

点了点头，公输轮不再说话。

这时，冯冲、赫连素素等五位散仙渐渐停了下来。华剑英的伤势已经完全复元，不过他大概还要再闭关修炼一阵子才会完全复元。五位散仙把他移到公输家准备好的房间中，五人又在四周设下阵势，以免有人打扰。

华剑英这次修炼完成清醒过来的时候，已经是整整半年之后的事情。由于无意中曾经有过一次寂灭期的神识外游的经历，让他的修为大进，直接进入了空冥期。现在，他已经是空冥初期的高手了。

华剑英清醒过来后，走出身处的房间。这是一个两进、一厅一室的屋子，现在华剑英到了外面的小客厅里。

"你、你醒啦？"一声惊讶的低呼传来，让正在打量着小客厅的华剑英回过头，向声音传来的方向望了过去。

只见玉琉满脸惊喜之色的看着自己，"是啊。我醒了，值得这么惊讶么？"由于在元婴修炼中的感觉只是一会而已，所以华剑英完全不知道时间已经过了半年。

至于玉琉，现在她的身上并不是平时穿得那种类似于制服的服装，倒是一种平常的家居服饰。脸上红朴朴的，不知是因为高兴还是羞涩。本来，华剑英单从容貌上是分不出明琉和玉琉的，一开始是从两个人的穿着打扮，但现在却能从人完全不同的性格神态上就能分辨出谁是谁了。

"啊，冯先生倒是说过你随时会醒过来。我先通知别人知道你已经醒了。"说着，玉琉伸手在门边的一个玉牌上一按，玉牌立刻发出一道淡淡的银光。

在一张椅上坐了下来，华剑英随口问道："玉琉，我这次修炼了几天？"从玉琉刚刚的那句话，他已经猜出了大约是怎么回事。不过，这时他以为自己只是用了几天的时光而已。

"啊？还几天？半年多了啦！算一算，嗯已经七个月零六天了。"在另张椅上坐下来，玉琉皱皱可爱的小鼻子道。

"什么？半年？竟然这么久？"虽然知道感觉中的时间和现实的时间可能有些距离，但华剑英没想到会有半年之久，所以是真的给吓了一跳。

"哈哈哈，小英子，终于练完了啊？哟——瞧瞧，空冥期耶，倒也算值得啦。"随着一阵嘈杂的叫声、笑声，一群人走了进来，是冯冲、云溪郎、康南回和令狐元四位散仙，后面跟着的则公输轮和公输申。

华剑英也笑着迎了上去："是啊，也算是因祸得福吧。咦？赫连前辈呢？"

众人坐下后，公输轮道："赫连前辈是出身自凤凰门的高手，她现在在凤凰门呢。"

公输申接道："不过我们刚刚已经通知赫连前辈了，相信她马上就会过来了。对了，前辈过来的时候，相信会带给你一个不小的惊喜哦。"

"咦？惊喜？是什么啊？"华剑英问道。

不过所有全都摇着头道："不可说、不可说，嘿嘿，到时你就知道了。"

华剑英转过头，看着坐在一边的玉琉，嬉皮笑脸的道："玉琉，我知道你为人最好。告诉我，是什么？"

玉琉看了看他的样子，脸上登时红了，张了张嘴刚想说什么，公输轮就叫道："玉琉！不许对他说！否则。家法伺候！"

对于公输轮的敬畏显然远远大于对华剑英的同情，玉琉吓了一跳后，立刻捂着嘴巴什么也不敢说了。

华剑英失望的摇了摇头："唉，先告诉我又不会死人，真是的。"

不料在场众人听了他的话后，一时间面面相觑，云溪郎喃喃地道："不会死人？确是不会死人。不过，我看是比死还惨哦。"其他人一幅心有戚戚焉的大点其头。

华剑英给弄得一头雾水，奇道："咦？究竟怎么啦？"

"唔，过会等赫连来了你就知道了，何必这么心急？"康南回道。华剑英低头一想可也是，便和其他人聊起天来。

不一会，门外传来赫连素素的声音："小英子人在哪啊？"

华剑英笑着向外走去："晚辈在这里啊。听几位前辈说，赫连前辈有……"他本想说"有惊喜带给我，不知是什么？"不过话没说完，一道人影猛然间从门外窜了进来，直扑他的怀中。

华剑英大吃一惊，本来，以他现下的功力、身手，这样的一扑决难不倒他。只是完全没想到会出这种事，一时不察下，被冲力带得向后连退数步。

扑入华剑英怀中的人整个人挂在华剑英身上不下来，整个人在他的怀里扭糖般扭来扭去，摇晃的脑袋在他胸前不住的蹭来蹭去，长长的头发甩了起来，不停地扫到他的鼻孔，让他有一种想打喷嚏的感觉，同时，那人娇滴滴的叫着："二哥哥，人家好想你哦——"

感受着熟悉的动作，听着熟悉的声音，刚刚定下身形的华剑英差点又坐倒在地，他一下子捧起那张娇俏可爱的脸，失声道："小珂？你是小珂？你、你没有事吗？你怎么会在这里？"

华珂从她的怀里抬起俏丽的脸废，嘻嘻笑道："人家是跟师父一起来的呀。"

华剑英奇道："师父？什么师父？你这丫头什么时候又跑出来个师父啦？"

"是我啦，是我带她来的。"赫连素素人随声到，走了进来。

"赫连前辈？怎么会是你？小珂什么时候成了你的徒弟啦？"华剑英感到相当的不可思议："还有，十大宗门找了小珂一个多月也毫无消息，怎么会又突然出现的？"

赫连素素笑着摇头："找得到消息才有鬼。那一个多月小珂回亚图星去了啦。"

"耶？"华剑英完全傻眼了，这是怎么回事？

"来，坐下。我们慢慢告诉你。"公输轮在旁边笑道。

众人再次坐下来，华剑英才从其他人的口中知道是怎么回事。

原来，那个里特拉也算倒霉。等华剑英离开后，刚刚没逃多远就遇到一个凤凰门修到空冥中期的高手。那个凤凰门高手看他神情鬼祟，身边又带了一个失去神识的少女，感到那个里特拉有些不对劲，便上前查问。

那里特拉已经被华剑英吓成惊弓之鸟，一见有修真高手来问，吓得抛下华珂就逃。那凤凰门高手本来只是随口问问，但这一下子就肯定这家伙不是好东西，追上他当场把他宰了。救醒华珂后，从她口中大体了解了是怎么回事。

本来，这个高手是想直接把华珂送回家去的。不想华珂实际上根本不想嫁给莱汀新任太子，死赖活缠也不愿。最后更缠着说要拜到凤凰门下，说这样她就不用回去了。

那凤凰门高手见华珂的资质确是极好，也就同意。因为决定要修真不是一件容易的事，所以她决定还是带华珂回亚图星一趟。最后还是这个高手让华珂缠的受不了，立下如果华珂的父母不许华珂修真，抢也要把她带回来的重誓后，华珂跟她回到亚图星。

第十三章·寂灭空冥

166

华铭和梅若兰知道小女儿也要去修真，心中自然大为不舍。所以虽然同意让她来修真，但让华珂在亚图星住了三个多月才让她回来。

等到华珂从亚图星回来后，才知道整个沃勒星为了她闹的沸沸扬扬的，华剑英也早已经开始闭关潜修。

赫连素素知道她是华剑英的妹妹后，便做主收她为关门弟子。这样一来，华珂在凤凰门中的辈份之高，无人可及。

讲述了半天，华剑英才明白前因后果，长出一口气，苦笑道："原来是这么回事，竟然这么曲折，还真是没想到啊。"

第十四章
太清秘闻

一个不知说是天才还是单纯只是一只大怪物的家伙，以道家法门为基，融合佛门和救世宗三家之长，别创蹊径，开出了仙人修神之路的另一片天地。

又是一阵闲聊后，暗示让玉琉带华珂出去玩耍，然后公输申首先问道："现在所有事总算告一段落，虽然那个挟持华小姐的家伙的师门一时间还没下落，但也只能先放一放了。不知几位前辈和华兄弟现在有何打算啊？"

说白了，实际上公输申就是在问几个人：以后你们想怎么样啊？不会和我公输家为敌吧？不过，也难怪公输家这样紧张。华剑英目前的空冥期实力倒也罢了，但他后台实在是太硬了，不要说那个神秘莫测的仙人师父（至今公输家仍不清楚莲月心到底是哪一级的仙人），单只这突然冒出来的五个散仙，一个散仙就足以横扫修真界，五个散仙的实力加起，足以把现今的修真界掀去大半边。

本来，以公输家和莲月心、华剑英的交情，倒也不必太担心。只是，一则公输家和莲月心的交情毕竟是五万多年前的事了，莲月心如果不把公输家放在心上，华剑英自然也不会放在眼中。而偏偏这五个散仙中，又有一个正好也是十大宗门之一的凤凰门的人。特别是华剑英的妹妹还成了凤凰门的弟子，这一下子，凤凰门和这些人的关系，可远远要比公输家族来得亲近的多了。

所以，公输家的高手们虽然觉得应该没有什么大问题，但觉得还是来探探风的好。如果他们知道还有几百个散仙等着出来，恐怕会有人吓的晕倒。

"啊，说得也是呀。嗨，你们几个，都有什么打算啊？我还没仔细考虑过呢。"云溪郎伸了个大大的懒腰后问道。

"我暂时打算留在凤凰门潜修一阵子。别的东西不说，先要教好小珂修真的事啊。哎阿，这丫头，让人头疼啊。"想起华珂那顽皮和爱捉弄人的性格，赫连素素就忍不住头痛，可以想见，以后凤凰门内肯定会让华珂这小丫头给弄的鸡飞狗跳墙。

"我打算就在这里潜修一下，然后回师门走走，同时也想看看以前的好朋友还有谁在？"冯冲一边说一边陷入沉思，显然是想起以前和友人们傲啸修真界时的风光，脸上露出一丝伤感的神情。

"我啊，当初我就是独来独往得，现在也没什么地方好去。想来，也不过就是找个地方潜修一阵子，然后去天界吧。嘿，老云，别光说我们，你呢？有何打算？"令狐元一脸懒散的表情。

"喔、喔，这个嘛……我也说不准啊，真的想不出做什么比较好。嘿，老康，你呢，有什么打算啊？"云溪郎转头问康南回。

"我吗？"康南回想了想，叹道："当初我是被我家那老头子赶出家门的啦。现在想想，还真是没什么地方好去呢。"

"喂、喂，不是吧？"冯冲一脸的惊讶："你竟然是那得星康家的人呀？"

康南回瞄了冯冲一眼，哼道："不要搞错了，我不是说了我已经被扫地出门了吗？所以，我不是康家的人。"

"好吧、好吧，我们明白了，你不是康家的人。"云溪郎举着双手做投降状："那你打算怎么办？不会就这么跟着小英子吧？"

"嘿，想一想，就这么跟着小英子似乎也不错哦。"

"喂、喂，康前辈，你在开玩笑吧？"华剑英惊讶的看着康南回。

"谁在开玩笑啦？再说了，玄魄珠还在你那里啊。那里还有好多兄弟咧，我可不会自己得救就忘了以前落难时的朋友啊。"康南回斜着眼睛道。

"唉啊，这样的话，还真是伤脑筋啊。"华剑英搔了搔头，脸上浮起一丝苦笑："不过这样子也好。康前辈，我可以拜托你一件事吗？"

"跟我客气什么？直说好啦。有我们五个帮你，只要不是天界仙人大军杀过来，什么事我们摆不平啊？"康南回回话一落，不要说其他的四个散仙，连公输家的二人也一起点头。的确，五个散仙在后面罩着，单只是说说都能吓人一大跳。

华剑英笑了笑，从怀中取出一件物事，道："我想请您收下这件东西。"看着那个东西，冯冲、云溪郎、康南回、令狐元和赫连素素脸上同时微微变色，那是玄魄珠。

看着五位散仙一脸的诡异之色，公输家二个人的脸莫明其妙。

华剑英轻咳一声，道："二位前辈，这件事情非同小可。这里毕竟是公输家，如果就这么让你们二位离开，未免太没礼貌。所以，我希望二位能立个誓，绝不把这件事透露给任何人知道。唔，公输鱼前辈是例外。"

公输申脸上微微色变，他本想就此抽身离开，但公输轮却悄悄按住他，并道："好吧，我公输轮如果把此事泄露任何人知道，要我形神俱灭，永世不得超生。"对于像他这种修入寂灭期的高手来说，就算是失去肉身，也可以转修散仙，勉强也算是一种出路，但他却立下如此重誓，而且把华剑英所说的除"公输鱼外"改成任何人也不说，就是说，除了在场的二人外，公输家决不会有第三人从他这里得知此事，也足见诚意。公输申看了看当家大哥，当下也立下同样的誓言。

"小英子，你这是什么意思？"公输家的二人立下重誓后，云溪郎第一个开口问："而且，这件事越少人知道越好，为什么要让这两个家伙也知晓？"

"云前辈，我的那五块定魂玉魄是从玉风峡的店里买的，他们一定知道哪里有定魂玉魄。而平风峡和公输家关系极好，所以这事最好请公输家帮忙。请人家帮忙，总要让人家知道是怎么回事吧？而且说话也比较方便啊。"云溪郎一时间也沉默下来，而其他几人则早就觉得公输家应该可信，再加上听了华剑英的话，更是没有说话。

"咳！那个，可不可以先告诉我们，这是怎么回事啊？"公输轮问道。

"当然，这就说啦。"华剑英当下，把有关玄魄珠的事情前后跟两人讲了一遍，只听得公输家两大当家高手眼睛越瞪越圆，嘴巴也越张越大。

老天！有没搞错？千年元婴！二百个之多！也就是说，如果炼化了这颗珠子里的元婴，任何门派就会一下子多出二百多个空冥期以上的高手！想到这里，公输轮和公输申一起咽了一口口水。

要知道，像沃勒星十大宗门这样的大派大族，其当家高手中总有几个寂灭期、飞升期的高手。但是，一旦有两个大派之间发生大的冲突与对抗，真正的主力仍然是离合与空冥这两个层次的高手。所以，虽然早有心理准备，但这二位公输家的当家人物仍然感到有种头晕目眩的感觉。他们也有些明白，为什么华剑英想要海魂玛瑙了，二百多个千年元婴，也就是说，如果顺利的话，那等于是二百多个散仙啊！再加上这些散仙原本的门派！天啊，这股势力一旦成形，其实力之强想想都让人头晕。

按捺下汹涌如潮的心情，公输轮点点头，道："我明白了，我会和玉风峡的掌门联系，问问他这定魂玉魄的原产地在什么地方。一有消息，我就会通知你们。"

点了点头，冯冲忽然道："小英子，你把玄魄珠的事情揭穿，告知两位公输兄弟，应该不只是想让他二人代为查找海魂玛瑙吧?"

"不错。我想把玄魄珠交给你们五位，由你们几位去寻找海魂玛瑙。"

"什么?"五位散仙面面相觑。

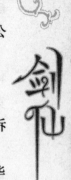

"为什么? 畏惧艰难、缩首不前，这好像不是你的性格和作风。可以告诉我们原因吗?"康南回微微皱着眉问道。

"如果这是我自己一个人的事，不管多么艰难我也不会退缩。不过，这毕竟牵连到玄魄珠中的几百个元婴啊。"华剑英一脸的无奈："而且，现在就算找到足够的海魂玛瑙，我也无法帮助他们渡过天劫了。"

"怎么说?"五位散仙一起问。

"因为我现在已经无法再使用破日乌梭了。如果就这么让他们自己应对天劫的话，你们认为，这些元婴中又有几个能成功修成散仙的?"华剑英黯然道。

"什么? 无法再用破日乌梭? 这、这是怎么回事?"康南回一脸的震惊。"是因为上次帮我们挡天劫吗?"其他人也满是惊愕之色。

沉默半响，华剑英叹了口气："可以这么说吧。"

"能告诉我们，具体是怎么回事吗?"赫连素素问道。

点了点头，华剑英道："我身上共有四件仙器，各有各自的用处，其中破日乌梭的作用是防御、移动和破除各种禁制。这些，我想你们都知道。"

五位散仙点点头。公输轮和公输申则又给吓了一大跳。

华剑英续道："实际上，以我目前的功力，根本没可能修炼和控制这四件仙器。实际上真正修炼并控制这四件仙器的人，是我师父，我只是通过师父的力量来控制它们而已。"

"这个……能告诉我们这到底是怎么回事吗? 我有些不太明白呢。"令狐元搔搔头，苦笑着问道。其他四人显然也弄不太懂。

点了点头，华剑英道："具体是怎么做到的，我也不太清楚。这四件仙器是师父修炼好了交给我。然后又让我以特殊的法门自己再修炼一次后，就能自由使用了。不过，实际真正控制仙器的，仍然是师父的仙元之气。我只是通过师父所传授法门，去操控师父封存在这些仙器中的仙灵之气而已，然后通过这些仙灵之气，再去控制仙器。"

"这次的事，破日乌梭连挡五记青煞雷劫，不但完全耗尽了破日乌梭本身的能量，也把破日乌梭中师父遗留下来的仙灵之气完全震散。现在的情况，我已经无法再控制破日乌梭了。"

云溪郎奇道："可是，仙器的力量不是能够自己恢复吗？"

华剑英苦笑了一下："仙器本身的力量确是能够恢复，问题是，在破日乌梭之中，来自师父，真正用来控制破日乌梭的仙元之气却不会自己恢复，那毕竟只是师父残留在里面的部分仙元之气。如果不是以前也算是修炼过破日乌梭，我说不定就让破日乌梭在恢复力量的时候给吸成人干了。"

"大体情况就这样。"华剑英无奈的道："破日乌梭确是不会给我什么损伤，但我也无法再使用它。"

"难道说就完全有办法了吗？"冯冲问道。

华剑英苦笑道："办法当然是有，有两个方法可以恢复过来，不过目前来说都不可能。"

"是什么法子？说来听听再说。"云溪郎道。

"一、我去找我师父，让他老人家帮我再修炼一遍。"华剑英说完，五位散仙面面相觑，华剑英苦笑一声："不过，以他老人家的脾气，十之八九不会帮我，反而会把我胖揍一顿再一脚踹出去。"五位散仙一起点头。公输轮、公输申这才明白。

"第二个方法……不会是要等你修入飞升期，然后自己去修炼破日乌梭吧？"赫连素素问道。

"没错。前辈你说对了。"

"不是吧？这要等到猴年马月啊？你现在才空冥期啊。"散仙们一起大叫起来。

"所以啊。我才打算把玄魄珠交给你们，看看由你们想办法寻找定魂玉魄。"华剑英有些无奈的道。"我知道，这件事，本来就是我自己揽下来的。现在却又想推脱出去……不过为了玄魄珠中二百多位被封禁数千年的元婴着想，我还是决定把这件事交给你们五人。真是抱歉。"

赫连素素安慰道："这件事并不怪你，你用不着自责啊。"

"实际上，我们担起这件事，也并没有什么不对。这本来就是我们的事。"冯冲道。

"没错，当初把这件事交给小英子，也只是无奈。毕竟当时我们纵使有心也是无力。"康南回一边说一边伸手取过玄魄珠，在手中把玩着："如今我们既然已经修成散仙，足以横扫修真界，那这件事情，自然应该由我们来承担。"

华剑英看着康南回取回玄魄珠，并没有再说什么，因为该说的，已经都说了。

"这样子的话，我也陪你一起去吧。反正我也是无牵无挂的。"令狐元笑道，然后转头看着云溪郎问道："阿郎，你呢？去不去？"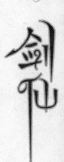

"去！当然去！就像你说的，反正也是独自一人，四处浪荡，一起去也不错啊。"云溪郎一边说，一边仍然是那副吊儿郎当的样子。

"唔，我就不去了，我打算去找我多年以前的几个朋友，还有当年的一些事情。对了，赫连应该也不去的吧？"冯冲道。

"嗯，我已经说过了，我会在凤凰门教导小珂修真。"说到这里，赫连素素想起什么，问华剑英："小英子你现在有什么打算？"

华剑英想想："虽然进到空冥期，但我并不认为我真的算是到了空冥期。不然的话，当时既然体会到了寂灭期的境界，现在我应该是寂灭期才对。所以这说明我的剑心仍然不稳。"顿了顿，又道："师父当初曾对我说过，他很是后悔当初强行把我的功力越级提升，当时我并不明白。他急着让我自己出来在修真界中历练，大概也是想让我自己明白到这一点吧？"

"这么说你要留在沃勒星喽？那要不要来我们凤凰门啊？"赫连素素笑道。

"咳、咳，我想这个就不用了吧？"一直都没出声的公输轮突然开口道："华兄弟到了沃勒星之后，就一直都住在公输家的啊。他现在既然想要潜修一段时间，自然也是在我公输家啊。"

"好、好、好……小英子就在公输家，我不跟你抢。行了吧？"赫连素素跟公输轮开玩笑道。

"那就这样吧。请公输家主先想办法查查这定魂玉魄是在哪出产的，然后我们几个好去寻找。"康南回道。

"好的，没有问题。那我和申弟这就去安排。"说着公输轮和公输申站了起来。

"那我和小珂就先回凤凰门了。"赫连素素也站了起来。

"呵，那我们也先走了。小英子毕竟才刚刚清醒过来，让他好好休息吧。"说着，冯冲等几人也一起站起告辞。

两天后，公输轮已经打听到，定魂玉魄的原产地是一个名叫碧玉星的地方，据说是一个非常美丽的星球。这个星球和沃勒星完全相反，那个星球上的人并不相信修真者的事，在他们看来，修真者的事情完全是一种他们称之为迷信的虚假的不可信的东西。也正是因此，那里几乎见不到修真者的踪迹。所以，如果说沃勒星是真正的修真界，那么碧玉星就可以说是真正的世俗界。

因为这个缘故，就算偶而有修真者去到那个星球，也会扮做普通人，融入到碧玉星的社会中去，以碧玉星人的方式与他们相处。

在知道了定魂玉魄的原产地和相关的信息后，康南回、云溪郎和令狐元三人当天就离天沃勒星，前往碧玉星。同时，冯冲也告辞离开沃勒星，回到位于文台星的师门玉霞门。冯冲在离开前送给华剑英一件信物，道："如果有事，只管开口，就算我离开了。只要有这件信物，玉霞门必定全力相助。"

之后，华剑英就在公输家暂时居住下来，闭门研习师父莲月心送给他的玉瞳简。莲月心给他的玉瞳简里的内容共分三大部分，第二和第三部分都有极强的禁制，所以他现在只能修习第一部分中的内容。

虽然只是第一部分，其中的内容从最初的灵启期直到最高境界的飞升期，每一个层次在境界上的不同，修炼时应注重的部分，每一层次修真者的能力有什么样的提升，全部都有详细的描述，其中更列举了许多门派的修炼方式及其功法，并指出这些功法的好处与缺失，俨然就是一套综合大秘籍。

华剑英大为叹服之余，也暗骂自己笨蛋，之前只注意到这里面记载的，师父莲月心的一些奇门绝艺，竟然没有留心这些真正宝藏。

华剑英潜心修炼，有一个人对此可是大大的不满意，那就是华珂。

似乎打算把华剑英离家的这些日子给"玩回来"，华珂三天两头往公输家里跑。个把月下来，算了算，她呆在凤凰门里的时间，还没呆在公输家里的时间来的长。幸好公输鱼对于这个活泼的小丫头也十分的喜欢，私下里还传给她不少修真中的经验，没耽误了她的功课。不然的话，就算是赫连素素都差点为此发起飙来。当然，这其中也不无公输家借此向凤凰门示好的意思。

时间就这样过去了二三个月。这一天，华珂又来找华剑英。

"二哥，我来了呀！"远在门外隔着好远，华珂的声音就已经传了过来。由于经常来，华珂已经是公输翰院的常客，整个公输山城几乎没有一个不识得她的。也知道她每次来是做什么，所以现在她已经成为公输家和凤凰门中的一个

特殊人物，也不用通报，直接就闯到华剑英这里来。

"哦，小珂？来了吗？还真是让我惊讶，这次怎么了？你竟然有差不多十天没有来了。"华剑英是真的有些惊讶，之前不管赫连素素看的有多严，华珂能连续五天不来找他，几乎都可以称的上是奇迹，这回是怎么了？

华珂嘻嘻笑着跑了进来："因为人家认识了一个新朋友呢，她好像比我还无聊呢。所以人家这两天正在陪她嘛。"

华剑英抬头一看她，可把华剑英吓了好大一跳！辟谷期？有没有搞错？这丫头开始修真总共才几天啊？"哇！小珂！你也太厉害了吧？你上次来我记得也才刚刚灵启初期而已。怎么才这么几天就修到辟谷啦？呃，是不是赫连前辈帮你啊？"

"噫，难道就不能是我资质奇高，非同一些凡夫俗子，一下子跳到辟谷期啊？"华珂撅起可爱的小嘴道。

"你？别逗我笑了。"华剑英真的大笑了起来："我听赫连前辈说过，你的资质确是不凡，换了别人或许还真有这可能。不过你为人轻佻、浮燥，难以静心，像你这样修真法，不要说十天，就算给你十年能修到目下的境界都算快的。我看，八成是赫连前辈觉得如果你修不出个样子，对我这里不好交代，所以以自己的散仙修为，帮你提升修真层次吧？"停了停，华剑英叹道："小珂，这样子做，看上去可以让修为迅速提升，但等你日后真的踏入修真殿堂后是很不利的，二哥可就因此吃了不少亏啊。"

华珂撅了撅嘴，哼道："人家确是没有让师父帮人家提升功力嘛。"虽然仍然有些不满之意，但却也没有大吵大闹。

华家早年生活颇为困苦，一家人都忙于生计，所以华珂从记事到十三岁之间的这段时间，一直都是华剑英在照顾她。而童年的生活往往可以决定一个人长大后的许多事，所以她在这世上最亲近的人并不是父母，而是华剑英这个二哥，她也最听华剑英的话。看华剑英真的有些生气，华珂立时不敢再闹了。

"真的不是赫连前辈？"华剑英微微皱眉，他相信华珂是不会骗他的，这可太奇怪了："那赫连前辈对你修为突飞猛进说些什么？"

"师父什么也没说啊，我在发觉修为突然一夜间进步好多时，就去找师父。但师父也并没有说什么啊。"华珂歪着头说道。

"赫连前辈没说什么，那就应该没问题了。"不过华剑英还是有些不明白。忽然想起，华珂上次来还只是灵启期，这次到这里就到了辟谷期，也就是说，她突然大幅进步只是这最近十天的事情，而她也说过，这几天没再过来找他，是因为认识了一个新朋友。这么算来，华珂修为突然提升，八成和这人有关。虽然觉得赫连素素既然没说什么，就应该没问题，但华剑英还是决定去看看的好。

"呃，小珂啊。"

"嗯？什么事啊？二哥？"

"这个……二哥最近总是在潜修，也觉得有些无聊呢。今天有些想出去走走，你要不要去呀？"

"咦？当然好喽！以前要二哥陪人家，二哥总是不答应。不过，二哥竟然也会想要出门玩呀？还真是少见呢。"华珂对于华剑英要和她一起出去玩耍显得相当兴奋。

二人离开公输山城后，华珂问道："二哥你打算去哪玩呢？别看你来沃勒星来的比我早，对这里什么地方比较有趣，我绝对了解的比你多哟。"

"唉啊，二哥也不知道呢。对了你不是说你认识了个新朋友吗？要不带二哥去找他吧。"华剑英开始引诱华珂按他说的去做。

"嗯，去找她吗？也好，她应该也会和二哥处得很好吧？好，二哥跟我来吧。"说着，华珂亮出一把飞剑，踏在剑上向前飞去。华剑英对她能使用飞剑感到有些奇怪，上前一问才知道，三天前赫连素素发觉她修到了辟谷期后，就送了她这把晨星剑。

明白到妹妹是刚得宝剑，应该还说不上是炫耀一番，就像是小孩子新得到一件心爱的玩具一样，总要给亲近的人展示一下。华剑英苦笑的摇了摇头，华珂虽然已经十八岁了，但除了外表外，很多地方仍然像个小孩子一样，真是伤脑筋啊。

跟着华珂飞了一会，来到一片巨大的森林前。华剑英立刻发觉到，这片森林整个就是一个巨大的超级禁制。不像当初的什么也不懂，华剑英发觉这个禁制的范围之广、威力之强，比之当初封印师父连月心的那个绝天大幻阵也是不惶多让。

"小珂，你的朋友……不会是住在这里面吧？"华剑英问道。

"对呀，嘻嘻，对了，二哥你见到她时可不要太吃惊了哟。"一点也没发觉华剑英语气中的不自然，华珂一边说着一边当先飞了进去。

华剑英略一犹豫，想到华珂应该不是第一次来了，应该没什么问题，也就跟了上去。

"小珂，这里是什么地方啊？"

"这里是栖霞林。啊！对了，这里好像是凤凰门的禁地耶。二哥，你以后自己偷偷来玩就好，不要让我师父和掌门师侄她们知道哦，不然小珂会被她们的'碎碎念'念到死啦！"华珂后知后觉的道。

华剑英差点从半空中掉下去。有没搞错啊？竟然没事带人跑到自己门派的禁地里来玩，有这样的长辈，凤凰门的那个掌门也够辛苦。华剑英不禁有些同情起凤凰门现在的那个掌门了。

进入栖霞林后，华剑英很快就看到在森林中央处有一座小山，他还有些奇怪，为什么要让树林围着那座小山的？但等到逐渐靠近，他才看出，那不是什么小山，而是一棵巨大无比的栖霞树。

看着华剑英的表情，华珂轻笑道："很有震撼力吧？我第一次看到时也给吓了一大跳呢。"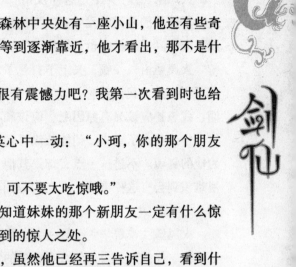

很快的，华珂开始改变方向，华剑英心中一动："小珂，你的那个朋友……是住在那棵大树上的吗？"

"是啊。对了二哥，过会你见到她时，可不要太吃惊哦。"

看着华珂那一脸古怪的表情，华剑英知道妹妹的那个新朋友一定有什么惊人之处，而且是外表上的，一看就能发觉到的惊人之处。

不过，虽然华剑英已经做好心理准备，虽然他已经再三告诉自己，看到什么都不要惊讶，至少不要表现出惊讶的样子来。但等到他和华珂飞到巨树的树顶，当他看到那个看到华珂来到，高兴的和她抱（？）在一起的生物，他还是惊讶的张着嘴巴什么话也说不出来。

那、那、那、那是什么东西？华剑英觉得，以后自己看到什么东西也不会惊讶了。凤凰！那竟然是一只凤凰！？

华珂似乎很满意华剑英那吃惊的表情，笑嘻嘻的走过来道："二哥，这就是我新认识的朋友，火凤凰姐姐，我都习惯叫她凤姐姐。凤姐姐，这是我二哥。"

火凤凰点了点头，道："唔，我知道。你们两个刚进入栖霞林时我就知道你和你哥哥到了。"

"唔，火凤凰大人会知道我们两个来到不奇怪，不过您是怎么知道我们两个身份的？"华剑英终于能够开口说话了。

"唔，在这世上，身上流着我的凤凰血的人，只有你们兄妹两。这样我如果都猜不出，那我也不过是一只特大号的火鸡罢了。"火凤凰轻描淡写的道。

它说的轻松，华氏二兄妹却给吓了一跳。

"咦？二哥什么时候得到过凤姐姐的血啊？"华珂有些奇怪的问道。她回到沃勒星时华剑英已经伤愈闭关，所以关于华剑英受伤的事情，她只是略略听人提了一下，具体情况并是很清楚。火凤凰给她略略解释了一下，她才明白。

"这么说，小珂的修为突然空飞猛进，也是因为凤凰血的原故？"华剑英忽然想到，忍不住问道。

火凤凰点点头："是这样没错。小丫头确是因为我的血的原故才会修为大进，不过我的血只对元婴期以下的高手才有这种提升修为的作用，对个人元婴期以上的高手，虽然也是妙用无穷，但却并不能助长修为的提升。"

火凤凰语气一顿，又上下打量了华剑英一番："唔，不过你的修为最近提升了不少嘛，我记得你原本应该是离合期才对。不过你的修为突然升到空冥期，我想是应该另有原因吧，应该和我的血关系不大。"

华剑英点了点头，他能跳级升到空冥期，一半是因为运气，另一半则是因为他的剑魂。不过这一点，却是其他人难以理解的，就算同样是剑修，大概也很难想到会有这种事情。现在的华剑英，已经深切体会到师父莲月心的功法的不凡之处了。

火凤凰注视着华剑英好一会，眼神中透出奇怪的神情，喃喃地道："真是奇怪呢。你的真元力，怎么会这样的？虽然当初那几个小家伙用五行精气替你疗伤，但除了少数有着特定属性的人，是很少能够直接把五行精气这样子化为己用的。更何况是同时融会五行精气，真是太奇怪了。"

华剑英和华珂对视一眼，有些奇怪的问道："火凤凰大人，怎么了吗？"

火凤凰一醒神，想了想，道："没什么。小家伙，你以后和小丫头一样，叫我凤姐好了。对了，你的师父是谁？能告诉我吗？"

华剑英道："当然可以，火凤……"突然看到火凤凰怪怪的眼神，笑了笑改口道："当然可以，凤大姐。"火凤凰这传说中的神兽到底有多大年纪，恐怕没人算得清楚，华剑英就算叫它一声凤凰祖奶奶，也是叫得的。

华剑英多少有些不习惯，叫了一声大姐后，顿了一顿，才续道："我师父名叫莲月心。"在他想来，火凤凰九成应该也不知道他师父的名字的。和修真界的情况相反，火凤凰是因为境界太高了，就像在太清界的仙人很少有人知道修真界的宗师级高手的名字的。

不过，火凤凰反应之激烈却大出华剑英的意料之外。火凤凰全身一下子腾出汹汹烈焰，同时失声大叫道："莲月心？那个怪物？你是他的徒弟？"

华剑英和华珂给吓了老大一跳，同时也十分不解。怪物？什么意思？

火凤凰发觉自己有些失态，勉强压下身上腾起的火焰。但嘴里仍然喃喃地自语道："怪不得，怪不得。原来是那个怪物的徒弟，怪不得这么古怪了。"

华珂再也忍不住，轻声问道："凤姐姐，你说二哥的师父是个怪物。是什么意思啊？"

华剑英此时的感受和华珂又有些不同，他很清楚火凤凰的来历和身份。连它也称师父为怪物，看来师父比自己想像中的还要高深莫测的多啊。

火凤凰因为华珂的提问反应过来："这个还真难解释啊。"又呆了一会，才道："对于莲月心的实力，我很难跟你们解释。因为，水平实在是差……太远了。"说着看了看华剑英："你虽然是他的徒弟，但对他的实力到底有多可怕，你应该还不太清楚吧？"

华剑英咽了口口水："对于这方面，师父并没有跟我讲太多。"

火凤凰点点头道："嗯，那应该是他不想告诉你太多，以免影响到你日后修真。我只告诉你一些你能知道的好了。"停了一停，道："你知不知道太清界和修真界的三大宗门？"

华剑英一时愣了好一会，才回道："您说的是不是太清界三大宗派势力：道家、佛门、救世宗？听说这种差别实际上也影响到了修真界。"

火凤凰有些意外的看了看他："你竟然知道啊？是青莲告诉你的吧？不错，确是如此。虽然太清界和修真界门派林立，但实际上都脱不出这三大宗门的范围之外。只是，因为能力所限，修真界的修真者是很难接触其他二大宗派的修真者的。但仙人不同，所以在太清界，形成以这三大宗派为主的势力范围和争执。"

火凤凰又想了想道："小家伙，我在这里警告你，你以后不要随便告诉别人你和你师父的关系。一般的修真者倒也罢了，万一传到知道太清界秘闻的人的耳朵里，比如一些比较厉害的散仙，你就有大麻烦了。"

华剑英一呆，问道："这是为什么？"

"青莲那家伙竟然没告诉你？是因为青莲剑典啊。"

"青莲剑典？这……凤大姐，可不可以说的清楚些啊？"

火凤凰叹了口气，反问道："修真者修真的最大目的是成仙。那仙界仙人修仙的最大目的，又是什么？"

华剑英呆了半晌，道："是成神吗？"

"可以这么说。"火凤凰点了点头："仙界仙人修炼神道，最著名的修神法门，就是三大修神宝典。那就是道家的《太上清静论》、佛门的《大日如来咒》

和救世宗的《末日启示录》。太清界虽然也有诸多流派，但万变不离其宗，都脱不出这三大宝典。"

"不过，这种情况在大约三万多年前，近四万年前发生了变化。一个不知说是天才还是单纯只是一只大怪物的家伙，以道家法门为基，融合佛门和救世宗三家之长，别创蹊径，开出了仙人修神之路的另一片天地。呵、呵，看样子你已经猜到了，不错，那个怪物，就是你的师父，青莲居士莲月心。"

华剑英听得有些发呆，他早就知道师父的身份在天界很高，但也没想到会高到这种地步，天界的一代宗师！

火凤凰摇了摇头又道："当时不要说是太清界的人不明白，就连太上虚空界的众神也想不通。喔、喔，就像无上太清界俗称天界一样，太上虚空界就是指神界。而太清界三大宗门之间的修炼法门完全是南辕北辙、背道而驰，这个家伙是怎么把这三种完全相背的功法融合于一体的？这也正是我称他为怪物的原因。不过，因为他的青莲剑典还不完善，所以他还没有真正的成神。不过这也只是时间早晚的问题而已。他成仙不过几万年的时间，一些修炼了几百几千万年的家伙都已经不是他的对手了。如果他成神，他就是自太古诸神封闭三界之间的联系后，第一个成功通过修炼而成神的人。我想，这也是佛门和救世宗要对付他的主要原因吧。"

搔了搔头，华剑英现在只有一种感觉：很晕。

第十四章·太清秘闻

第十五章
哈米地的夜晚

只见天空中仍然是一片明媚，但在远处的地平线上，一道土黄色的洪流已经清晰可见，耳边隐约间还可以听到一阵阵狂风呼啸之声。而那道洪流仿佛铺天盖地一般，一眼望去好像没有尽头。

从上次和火凤凰见面到现在已经过了一个多月，华剑英这一个月来可说是不吃不睡的在闭关修炼，说是精神上受到刺激也说得过去。

火凤凰最后的话，似乎现在还在他的耳边回响："我相信你师父的《青莲剑典》应该还没有完成，否则当年一战，他就绝不会被封印在绝天大幻阵中。他直到现在还留在修真界，应该就是想再回到太清界前把《青莲剑典》彻底完善。还有，在修真界倒也罢了，如果有一天，你成功的渡过天劫，飞升太清界的话，你只怕会有无穷无尽的麻烦。和修真界不一样，你身上的青莲剑气在太清界可是没人认不出来的。务必要小心在意啊。"

火凤凰让华剑英小心自己，但华剑英同时也明白到师父当年在太清界又是多么的孤独。师父本来就可说是一个离经叛道的人，创出青莲一脉的独特修真法门后，在太清界更是孤立。这个时候，华剑英也终于明白，师父为什么总是说，随心所欲最重要。而了解了这一点，在不知不觉间，华剑英的修为又进一步。

神识缓缓从元婴中退了出来，长长的出了一口气。华剑英决定休息一会，虽然说修真这事如逆水行舟，不进则退，但一味的潜修也是没用的。"在这里前后也住了快一年了（沃勒星的一年为十个月，一个月为三十七天），也许，是时候出去走走了。"

华剑英走出居室，来到外间，却见到明琉和玉琉，看到两人一身相同的家居服，他清楚两人是来做什么的，有些歉然的一笑："整天麻烦你们替我打扫房间，真是过意不去。而且，这事应该不是由你们来做吧？"在修真界，是没有下人这种职业的，最多是一些刚入门的低辈弟子来做。而明琉、玉琉在公输家虽然算是晚辈，但也并不是最低一辈，加上两人修为在低辈子弟中算是颇高（元婴期），所以这种事情说来是用不着她们来做的。

明琉撇撇嘴道："如果不是我们来帮你收拾一下的话，你这里早就变猪窝了啦。"华剑英苦笑了一下，他这一阵子尽心潜修，确是没太注意这些。

玉琉见华剑英微露尴尬之色，连忙道："不要紧的，能帮你做点事，我和姐姐都是很高兴的。"语刚出口，突地省起，自己这话大有语病，登时红了脸。

华剑英此时更感尴尬，一时呆在那里不知说什么好。

明琉见他们二人在那里你望我、我望你的发呆，微微皱眉，轻咳一声，道："说起来你也别在这里发呆了，赫连前辈正在客厅等你呢。"

华剑英一怔："赫连前辈来了？怎么也不早告诉我？"说着，往小客厅的方向走去。

玉琉满脸红霞仍未退去，不过还是在一旁道："赫连前辈近几天天天都来，只是每次来的时候你都在修炼。她说你能静心潜修是件好事，所以不让我们打扰你，每次来只是坐一会，就走了。"

这时三人已经到了小客厅，赫连素素显然是发觉了他们，正微笑着站起身来。华剑英忙上前行礼道："前辈几时到的？小英子累前辈久候了。"

赫连素素笑道："这真是来的早不如来的巧。前几天我每天在这里都等上近两个小时也等你不到，今天刚坐下不到十分种你就来了。"

华剑英不好意思的道："我并不是有意，还请前辈见谅。"

赫连素素道："开个玩笑而已，干嘛这么认真？"

华剑英眨了眨眼睛："前辈你那么说了，我总不能一点反应没有，说说而已，前辈又何必当真？"

赫连素素一怔，跟着两人一起大笑。他们二人的交情可说非同寻常，所以华剑英才能和她笑闹无忌，换了旁人，面对一个散仙保证大气也不敢换一口，更不要说和对方这样子开玩笑了。

四人坐了下来，华剑英问道："听说前辈已经连着来了好几天了，不知有什么事？只要小英子力所能及，绝不推辞。"

赫连素素点点头道："确有一事想要麻烦你。你也知道，沃勒星十大宗门，都有其势力范围，影响力甚至辐射到其他星球。最近，在我们凤凰门庇护下的，一个名为达尔哈托的国家，向我们求助。因为应该不是什么大事，所以我们打算派一批年轻的低辈弟子前去处理一下，同时权当对这些年轻弟子的历练。只是，现在还缺一个引导者。我想请你帮忙，出手做这次的引导者。"

华剑英奇道："引导者？是领导这些年轻弟子的领队吗？"

赫连素素摇摇头道："那倒不是，领队也是从那些年轻弟子中选出来的，真正具有领导力的人材，是要从年轻时就着手培养的。所以像这样一次性派出大量年轻弟子的时候出去历练的时候，正是培养未来门派中主力高手和领导人物的好时机。"

"那所谓的引导者到底是做什么的？"

"引导者只是在一旁陪着她们而已，平时什么事也不做，什么事也不管，任何决定全由那些年轻弟子自己来判断。引导者的职责，只是在出现远超乎预料之外的情况和敌手出现时，引导和保护那些年轻弟子而已。"

华剑英想了想，道"哦？这么说来，引导者只是那些出去历练的低辈弟子的保镖嘛。在出现应付不了的情况，保证她们能够回来。"

赫连素素失笑道："你这么说也对。实际上不止我们凤凰门，修真界的名门大派差不多都有这种历练修真的方式。只不过，找其他派别的人来做引导者，倒是很少见就是了。"语气略停，想了想补充道："对了，这次你妹华珂也要去。"

华剑英一呆："什么？小珂也去？以她的修为……行吗？"

赫连素素摇了摇头苦笑道："凤凰精血，确是妙有无穷，你这一个月闭关潜修，那丫头也一样。一个月下来，已经修到了幻虚中期，进步之速，让人为之咋舌啊。这也是我想让你一起去的原因之一，小珂那丫头的入门时间虽然不长，修为也不是很高，但在本门之中，辈份之高，除了我之外，比谁都高出好几辈。虽说这孩子并不是一个不识大体的人，但同行之人中，但好还是有一个能压住她的人。"

"原来如此，我明白了。"华剑英曾听华珂说过，因为她在凤凰门中的辈份实在太高，弄得谁见了她都一副恭恭敬敬的样子，初时小丫头的虚荣心倒是大大的满足了一把。但随着时间的过去，华珂只觉沉闷之极。

"好，就这么说定了。"赫连素素点头道："时间大约在三天或四天后出发，你做好准备，到时我让小珂来找你。"然后两人又商量了一些细节后，赫连素素便告辞。

两人只顾自己商量，却没注意到明琉和玉琉两人神情古怪的对视了一眼。

第二天，公输申忽然来找华剑英，"呵呵，华兄弟，也有好阵子不见了啊。这阵子忙于家族一些俗事，倒是疏于探访，小兄弟莫怪啊。"公输申笑着一边见礼一边道。

华剑英笑道："申老哥哪里话来，小弟一直叨扰府上，说来是小弟疏于礼数才对。至今没让贵府打出门去，总算咱们交情不浅啊。"

公输申笑着坐下道："说来，我今天来这里找小兄弟，还真是有一事相求。"

华剑英微微一呆，心道："怎么这个也是有事相求啊？"但还是答道："申老哥只管说，只要是小弟力所能及，绝不会推辞。"

公输申笑道："实际也不是什么大事，只是最近有一批年轻的弟子打算外出历练修真，所以想请兄弟做他们的引导者，在一旁护持一下。"

这下子华剑英有些傻眼了，怎么也是要他去当保镖啊？"呃？申老哥，这个……我已经答应了赫连前辈，做凤凰门外出历练弟子的引导者。所以啊，嗯，我恐怕不能帮你了。"一时间大感意外，华剑英说话都有些不大顺畅。

公输申笑道："无妨、无妨，凤凰门这次第一个主要目的地达尔哈托国是在凌原星，那里也有我们的势力存在，正好我们也一起去，大家一起走就是了。"

"那、那这之后呢？还有出发的时间……"

"不要紧、不要紧，反正要去什么地方也没有决定。在这之后我们这边也跟着凤凰门弟子一起行动就是了，她们去哪我们也去哪。时间更是简单，我们把时间后延一天就行了。"实际上这话多少有些不实之处。不管是一个门派还是家族，优秀的年轻弟子都是最重要的资源，外出历练怎么可能不决定好路线？而这些路线，肯定是一些没有太大太强的修真门派，又能增加见闻的星球。只是华剑英修为虽然已经颇高，但见识仍然不多，才会不知。

华剑英想了想，两边都是好朋友，已经答应了这边，拒绝那边总是不太好

看，当下只好点头同意。不过也申明，因为答应赫连素素在先，所以如果赫连素素拒绝的话，自己可是会把那些公输家的弟子赶回来的。公输申连说没问题。

公输申离开后，华剑英总觉得这事有些怪怪的，公输家为什么要这么做？难道说是怕自己太过亲近凤凰门的关系？华剑英这倒不算是自大，别的不说，单只他的仙人师父，就足以吓到一片人了。而现在他的亲妹成了凤凰门的弟子，公输家会有这种顾虑似乎也不是什么太奇怪的事情。

不过这次华剑英却搞错了，公输家确有他们的目的，但却不是华剑英，而是凤凰门。

沃勒星十大宗门，平时颇有争执，基本上十大宗门都是自成一系，互相敌视牵制。有时候虽然会互相结盟为友，但大多也只是有利则合无利则分的状态，从来没有哪两个宗门能够结成真正的、牢不可破的盟友关系。但现在却出现了一个和凤凰门交好的契机。

自从华剑英来到之后，出现了一系列的变故。华剑英和他师父本身就是公输家的至交，而华剑英的妹妹却拜了凤凰门前辈赫连素素为师。加上这一阵子因为赫连素素和华珂频繁的出入公输家，使得公输家和凤凰门之间的关系达到了前所未有的良好。

特别是这次无意中得知凤凰门年轻弟子大举外出历练之事，让公输家的当家人物决定打铁趁热，决定派出自家年轻一派中的优秀人才一同前往。特别是，凤凰门弟子清一色俱为女性，所以他们决定，这次派出的年轻弟子以男性为主。这一路下来，快则年许，慢则数年，说不定大家对上眼，公输家就可以迎来几名甚至十几名凤凰门女弟子做媳妇。再等这些凤凰门的女弟子进一步生下公输家的下一代……这样一来，公输家和凤凰门这间的同盟关系，必定会变得牢不可破。而公输家与凤凰门一旦联手，那不管实力还是势力的增强可不是一加一等于二那么简单。

华剑英可没想到这么多，主要是对这些事情不太了解。在那里想了半天不得要领，也只得作罢。

三天后，华珂来找华剑英，而公输家参加这次历练修真行动的年轻弟子，也都已经准备好。全部二十一人中只有公输明琉、玉琉和另一个名为公输璇琉的年轻少女，其他十八人都是男性，领队者是华剑英的老朋友，公输回天。这些人全是这几天公输家精挑细选出来的，全是公输家后辈中的精英份子不说，且全部是还没有修真伴侣的。

而华珂自然不晓得这里面的这些东西，她这些日子以来已经和明琉、玉琉成为好朋友，见有她们两个在，不要说多了这么二十来人，就算多出二百来人，她也会点头说好的。

至于那十八名公输家的男弟子，更是特别注意华珂，他们的长辈大多已经提醒过这次历练真正的主要目的是什么。其中，这个名为华珂的小姑娘是第一首要"目标"。

跟着华珂来到凤凰门，赫连素素和凤凰门现任掌门沈玉娇看到华剑英带着这么一群人来到，全都吓了一跳。听华剑英解释一遍后，两人全都相对愕然。

这两个人可全都是人老成精的人物，略一思索后，就明白了公输家的意思。两人以心语之术悄悄商量了一下，认为这样子也不错。反正凤凰门也不禁止门下弟子与人合籍双修或者出嫁，她们事先也没对门下弟子说什么、暗示什么。如果这一路上真的王八看绿豆对上了眼，也不干她们的事。当下全部点头同意。

于是，华剑英陪同这两大宗门，合共三十九名弟子（凤凰门共十八女弟子，公输家十八名男弟子和三名女弟子）出发前往凌原星。

因为这次毕竟还要处理一些事情，凤凰门的十八名女弟子最差也有幻虚期的修为，大部分为元化期，有四人达到元婴期，最高的是那个名为周洗虹的领队，已经有元婴后期的修为。而这次公输家为了能够对这些凤凰门姑娘产生较强的"吸引力"，显然也下了"血本"，十八名男性弟子中，单只元婴期就有九人，其他大多为元化期，而公输家的领队公输回天更是已经修到离合期初期。这不由得让华剑英暗暗感叹，如果有人知道，准备好了人手把这些人全杀了，公输家和凤凰门说不定就完蛋了。

在这合共四十人当中，华剑英的修为无疑是最高的。不过说到见识，他就比不上周洗虹和公输回天了。

穿过传送阵，众人可说是瞬间就来到了凌原星。沃勒星的传送阵在整个修真界也算是最大、最好的一种，通过对星位的调整，可以直接传送的目标多达上千个星球。

就体积和陆地面积而言，凌原星算是一个相当小的星球。整个星球上只有一块陆地，其中近三分之一的陆地面积为沙漠，这块巨大的沙漠地区，名为"铁托拉"。横断整个凌原大陆的叶拉尔山脉，把沙漠地区和其他三分之二非沙漠地区隔离开来。在这三分之二的非沙漠地区，多高山和一些巨大盆地，很多城市都是建立在群山环绕之中。

凌原星最出名的，就是这里的沙漠。沙漠，在世俗界的普通人眼中，往往是死亡的代名词。就算是修真者，如无必要也不愿意随随便便跑到沙漠中，特别是凌原星的沙漠。沙漠之中多有沙尘风暴（沙暴），而这里的沙漠更有一种名为"罡暴"的超级沙暴。普通人遇上的话，基本上说来是死路一条，就算是修真者遇上也不好受，没有空冥期以上的修为，是不可能抵受得了罡暴的。

在铁托拉大沙漠中，有着三个较大的绿洲和许多小绿洲，以这三个大绿洲为中心，形成铁托拉大沙漠中的三个较大的国家。而非沙漠地区也有一些强大的国家，但沙漠中恶劣的环境让再野心勃勃的霸主，也对这里没有兴趣。所以沙漠中的国家国力比之非沙漠国家虽然差得很远，但也不担心他们会来攻打。

三个大国中的达尔哈托，国中的大祭司是凤凰门弟子。从很久以前开始，达尔哈托的大祭司就是凤凰门门下弟子担任，而大祭司在达尔哈托的威望极高，甚至可以左右国王的任免，不过修真者是很少对这种事情感兴趣的，所以历史上还没真的发生过国王被大祭司赶下台的事情。不过也正是看透了这一点，达尔哈托第一任国王才放心的把这么大的权力交给大祭司。

达尔哈托的本代大祭司，算起来是周洗虹的师叔一辈，据说有元婴后期的修为。因达尔哈托边境发生了数起杀人事件，让她怀疑可能和修真者有关，但又担心会不会是其他国家背后修真门派的调虎离山之计，好对国王下毒手，所以她不敢轻离京城。但连派几名弟子，却都一去不回，让她越来越担心，所以向师门求救。

华剑英等人通过传送阵来到凌原星，铁托拉沙漠虽然沙暴肆虐，但通过多年的观察和总结后，还是找出几条比较安全的"通道"。倒不是说在这些"通道"地区就没有沙暴，而是远较其他地区来的少，而且极少见到罡暴。一行人现在就从这种"通道"地区，向达尔哈托的首都哈米地城前进。

因为铁托拉沙漠上空罡风激荡，在空中飞行有些危险，所以一行人虽然仍在飞行，却都是贴地飞，大家离地面不过米许高度。

正在前行，华剑英忽然眉头一皱，回头问公输回天和周洗虹："咱们一行人中可有人到过这个地方吗？"

公输回天和周洗虹同时一愣，周洗虹回答道："没有，我们也是第一次来这里。有什么事吗？"

"如果我没弄错，可能沙暴就要来了。"华剑英望着远处的天空，皱着眉道："所以我建议大家最好做好准备。只希望不是传说中的罡暴吧。"虽说以华剑英的修为并不惧怕罡暴，但能否同时护住这么多人，心中却没有把握。

公输回天和周洗虹面面相觑，又抬头看了看娇阳高挂的天空：不是吧？运气真的会这么差？刚到就遇上了沙暴？

公输回天和华剑英交情不错，上前轻声问道："剑英兄，你是怎么看出来的？"

华剑英摇了摇头："我也是第一次来，怎么可能看的出来？只是我的神识觉得前方远处的空气有些不寻常。"回头看了看公输回天，笑道："我知道你有着怀疑，不过还是让大家做好准备吧，有备无患嘛。总比正面撞到沙暴里要好多了。"

知道华剑英的空冥期修为远在自己之上，点点头，公输回天和周洗虹连忙回身招集本派弟子，落回地上开始组成防御法阵。只有华剑英一人仍然立于半空中，眺望着远方。

当两派弟子正在忙碌时，华剑英突然喝道："动作快一点！要来了！"虽然华剑英有心下去帮忙，无奈对两派功法并不了解，到时只怕越帮越忙，所以一直在空中监视着远处的天气变化。

微微一呆，众人抬起头向远处望去。只见天空中仍然是一片明媚，但在远处的地平线上，一道土黄色的洪流已经清晰可见，耳边隐约间还可以听到一阵阵狂风呼啸之声。而那道洪流仿佛铺天盖地一般，一眼望去好像没有尽头一般。

大吃了一惊，众人刚刚对华剑英的一点点疑惑全部消失，一个个全力动作起来。

当法阵完成时，沙暴离众人所在已经不是很远。一行人所处地区现在已经变提暗无天日，阵阵风啸有如鬼哭神号。众人连忙进入阵中并启动阵法，虽然已经加了隔音阵，但面对如此威势，一众年轻弟子们仍然一个个为之变色。

华珂忽然发现华剑英仍然站在法阵之外。吃了一惊，叫道："怎么我二哥还在外面的？"

周洗虹一呆，向外望了望，果然见华剑英飘在不远处的半空中。摇头道："我也不知，不过小太师叔祖，你放心吧。华前辈修为极深，这点沙暴是伤他不到的。"

限于自身的修为的原故，华珂并不太清楚空冥期代表了什么。不过，周洗虹说沙暴伤不了华剑英，她还是听得懂的，她才略略放心。

沙暴的速度极快，转瞬间把华剑英一行人完全淹没。在沙暴之中，感觉就好像是一下子突然从白昼到了夜晚一样，四周昏天黑地的，布满了沙石，急劲

的狂风"呜——哦——-呜——哦"的大叫着，当真有如一头不知名的怪兽在怒吼。

虽然在防御阵中完全不受外面风沙的影响，十分的安全。但就算是有隔音阵，也能听到一些声响，加上从法阵不断传来的震动，一众年轻修真者们全都脸上变色。华剑英也暗暗咋舌，这沙暴的威力比他想像中还强，其风力只怕比之飓风也是有过之而无不及，如果普通人遇上了，只怕早就和这些沙子一样被吹上半天空了。

只过了大约半个多小时，沙暴渐渐过去。华剑英回头望望，只见刚刚的土黄色洪流迅速向前移动，最后渐渐在视线中消失。低头一瞧，防御法阵面对沙暴的那一边，堆积了大量的沙石，形成一个形状奇特的小沙丘。

从法阵中出来，虽然刚刚并没有真正的危险，但一行人你看看我，我看看你，不期然却有一种恍如隔世的感觉。

"二哥！"华珂御剑飞到华剑英身边，叫道："你没事吧？"

华剑英打趣道："我人就好好的站在这里，有事没事还用说吗？"华珂脸上一红，整个人赖在他身上扭糖一样撒起娇来。华剑英半真半假的连忙告饶，华珂这才作罢。

"唉哟，凌原星铁托拉大沙漠的沙暴，闻名不如见面，这次我总算是见识到了。"公输回天过来道，同时周洗虹等几人也一起飞了过来。

"刚刚那个是不是传说中的罡暴？"一个名为张舒虹的凤凰门女弟子问道，她是凤凰门这次派出来的十八名弟子中，四位修到元婴期中的一个，算是这些女弟子中的领导人物。

华剑英摇了摇头道："我看不像，威力比传说中的差太多。"

公输回天也道："确是如此，刚刚我就担心，如果真是传说中的罡暴，我们的防御阵根本没可能撑的住。那毕竟是离合期高手也受不了的超强冲击力啊。"他的话立刻让除华剑英外的所有人全都变色。

"那应该怎么办？我们在这个星球上恐怕还要再呆一阵子。照这样看，根本不敢保证会不会再遇上罡暴，到时应该怎么应对？"在公输回天身边，一个名为公输昊天的少年问道。他是公输回天的族弟，已经修入元婴中期，在这一群人中，算是很强的一个了。

其他人也面面相觑起来，这确是一个问题。华剑英站在旁边看着他们你一言我一语的，并不发话，除非他们主动求助，否则他是不会提任何意见的，他的任务只是保护他们，任何问题都要他们尽可能的自己去面对。

公输明琉不知什么时候也跑了过来，哼了一声道："不是还有华大哥在吗？你们这些家伙在这里怕个什么劲啊？"明琉的话立刻让所有人都把目光瞪着华剑英。

华剑英苦笑一下，道："我是引导者，如果可能的话，我尽量不会插手你们的决定。"

"但如果我们有事，华大哥你不会撒手不管吧？"玉琉小声地道。一下子面对这么多人，生性腼腆的她，说话声音比蚊子哼哼大不了多少。

"再者，我们应该考虑的不是碰上罡暴怎么办。而是应该快点把来这里的任务办完，好快些离开这里吧？"公输明琉撇撇嘴道。

"啊？对耶，我们刚刚怎么没想到？"另一个名叫公输长天的人一拍脑袋道。其他人则是面上微红，特别是公输家的那些男子汉们。"是啊，现在考虑这些没影的事做什么？"这差不多是两派大部分弟子的心声。

华剑英在一旁心中暗暗发笑，轻轻拍了拍华珂的肩："好了小珂，准备走吧。"

再次上路，这回倒没再遇到什么危险。两天后，一行人经过坎帕哈拉和巴得勒两个城市，终于来到了哈米地。

哈米地有两个标志性的大建筑物，那就是达尔哈托皇室的皇宫，和历任大祭司所在的神之塔。而神之塔自然就是一行人的目标了。

神之塔是当初达尔哈托建国时，第一任大祭司，也就是当时第一任国王的姐姐，向自己的师门，凤凰门请来数位修真界的顶极高手合力建成。高有十七层，每层高度在六米到三米不等。是整个铁托拉大沙漠最高的人工建筑物，被誉为神迹。毕竟，如果不是有修真高手帮忙，在这个地质松软的沙漠地区，根本不可能建起这么高的建筑物。

而今天华剑英等人的来到，哈米地的平民们在目睹了这四十多人飞进神之塔后，更给神之塔蒙受上了一层神秘的面纱。从十三层的平台上直接飞入塔中，周洗虹向几个赶来的护塔弟子出示了"凤凰令"（凤凰门的信物，身份不同，目的不同的人，得到的信物也是不相同）后，这些算是凤凰门旁枝的人立刻恭敬的把一行人请到神之塔内部。

很快，一个中年女性赶来见礼，她自我介绍道："我叫米雅尔，是师父的第五弟子。"语气微顿，又道："师父已经跟我交代过诸位的事情。只是诸位一路过来应该也累了吧？不知诸位是打算现在先休息，还是立刻跟我去见我师父？"

几人商量了一下，华剑英虽然是引导者，但一则本身并非凤凰门中人，二则引导者也不宜介入这些年轻弟子的决策中，所以华剑英决定留在这里。公输回天等人则觉得自己等人更是外人，所以和华剑英一起等她们回来。于是周洗虹带着张舒虹和另一个名为孙姗虹的凤凰门女弟子一起去见这位大祭司师叔。而其他人则都留在一个大厅里等着她们，这次不论是凤凰门还是公输家派出来的都是精英弟子，修为都不弱，一个个都拿出自己的仙石默默运功，恢复这几天连续赶路损耗的真元。

说到这个，这些人最羡慕的莫过于华珂。华珂在凤凰门中的辈份极高，所以出门前提供给她的都是一些上品仙石。再加上华剑英芥檀指中仙石堆的像座山一样，大多是极品仙石，较差的也是上品仙石，连中品仙石都没有。他自己又没有太多用处，自然送给华珂不少，让其他年轻弟子颇为眼红。

华剑英等人等了约莫个把小时，三人这才回来。

"到底是怎么回事？"华剑英问道。其他人这时都恢复的差不多了，也都看着三人。

周洗虹、张舒虹和孙姗虹坐了下来，把事情给众人说了一遍。原来，在大约几个月前，在达尔哈托的几个边境城市中，发生连环杀人事件，手段相当的残忍。但因为当时死的都是一些普通平民或奴隶，所以并没有引起多大重视。

但随着时间的推移，死的人越来越多，身份也从平民、奴隶，开始漫延到当地的贵族身上，甚至还死了一个总督。达尔哈托皇室既惊且怒，当下派出不少好手前往探查，结果一个个有去无回，最后无奈向神之塔的大祭司求助。大祭司立即派出数名弟子前往，万没想到和之前的一样一去不回。这让大祭司都极为吃惊，因此向师门求助。

公输回天问道："为什么大祭司……唔，就是你们师叔自己不去呢？"

周洗虹道："听师叔说，在百余年前，上代大祭司时曾发生过类似的事件。当时也是开始时有一些平民被杀，最后是一些贵族，然后皇室和神之塔先后派人前往探查，结果却不知所终，当时的大祭司遂亲自前往。"

周洗虹略略一停，喘了口气，张舒虹续道："结果没想到这却是敌人的调虎离山之计，上任大祭司刚离开哈米地不久，就有人出手大量暗杀达尔哈托皇室子弟。还好当时的大祭司半路发觉不对，及时赶回，不然达尔哈托的皇室血脉就真的被杀光了。"

孙姗虹接着道："上任大祭司为此深感内疚，不久之后就传位给现任大祭司，自己隐居潜修去了。正是有这前车之鉴，让现任大祭司虽然觉得不对，可也不敢离开哈米地。无奈下，唯有向本门求救。"

皱了皱眉，华剑英忽然问道："那为什么要派你们来，让门中高手来办不是更保险吗？"

周洗虹道："因为这次失踪的几个神塔弟子，修为极浅，大约只是刚到炼神期而已。虽然在普通人看来已经是绝顶强者，但在修真界看来甚至还不能说算是真正的修真者。上次的事件最后查出来，真正动手行凶者也不过是几个辟谷和心动期的家伙而已。虽说有些危险，但我们觉得不经历危险，又怎么能算是真正的历练、成长？"

华剑英轻叹一口气，这些家伙，把事情想的太简单了。

而周洗虹顿了一顿，笑道："再说，我们这里也不是没有高手呀。回天大哥的离合期修为放眼修真界也算是高手了，还有华前辈的空冥期修为在这个星球上更是所向无敌。又会有什么危险？"

听她这么一说，其他人果然轻松起来。华剑英苦笑一下道："你们可不能依赖我啊。"

张舒虹立刻笑道："是、是、是，华老前辈，这次出来是我们的历练修真，凡事要尽量靠我们自己。对不对？我们晓得啦。"

华剑英一时间除了苦笑，就只有笑得好苦。

当下，众人各自休息。深夜，华剑英找到华珂。华珂有点吃惊："二哥？你怎么来找我啊？"虽然兄妹二人感情极深，但平时大多是华珂去找华剑英，这次突然反了过来，华剑英来找华珂，让华珂真的有些惊讶。

华剑英摸了摸华珂的头，笑了笑，从芥檀指中拿了一根像项链一样的东西交给华珂道："把这个贴身戴好。"华珂依言戴上，问道："二哥，这是什么东西呀？"

华剑英答道："这是护身符，不用修炼，只要戴在身上就好，可以救一次命的。"

"咦？"华珂吃惊的看着华剑英，华剑英却笑了笑什么也没说，回过身看着窗外哈米地这沙漠城市的美丽夜景。不知怎么，华剑英心中总有一丝不祥的预感。

第十六章
魔门再现

　　天魔大阵，其主要功能是集合各种阴煞之力，进一步诱发在宇宙出现后，就存在这世上的负极能量。然后把这股负极能量传送给某人，只要这个人能够成功的融合这股能量，那他就可以直接跳过修真境界，甚至连渡劫都不用就可以修入黑魔界传说中的最高境界，太上天魔。

　　斯尔迪梭，达尔哈托的重镇之一，以一个较大的绿洲为中心，建立起一个占地极广的军事与商业城市。而这里，也是华剑英和公输、凤凰两派年轻弟子的目的地。

　　自从数个月前发生了连续的杀人事件后，斯尔迪梭变得极为不安。特别是当首都派来的众多高手和神之塔的祭司们也相继失踪后，人们更是浮动不安。如果不是这些人大多是祖祖辈辈就居住在这里，大概早就形成大量的逃荒潮了。

　　华剑英一行人一到，在驿馆中安顿下来后。凤凰、公输输两族高手立刻开始调查。

　　两天后，周洗虹和公输回天等人把两日来调查的一些结果、结论还有疑问加以总结，大家一起尝试分析。只是华剑英不知去了什么地方，众人一直找不到他。只是想到华剑英目下的修为，大家也就不再担心，坐下来开始讨论。

行凶者也是修真者已经无疑，至今的数个月中，前后已经杀了好几百人，这还不算当初哈米地派出来的调查人员，被杀者遍布以斯尔迪梭为中心的数个地市、地区，以前每天都有新的被害者被发现，但自从众人抵达后的两天来，已经没有新的被害者出现。不过周洗虹提醒大家不要因此大意，因为这种情况在上次神塔派出来的数名弟子到达这里时，也曾出现过。但结果是几天后这些人完全失踪，之后就又有新的被害者出现。

这些杀人者的目的至今不明，是否是像百年前那次一样，是为了对付达尔哈托的皇室？同时作为修真者，一行人很不理解，修真者是很少杀人的，一个原因是不屑为之，再有就是怕对日后的修真有影响。

而这些家伙这样子杀法，杀了这么多人不怕日后天劫降临，自己就此灰飞烟灭吗？还有，这些家伙的人数和实力也不是很清楚。只能从三名炼神初期的神塔（凤凰门）弟子无声无息的被害，从而判断对手最少是有一名心动期的高手。当然，也可能有更多更强的高手。

"对于这些问题，我们现在完全找不出一个合理的答案。也正是因此我们对于这件事情的处理，陷入了一个很被动的局面。"周洗虹皱着眉头道："对方来自哪一个势力，其真实目的是什么？我认为这是我们最先要弄清的。但问题是，我们现在完全没有任何线索可以让我们去继续进一步追查下去。"

"唔，我倒不这么认为。"公输回天道："诚然，对方如果就这样收手了的话，我们确实奈何不了他们。但问题是，你们认为他们会收手吗？"众人一起摇头，公输回天又道："所以，我们只有等。等他们对我们出手，然后，想办法应付他们。"

"可是，如果对方一直等到我们离开之后再动的话，怎么办呢？"孙姗虹道："毕竟我们在这里也就是停留几个月的时间，对方如果一直这样子耐心的等下去的话，怎么办？"

"这个嘛……"这回公输回天也露出伤脑筋的神色。

"不！我不认为这些家伙会等下去。"只见华剑英不知什么时候已经回来，正缓缓的从门外踱了进来。一边走过来，华剑英一边继续说道："我看这些家伙不但不会像姗虹说的那样，反而会想尽办法和我们狠狠的来上那么一场呢。"

"这……这是怎么回事？华前辈，你有线索了吗？"周洗虹真的很惊讶，自己等人还在为上哪去找对手而伤脑筋，华剑英竟然已经有线索了。

"唔，这只能说是运气好而已。"华剑英一边安抚跳过来的华珂，一边淡淡地道。

诧异的对视几眼，公输回天、周洗虹等人可说是异口同声地问："对方到底是什么人？"

华剑英在桌旁坐了下来，拿出一件物事，放在桌面上铺开，却是一张斯尔迪梭地区的地图。地图上零零散散的有一些标记，公输回天、周洗虹等几个领导人物一时间觉得这些标记地点十分的眼熟，但却一时间想不起来在哪见过。

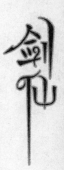

华剑英指着地图道："这张是什么地方的地图，相信就不用我在说了吧？"看其他人一起点头，又续道："关键在这些标志点上。"

这时，凤凰门四个元婴期高手中的李月虹突然想起什么，轻呼道："啊，我想起来了。这些标志点，不就是一个多月来，发生在各地的杀人事件的地点么？"

众人一愕，仔细观察，果然如此！刚来的时候，为了能够有够高的效率，一行人把地图上的区域划分开来，分成数人一组，所以刚才大家看到这张标有所有事件地点的地图，虽然都觉得这些点的位置十分眼熟，却一时间想不起来。

华剑英点点头，道："不错，这些杀人地点，遍布整个斯尔迪梭地区，乍一看确实是杂乱无比，但实际上，这其中是有一定规律和顺序的。"

大家都看着地图陷入沉思，想要把华剑英所说的规律和顺序找出来。半响，性子较急，和华剑英又比其他人较熟的公输明琉第一个不耐地道："有什么顺序啊？唉呀华大哥你就别卖关子，快说吧。"其他人暗暗松了一口气，实际上他们也颇为急躁，只是华剑英显然想让他们自己找出来，所以一时间不好意思开口。

华剑英微微苦笑了一下："是时间。"看着其他人还是不解的眼神，他拿出一支笔，道："看好了。这是最早的第一次杀人事件的地点……"说着一笔点在那个位置上，然后："这是第二次的地点……"然后从第一次的地点向第二次划了过去，"然后是第三次……第四次……第五次……"

众人渐渐了解华剑英的意思，愕然的看着华剑英笔下划出的图案。当华剑英把所有事件发生的地点连接起来后，地图上形成了一个奇异的图案。

"这是……某种法阵吗？"公输昊天有些错愕的问道。

"确实很像，不过……这是什么阵啊？完全没有印象。"张舒虹皱着眉头道。

周洗虹道："那个……华前辈，我不是怀疑你，只是……这会不会只是一种巧合呢？"

华剑英淡淡一笑："巧合吗？也许有这可能，不过我不认为这是巧合啊。"语气顿了一顿，笑道："而且，有一位看来和我一样也不认为这是巧合呢。"

众人愕然扭头望去，只见公输回天一脸震惊错愕的神情瞪着华剑英在地图上画出的图案。

"回天哥。你看得出这是什么吗？"公输明琉急问。

公输回天长吸一口气，点点头道："是的，我也是不久前在家族典籍中见过这个图案。"说着苦笑了一下："说起来，那次也是因为剑英兄，才会见到这个古老的阵法图啊。"

"唉呀，既然知道了那你就快说啊。在这里卖什么关子！"公输明琉又催促道。

"这是当年魔门的标记。"公输回天沉声说出答案。

众人呆了好半晌，才有人惊呼出声："什么！"

公输回天又道："大约近一年前，我们从剑英兄口中得知，又有魔门的魔道修真者出现，所以我们知会十大宗门，联手探查此事，但最后却一无所得。这事相信大家就算没参与其中，也都听说过吧？"其他人都点了点头。

"我就是那时候，偶然在家族的典籍中见到这个魔门的标记图。据当时在场的家族长辈说，这同时也是一个强大的法阵。"公输回天继续解释道。

"不错，不过现在我们当中大概没人明白这个法阵到底是做什么用的。"华剑英道："只是看这个法阵能被当做魔门的标志，现在的范围又这么大，想也知道不是什么好东西。现在我们能做的，就是尽可能的阻止他们完成这个阵。"

说着，华剑英伸手指了指地图上的最后一次杀人事件发生的地点："从一般的阵法常识来看，这个阵法应该还没有完成，不过也已经接近尾声。从之前每次杀人地点间的距离来看，他们大约再有个一两次，最多不会超过三次这个阵法应该就已经完成了。而从整个阵势来看，大约的地点方位我们倒也能够推测的到。"

"还有就是时间。"周洗虹补充道："从我们来了之后他们的动作已经停了三天。虽然不知道这个阵势在组成时，可以间隔多少时间，但相信不会太久。"

"现在他们已经停了三天，想来就在这一两天内对方就会再动手了！"张舒虹也道。

"不错，所以我们要做好准备才行。现在我们应该……"公输回天开始准备计划己方应该怎么做的时候，门外突然传来敲门声。众人同时眉头微微一皱。

李月虹连忙过去，打开门。大家虽然暂时停止了讨论，但仍然在各自思索着，所以并没有注意李月虹和门外来人说了些什么。

过了一会，李月虹脸色难看的走了回来，大家这才发现，好像有些不对头。

"出什么事了？"周洗虹连忙问道。

"又有五个人被杀了，尸体在两个地点被发现。"李月虹沉声道。众人登时一呆。

"切！"华剑英用力在大腿上槌了一记："又让他们抢先了一步！"

公输回天一言不发，手掌却在桌上按出一个大洞。其他人男的一脸的愤慨，女的则是满脸的黯然。

华剑英长吸一口气，定下心神，问道："月虹，刚才传递消息的人，可有说死人的地点在哪里？"

点了点头，李月虹走上前，在地图上把两处地点指了出来。华剑英再把这两处和之前的连在一起，众人的脸色更加难看。很明显的，对方只要再有一次，这个巨大的法阵就要完成了。

"现在怎么办？大家商量看看吧？"华剑英看着众人道。

"我认为我们比对方还是有优势的。"一个叫公输顺天的公输家弟子道。

"哦？什么优势？说来听听？"华剑英问道，其他人也都看着他。

"我们有当地官家政府的协助。现在我们已经可以肯定，对方下一次的行动，必定在这一带。"说着，公输顺天在地图上指了指："我们完全可以拜托斯尔迪梭的官家把这一带的人全部迁走。"想了想又道："现在是紧急时刻，管不了这么多。就算用生拉硬拽的方式，也要在一两天内把这一地区的人全部赶开，不让任何人进入。"

"然后我们就在这里守株待兔。"公输回天明白了他的意思，开口说道。

"对，这次对方急于求成，把法阵又进一步完成，不过也暴露出几个弱点。"公输顺天又道："一、是对方一次显然最多只能完成两个点的……嗯，血祭，否则他们大可以一次性把三个点的血祭全部完成。二、对方两次行动之间有一定的时间间隔，现在估计是一天左右。三、这个间隔也不能太久，从这次和上一次的间隔，我估计大约不能超过三天或五天。"

听了公输顺天的计划，大家都精神一振。

"我还有一点建议。"华剑英道："我们最好立刻和你们的师门家族联系一下，告诉他们这里发生的一切！"

众人一呆，华珂先问道："二哥，有这必要么？"其他人也是一脸跃跃欲试的表情。只有公输回天、周洗虹等几个弟子露出了思索的表情。华剑英看着他们几个，问："你们觉得呢？"

公输回天道："我同意向家族求助。"周洗虹也道："我也同意向师门求助。"

"咦？为什么？"几个年轻弟子有些奇怪的问道。

公输回天额上几根青筋隐隐暴起，周洗虹等几个领队式的人也一齐暗暗摇头。

"笨蛋！这个问题还用问吗？"公输回天怒声道："你们以为这次对上的是什么人啊？是平时陪你们练功过招的长辈吗？再说，这个阵势的作用是什么先不论，单看它的范围就知道它的威力多可怕。单只它的反作用力，就不是一般修真者能对抗的了，你们以为你们能够对抗的了这么厉害的对手吗？"公输回天一通大骂看上去只是在说公输家的人，实际上也把凤凰门的一些女弟子也算在里面。

同时，华剑英也道："回天老哥说得不错。不要太指望我，能发动这样一个阵势的人，我大概也赢不到的。"

当下公输昊天、公输顺天和张舒虹、孙姗虹一起去找当地的总督，要他立刻把那一地区的人全部疏散。公输回天、周洗虹则立刻用随身携带的音像传送法宝和沃勒星的本家、本门直接进行联系。这种可以随携带的阵符在修真界并不多见，因为可以传递音像的法阵相当的复杂，缩小后刻在一块玉符上，无论在制作上还是技术上都是相当困难的一件事。整个修真界也只有像沃勒星十大宗门这样的少数几个门派能够做的到。而让出外历练的弟子身上带上这种法宝，就是在有重大事件发生或者遇上麻烦时，好及时回报或求救。

公输家和凤凰门突然接到来自公输回天和周洗虹的信息相当的错愕，因为他们刚刚离开不久怎么就用这种一般情况下用来求救的东西。

但是当公输回天和周洗虹把他们得到的消息报告，和把华剑英在地图上画出来的阵图给他们看后，两大宗派的家主和掌门的脸色变得要多难看就有多难看。然后，这两方也不约而同的给出相同的答复：本家（门）的支援高手会以最快的速度赶往凌原星，大约一两天的时间就到，让他们在这段时间内无论如何也要阻止对方把法阵完成。

华剑英在一边听的是大皱眉头："喂，有没有搞错啊。你们以为这次的对手是上次那种家伙吗？能发动这种阵势的家伙肯定是绝顶高手，你以为我们有可能赢得了吗？"

他一发话，公输轮和沈玉娇一时间倒不好说话了，毕竟他并不是这两大派中人。他们并没有权力让他去做什么事。

不过赫连素素这时插话了："这件事很麻烦也很重要！如果我没搞错的话，对方可能是要制造一个超级厉害的怪物，如果让他们成功的话，那魔门的实力立刻就能横扫修真界。没人能再对付他们？"

"难道连你也对付不了？"华剑英疑惑的问道。赫连素素很痛快的摇摇头。

"我咧？有没有搞错啊！这种稳死的事你还让我们呆在这里呀？我们……"华剑英话还没说完，传送阵那头就传来赫连素素的怒吼。

"给我闭嘴！让你给我在那看着你就老实给我呆在那里！讲这许多废话做吗！现在除了你们在那边之外，你让我们再找谁啊！"从影像中看赫连素素连脖子上也暴起的血管，可见她真的是非常着急。

"那……那个鬼阵到底是做什么的？让我心中也有个谱。你说了，我就老老实实呆在这里帮你们看着。"华剑英决定先退一步，不过也要搞清楚万一对方成功的话，会有什么样的后果。

赫连素素想了想，点了点头，然后先让沈玉娇去召集人手准备出发，公输轮也去做同样的工作。赫连素素才跟华剑英等人解释起来。

"这种阵在魔门称之为天魔大阵，其主要功能是集合各种阴煞之力，进一步诱发在宇宙出现后，就存在于这世上的负极能量。然后把这股负极能量传送给某人，只要这个人能够成功的融合这股能量，那他就可以直接跳过修真境界，甚至连渡劫都不用就可以修入黑魔界传说中的最高境界，太上天魔。"

华剑英有些惊讶："太上天魔？很厉害的吗？"

赫连素素有些受不了的翻了翻白眼："那是当然的！天魔的力量和境界比之魔神还要高出许多。如果用天界中的等级来计算，那是相当于天仙的力量境界。你说厉害不厉害？"

华剑英和在他身边的公输回天、周洗虹全都吓了一大跳，华剑英道呆眼道："不是吧，这么厉害？"跟着又想到什么："不对呀，如果这个什么大阵真的这么厉害，那修真界不早就是魔门的天下了？"

赫连素素道："这自然是有原因的，你知道至今为止，使用这天魔转生大法，成功的有几个？"

华剑英道："怎么这叫天魔转生大法啊？"然后又很自然的摇摇头："不知道。有几个？"

"一个也没有。"赫连素素道。

不止华剑英，连公输回天和周洗虹都一副快晕倒的表情。"不是吧？祖师爷，那你们紧张什么啊？让这些家伙自己闹一阵子，我们躲在一边等着逮人就是了。"周洗虹放松下来笑道。

"说你们笨蛋你们还不服。所谓不怕一万就怕万一嘛。"赫连素素不高兴地道："再说，魔门那些家伙能把这个几万年前的老古董法子再搬出来，多少总有一点自信。不要忘了，那是等于直接制造出一个超越'天仙'级的超级怪物啊，万一他们成功了，除非天界直接插手修真界，否则我们就等死吧！"

看华剑英等好像没什么问题了，赫连素素道："没问题了？那我也要准备一下出发了。"

华剑英突然道："等一下赫连前辈，如果……我是说如果……万一……当然，这几乎是不可能的……不过，万一……万一他们成功了……怎么办？"

赫连素素想了想，然后伸出右手微微一比，华剑英等人一呆，还没明白什么意思。赫连素素先伸出一根手指："如果他们成功了，第一个方法：我们，我是指整个修真界，统统投降，我们也去修魔道。"

"有没搞错啊？别开玩笑了。第二个呢？"华剑英怪叫起来。

"第二个方法。"赫连素素伸出第二根手指："我们统统自杀。因为落在魔门手上绝对比死还惨千百倍。"

"不、不是吧？这、这么惨？"华剑英等人完全傻眼。

"第三个方法"赫连素素伸出第三根手指："去找你家那只大怪物。有他在，就算是正牌的天魔也不怕。"

"这、这个方法是最好的，不过也是最不可能的。"华剑英苦笑："而且，时间上也来不及啊。"

"所以，你们一定要阻止对方。就这样，我走了。"说着，赫连素素截断了通讯。

搔了搔头，华剑英回身对已经目瞪口呆的公输回天和周洗虹道："看来，这次我们真的是，不成功，便成仁喽。"

这时公输昊天等人也已经回来，总督已经答应了他们的要求，并已经在执行。这是在众人的预料之中，虽然可能造成一些麻烦，但那个总督是不可能拒绝他们的要求的。

"那么，我们现在就准备搬家吧。"华剑英拍拍手站起来。众人会意，修真者一般身无长物，随身带的东西虽然不少，但大都有储物法宝。所以一说要走，一行人立刻动身。

现在被清空的这一地区在斯尔迪梭虽然不是贫民区，但也不是什么有钱人住的地方。大约只是一般的平民百姓人家。用不知什么原料烧制的石砖垒起的约有两米来高的石屋，墙上虽然有窗，但平时大多也是关的严严实实。房屋里面看上去也给人一种阴暗、肮脏的感觉。

"这里的房子怎么造的那么怪啊？而且怎么住人啊？"女孩子多少都有一些洁癖，看到这里的环境大多不满，就连一向乖巧的玉琰也皱起眉头。

"好啦好啦，你们当这里还是在家里啊？"周洗虹皱着眉道，实际她也不喜欢这里的环境，但现在的情况也没有办法："只要能阻止对方那些大恶人，就算是粪坑，该下去我们也要下去。"不过话虽然是这么说，只是到时她真的会不会下去就难说的很了。

实际上这些女孩子也并不是不明白其中道理，只是初次遇上这种情况，多少有些不适而已。听了周洗虹的话，也都不再多说什么，各自找个地方或坐或卧，闭目休息。

这时，公输顺天找到华剑英，道："华前辈，我觉得有些担心。"

华剑英微笑道："你担心什么？"

公输顺天叹道："实际上，我也是刚刚才想到。我们移居这一带，以守株待兔之法静等对方上钩，这是不错的。只是，我们不该弄得这么声势浩大，对方现在肯定已经知道这一切。我担心会出什么问题啊。"

这时公输回天和昊天也走了过来。

公输回天笑道："顺天弟，你说得对，也许对方已经有所察觉。但那又如何？就像你说的，虽然不知他们的最终目的是什么，但五天内他们必须要在这里进行最后一次血祭，不然之前所做的一切就会付之流水。最关键的是，现在他们的存在已经被我们发现，日后他们一定会受到整个修真界的注意。如果不能在这一次成功，只怕他们再也没有机会。"

"而且，那些魔门中人如此邪恶，老天也不会放过他们，我们替天行道，更是不可能会失败。所谓邪不胜正，顺天你又何必担心？"说着，公输昊天大笑起来。

华剑英微微皱眉，由于受莲月心的影响，他对于正邪之分看的不是很重。更明白，正也好，邪也好，对也罢，错也罢，往往都是相对而言。在这所谓的正与邪之间，实力才是最重要。如果没有相应的实力，就算是正确的一方，也不一定会得到胜利。所以他的心里立刻对这公输昊天的感觉大为改变，翻了翻白眼，心中暗道一声："白痴，想不到公输家也会有这种笨蛋。"

公输回天对此也只能暗暗苦笑，只是他知道，公输昊天只是太天真，不通世务。虽然对于一般的普通人来说，公输昊天已经不小了，但从小就在公输家潜修的他，在心智上说来和小孩可没多大分别。

只是公输回天也知道，这种事情，只能让时间来慢慢的改变，谁也没有办法。所以他先把这事放下，对华剑英道："虽说现在我们是守株待兔，但毕竟我们面对的可不是兔子。我们目下的情况，一个不好就会完全反转过来，变成敌暗我明处处受制。"

华剑英点点头道："所以，真正和敌人对抗的，就是你我二人了。其他人，公输、凤凰两宗这次派出来的元婴期有十五人，这些人是在支援来到前的这两天中，对抗魔门中人的主力。你看应该怎么安排？"

公输回天苦笑一下，刚想说话，却突地脸色一变。

华剑英就不止是面上变色了，双眉一挑，整个人突然凭空消失。紧跟着外面传来"砰！轰！"两声巨响。

公输昊天经验不足，一时间竟然还不明白发生了什么事。公输回天突然向外踏出几步，眉头忽然一皱，低头向下望了过去。冷哼一声，猛地一拳重重砸在地面，地上好像水面一般泛起一阵涟漪。

立时，屋外靠近屋子处，传来一阵"啊呀！""唉哟！""呜哇！"的惊呼惨叫声。然后七八个黑衣人从地底一下子弹了出来。

这时公输昊天也终于回过味来，双手一翻，十指上出现十个好像戒指一样的铁环，接着十指连动，弹、切、点、捺、挑、按连环动作，十来道细如针、劲如雷的气劲攻向那几人。"哧、哧"声响中，夹杂着那几人的连环惨叫。

公输回天高赞道："昊天弟，好一手'弹指惊雷连环扣'。"公输昊天也笑着回应："哪里及得上回天哥的'乾坤五行震'。"

"连环扣"是公输昊天所用法宝，而所谓的"弹指惊雷"就是刚刚公输昊天所用的手法；而"乾坤五行震"实际上也是一件法宝，只是公输回天修为较深，加上这件法宝随他日子很久，早已练到人器合一的境界，所以法宝虽然没有出现，他却可以借这件法宝的性质和能力发出攻击。

只是那几个黑衣人也机灵的很，情知这里有高手守护无机可趁。更何况，公输回天等人在屋里看不到倒也罢了，但他们全在屋外却是瞧的清清楚楚，刚

刚不知怎么冲出来的那个高手的实力实是强的可怕。眼见情况有些不妙，看上去他们是向后倒去，却借势向后一翻，全部沉入地下。

公输回天看的心中一跳，这几个人修为平平，不过幻虚期。否则他和公输昊天也不可能这么轻易把这群人打发掉。只是这些人修为虽然不高，但这手地行术却是相当的高明，看来事隔数千年后，魔门真的要死灰复燃了。

这时屋中的众人全都给惊动了，一起抢出。这时屋外轰鸣之声仍自不停，大家一起冲出。出来一看，却全都给吓了一大跳。

只见屋外不知什么时候摸上来二三十名黑衣人，却全给华剑英一个人堵在那里，前进不得。

这些人最强的一个大约有离合中期的修为，另有五人是元婴期。其他人连元婴期也都不到。华剑英挡住了那六个高手，同时不时射出剑气，把那其余几十人打得上窜下跳。

华剑英一发觉不对就从屋中瞬移了出来，他的目标是他感应到最强的一个人。那人刚觉得空气中的能量波动有些不对头，华剑英就突然出现在他面前，同时一道天罡剑气已经迎面射到。

总算那人身经百战，经验丰富。一边仰头闪躲，一边催动护身法宝，一道蓝黑色的气罩立刻升起抵挡，同时，甩手一道好像雷球一样的东西向华剑英打去。

华剑英微微皱眉，自然界中的各种能量元素，运用到最高境界其威力都是差不多的。不过说到瞬间爆发的杀伤力，无疑以雷电的威力最强。再加上，除了这个人外，这附近还有不少其他高手，他可不想现在就受伤。

扭身避过对手射来的雷球，但却也让那人也避过华剑英的一剑。剑气擦着他的皮掠过去，在他的额头上留下一道淡淡的血痕，把这个人吓出一身的冷汗。华剑英也暗道可惜，可惜刚刚用的是四极剑气中，攻击力最强，但速度却最慢的天罡剑气，如果刚刚用的是阳离、断神、小天星三种剑气中的任何一种，这家伙都必死无疑。

只是，已经来不及后悔，和华剑英必须保护的一众菜鸟不同，来的可都是魔门中身经百战的高手。虽然被华剑英的突然出现给吓了一跳，但另外五名元婴期高手在略略一呆后立刻出手。三柄黑色飞剑向华剑英攻来，另外还有数件好像回力镖一样的法宝和一缕难以察觉的力道。

华剑英身形一旋，借这一旋之力，华剑英向后移动了一段距离，脱出对方的包夹。而那五名元婴期高手却发觉手上的飞剑、法宝和术法攻击全都受到一股奇特力量的牵引，向别的方向攻了过去。正好自己的几名同伴身形一偏，登时变成五人的自相残杀。大吃一惊，五人手忙脚乱的连忙收招，这才没伤到己方，但五人收力太急，却也觉得一阵难受。

华剑英这时发觉其他敌人也是蠢蠢欲动，暗中运起外狮子剑印，一声长啸，霎时间强大的气势笼罩当场，吓得那些黑衣修真者没一个敢动。

这时，刚刚差点被华剑英一剑穿脑的那个离合期高手也缓过劲来了。猛然间只觉一股惊心动魄的强大气势从华剑英身上散发出来，连那五名元婴期高手也给压的不敢妄动，至于其他一些人更是吓得大气也不敢喘一口。

这时他已经发觉到华剑英的实力远在他之上，心中暗暗叫苦："不是说只是一些小辈而已吗？哪跑出来这种高手？"

当下立刻亮出飞剑，猛地向华剑英攻了过去。华剑英忽然一声长啸，口中高歌而起："长风起——云飞扬——独行天地笑痴狂——人痴狂——不自量——长风当歌剑当扬——"随着歌声反复唱颂，华剑英的身形忽左忽右，时而高速急旋，时而踏着奇异的步子在半空中纵跃。他不像是在与人动手拼斗，倒像是和着歌声在跳舞。

歌词十分简单，来来回回只那两句。但随着歌词语气、阴阳顿挫还有华剑英舞姿的变化，连绵而至的剑气也不断的产生微妙的变化。微风轻送，剑气如风，随着华剑英的歌，所有魔门之人都发觉，四周的空间中似乎到处都是华剑英的剑气。每一下轻风拂过，每一次微风吹动，都在他们的身上留下一道伤痕。

明明是他们在以众凌寡，但这些魔门中人却产生一种是华剑英正在包围他们的感觉。而这，便是华剑英在修入空冥期后，从那还没完成的《青莲剑典》中学会的"九歌剑诀"的第一歌，"长风之歌"。

而这时，公输回天等人已经冲了出来，面对着眼前的情景有些发怔。虽然之前就料到华剑英应该无恙，但却也没料到他会是这么厉害。认识虽然已经近一年，但公输回天却也是第一次真正见识到华剑英的实力。

见公输回天等人出来，华剑英歌声猛然停止，剑舞也随之而止。凌空一个翻身，轻轻落在地上。压力一去，魔门中人除了那个离合期和五个元婴期的家伙还在勉力支撑着站着外。其他人全都萎顿倒地，刚刚虽然时间不长，但却已经榨光了他们所有的精力。

华剑英冷冷的打量了他们一会，开口道："滚！"

公输家、凤凰门的人一呆，不明白华剑英为什么要放这些人走。

魔门中为首的那人惊讶的道："你真的要放我们走。"

华剑英不耐道："难道你还要我送你不成？"那人吓了一跳，连道："不用、不用。"转身带着一帮手下快速离去。

其他人大惑不解，为什么要放走他们？不过看到转过身来的华剑英连施眼色，就先把疑问按到肚内。

"二哥。为什么你要放走他们啊？"现在华珂已经知道当初掳走她的人就是魔门中人，虽然说因此她才不用嫁那个太子，但她还是恨的牙痒痒的。

华剑英却不答她，只是找了个地方坐下，思索半晌后，才抬头说了一句："这两天的时间，不好过啊。"

其他人面面相觑，这个问题他们都知道，好像用不着他来说吧？

华剑英只见眼前的同伴们一脸莫明其妙的表情，知道他们不懂他的意思。苦笑了一下道："实际上我也是刚刚才想到的。这两天的时间，对我们来说极为不妙，刚刚我要放走他们，也是怕他们发现这一点。"

众人都不太明白他的意思。这一次华剑英虽然击退了对手，主要是因为魔门中人还不了解己方的实力，错误判断的原故。下次再来，只怕就不是这么好应付了。这一点他们都明白，只是不知道华剑英总是挂在嘴上是什么意思？还有，他刚刚发现了什么？

华剑英叹了一口气："你们难道还看不出？现在最要命的不是对方未知的实力有多强大，而是，他们可以毫无顾忌的对付我们，而我们根本无法对他们下杀手。"

公输回天、周洗虹等反应较快的几人听了华剑英的话都先是一呆，跟着立刻脸色大变。其他大部分人却都还没明白，华珂上前撒娇道："哎呀，二哥你就别卖关子了，有什么话就快说嘛。"

华剑英苦笑着摸摸她的头，叹道："你们忘了么，这里将是他们最后的血祭之处，我们在这里是阻止他们在这里杀人。但是，我们却忘记了，那些家伙自己呢？如果我们在动手的时候杀了那些家伙中的那一个，那怎么办？最后的血祭还是会完成，天魔大阵就会启动，一个不好，天魔就会因我们的手降临。所以，一旦和他们动手，我们只能把他们击退，却不能杀伤他们。"

一时间，众人完全呆在了那里。这和只挨打却不能还手也没多大分别，这样子……还打个什么呀？

第十七章
仙器对魔器

华剑英忽地一声长啸："十里烟花地，青丝白发间！破！"立刻，原本护住他全身的青丝鞭再起变化。整个球体开始高速旋转，霎时间形成一个巨大的水龙卷，漫延般旋转。最后，整个水球轰然爆发开来。

听了华剑英的话，所有人顿时面面相觑，做声不得。这个问题，恐怕是赫连素素她们也没想到的。

"那、那我们怎么办？"头一次由公输玉琉首先打破沉默问道。

华剑英苦笑着摇了摇头道："只有撑下去了，能撑到什么时候就撑到什么时候吧。"现在华剑英也只能和众人一起祈祷对方一时没有想到这个问题吧。至少在两天内不要有人想到。

不过，虽然早就料到这两天的时间不好过，却也没想到会难过到这般地步。第二天早晨太阳刚升起没多久，华剑英就发觉气氛有些不对头。自从修入空冥期后，这种近于第六感的直觉就特别的强。他连忙招呼大家作好准备。

果然，不一会，就有几个魔门弟子悄悄的从两侧摸了过来。昨夜众人已经商量好，由于真正的能算得上高手的，只有华剑英和公输回天二人，所以这两

206

人尽量能不出手就不出手。静等对方的高手出现，或者其他人应付不了时再动手。所以对于这几个人只是示意出他们的位置而已。

来者只不过是三名心动期的人物，轻而易举就让包括华珂在内的几个人打昏了事。这让华剑英、公输回天和周洗虹等几个领导人物十分不解。

以这种实力，他们几个根本就用不着出手，就算是用来试探他们也嫌太弱，经过昨晚一战，对方应该清楚这一点才对。当然，上次和四名魔门中人交手时，那个里特拉可是让华剑英明白，魔门中人，真的是只讲实力完全不管所谓同门之情。所以这几个人对魔门来说完全是牺牲品，相信根本就不在乎他们的生死。想到这里，华剑英陡地一惊：对方故意派几个实力很差的人来，不会是有意想引他们杀掉这几个人，好完成最后的血祭吧？想到这种可能，虽然自认早就对魔门中人的冷酷无情有了一定的了解和认识，华剑英仍然忍不住打从心底冒出一阵恶寒。

把这个想法悄悄告诉公输回天和周洗虹，果然让这两个人错愕了好一阵子。"那现在应该怎么办？"周洗虹皱着眉头问道。

思索了好一会后，公输回天道："我倒想到一个法子，不过相当的危险。"

华剑英急道："什么法子先说出来，如果真的不行的话再说。"

公输回天点点头，然后把地图拿出来摊开，指着地图上，魔门中人要进行最后一次血祭，也就是他们现在所在的地方道："现在我们已经知道魔门的这个天魔大阵，其目的是要在这里进行天魔转生大法。而我们现在所在的位置是他们完成天魔大阵的一个关键所在，所以我们才守在这里。现在对我们最不利的，就是我们为了阻止他们的血祭，在这里连对方的人也不能杀伤。这让我们等于陷入了一个只能挨打却不能还手的境地。"

周洗虹皱了皱眉道："你说的这些我们都知道，不过你的办法到底是什么？"

公输回天又道："不错，在这里我们是缚手缚脚，连敌人也不能动。但如果离开这里呢？"

华剑英明白过来："你的意思是，我们找几个人，主动去攻击他们？"

周洗虹也明白过来："不错，这个地方，大约也就是这么大点。只有不是在他进行血祭的那一点上，我们就没有什么顾忌了。"

公输回天叹道："实际这个办法治标不治本，大部分的人还是不能离开这里。不然可能就会有麻烦。出去主动袭击他们也只是扰乱他们一下，分分他们的神，让这边轻松一些，顺便能够多拖一会时间而已。"

华剑英道："现在时间能多拖一会是一会，只希望支援的人手能快些到。"顿了一顿又道："那这个扰敌的任务谁去？"

一抬头，却见公输回天和周洗虹都拿眼瞪着自己，干笑一声，华剑英指自己的鼻子道："我？"

周洗虹瞪着眼道："我们这些人当中，以你的修为最高，你不去谁去？而且这边也不能一个撑场面的高手也没有。回天大哥自然要留下来。"

"所以，我不能陪你一起去了。"公输回天道："不过这样子也好，至少对你来说也算少了个累赘。"

"啊，不管怎么说，这个差事是我的了。"华剑英搔搔头："既然铁定要打，既然要主动出击，那就宜早不宜迟。这里就拜托你们两个了。"

公输回天和周洗虹点点头，华剑英立刻消失不见。"空冥期高手的瞬移能力果然是好用的紧啊。"公输回天轻声自语。

华剑英鬼魅般连闪几闪，已经脱出"血祭"的范围之外。神识向四周散出，同时心中暗道："今天可不同于往日，可不能有一丝的手下留情。"

心中定下狠下辣手的决心，同时，散出神识也有所感应："三个空冥期，六个离合期，还有十三个元婴期。这些家伙，没出现寂灭期的高手应该算我运气好吗？"虽说没有寂灭期的高手，但以三个空冥期加上六个离合期联手，在正常情况下对付一个空冥期是绰绰有余了。

不过，那是指所谓的"正常"情况下，但这些家伙今天就遇上了一个不能以"正常"去测度的对手。

"布钦、列高，发觉了吗？"三个魔门空冥期高手中的一个轻声道。

"当然，加拿斯，这小子竟然敢直接向我们冲了过来。嘿、嘿，胆子不小呢。"布钦冷笑道。

"从感觉上来判断，应该是那帮小辈中那个空冥期的家伙。嘿，小心点可别阴沟里翻船啊。"列高小声的提醒着同伴，不过自己的双眼中却闪烁着残忍、冷酷的光芒。

华剑英却突然停了下来，心道："离得这么近了，为什么那三个空冥期的家伙全无反应的？是了，是想要引诱我过去，然后合众人之力一举把我收拾吗？呵，怕没有这么容易啊。"略一思索，华剑英有了决定："那就先和这些家伙玩玩吧。这些笨蛋，我会让你们后悔的。"

三个魔门高手正等着华剑英"悄悄潜行"过来，却没想到，他突然出现在他们前面约百十多米的半空中，这一着大出他们意料之外，一时间反而不知该

怎么反应。

"哟，几位好啊。"华剑英右手负于背后，左手横放胸前，微微一礼。当然，目光可是一刻也没离开这些人，对空冥期高手而言，这段距离并不算长。不过，这样一来，也没人看的到，他右臂上泛起的淡淡金光。

而这下，魔门的人全都有些呆眼了。这家伙，脑子不正常的吗？

"那么，请让在下对各位致以最诚心的问候。"华剑英露出一丝诡异的笑容，这时，魔门的三位空冥期高手已经发觉不对劲了。华剑英猛地举起背后的右臂对着对手，同时大笑道："我来问候诸位的老母啊！"

霎时间，鹰击弩金光暴涨，一只双翼张开近十米长、全身全部由纯能量组成的金色雄鹰从华剑英的右臂上飞了出来。随着一声激荡入云的鹰啸，高速冲向一众魔门高手。

魔门的那些个高手一个个吓得脸都白了，那只金鹰所蕴含的力量实在是太可怕了，那绝对不是他们能承受得了的。一声怪叫，全部四散逃开。

但是金鹰的速度太快了，没有一个能完全逃出鹰击弩的攻击范围的。一声震天动地的巨响，以华剑英的攻击方向向前延伸，方圆近里许的范围完全被夷成平地。

而魔门刚刚在那的二十二名高手中，三名空冥期高手的状况是最好的，他们发觉不妙后立刻瞬移逃了出来，不过仍然受到那一击爆发开来后的影响，每个都多多少少受了些内伤，个个脸色惨白，一半是因为伤，一半是因为给吓的。而六名离合期高手只逃出来四个，那两个没有好的移动或守护法宝，虽然没给正面击中，但在较近的距离下被波及，还是被轰的形神俱灭，而且逃出来的四个离合期高手的脸色则更加难看，和死人也差不了多少，他们每一个都受到极重的伤害，最令他们痛苦的就是，不止是肉体，就连他们的元婴都受了重伤，元婴受伤是很难回复的，就算他们的功力能恢复过来，也没法子再修到更高境界了。至于那十三个元婴期高手则全部形神俱灭，一个逃出来的都没有。

华剑英缓缓飞了过来，笑嘻嘻的看着这些家伙，实际上他自己也给吓得不轻。虽然当初莲月心就曾经告诉过他：在给他的四件仙器中，鹰击弩不是最好的，但只以攻击力而言，鹰击弩却是四件仙器中最强的。但却也没想到会强到这种程度，刚刚他一时没想到，连他自己在那一击抛起的风暴中都给吹的转了好几圈。再看看这一击的威力，心中不由的暗暗咋舌："还好从昨天起，这附近的居民不是给遣散了，就是逃走了。不然这一下杀的人可就太多了。"

魔门剩下的几个高手看到华剑英靠近，脸色都显得十分惊惧。刚刚那一击的威力太吓人了，足以和散仙的全力一击相匹敌。这还是因为华剑英仍然不能把鹰击弩的力量发挥到最大极限，不然还远远不止如此。

华剑英心中也十分感慨，仙器的威力固然强大，但耗力也大，刚刚一击就耗去了他一成多的真元力，用来吓吓人还好，真的用来对敌却还不行。

就如华剑英所料，对方现在剩下的几个人现在根本就不知道应该怎么办，残存的四个离合期高手根本就没有再战的能力，三个空冥期的家伙虽然还有一战之力但却根本就不敢再和华剑英打，刚刚的一击已经把他们吓怕胆了。

华剑英现在也有些犹豫，是不是要把这几个家伙也杀掉？虽然不多，但刚刚一击，看样子就波及到一些个普通人，这就不是华剑英所乐意见到的了。

默默思索半响，华剑英还没想清楚，却突然发觉情况好像有些不太妙，似乎有人从别的方向攻过去了。"难道说，今天来攻击我们的人，不止这样家伙吗？可恶，想不到魔门的实力竟然这么雄厚！"华剑英心中暗惊，其实这也没什么好惊讶，当年魔门虽然被修真界给消灭了，但期间可是经过了近千年无数场大战。虽然现在的魔门实力已经无法和当初相比，但瘦死的骆驼比马大，能够和整个修真界相匹敌的实力，自然远远凌驾于现今修真界任何一个门派之上，更远超华剑英的想像之上。

华剑英迅速赶回，情况已经相当的危险。魔门这些人以一个空冥期高手为主，辅以三个离合期和六个元婴期高手，还有十来名幻虚、元化期的高手。虽只二十来人，但实力已经凌驾在公输家和凤凰门的联军之上。算是因祸得福吧？正是因为己方不能主动出击，而只是一直在全力坚守，加上几件强力的防御法宝，两大宗门的年轻弟子们才能勉强撑的住。

"如果不能出手杀伤他们的话，应该怎么办？"华剑英虽然赶到，如果不能向对方动手，也是无用，这让他大伤脑筋，不过他却忽地地想起一事："对了，我真笨，怎么把这么重要的事给忘了？"

华剑英已经靠近混战的地方，虽然还不知道刚刚发生了什么事，但立刻有几人扑了过来。

冷笑一声，华剑英低喝一声："青丝鞭！"青光闪现，华剑英第二次动用这件仙器三千青丝。

只是不同于上一次，华剑英低声吟唱："绕指柔肠，情丝缠绵。缚！"霎时间，青丝鞭化在一张大网，铺天盖地的撒下。众多魔门中人，只觉头顶一黑，瞬间无数鞭影四面八方的压下，全身上下俱在对方攻击范围之内，一时间只觉心胆俱寒，还没等明白发生什么事，二十几人无一人例外，全都给捆了个结结实实。几个元婴期以上的高手，更是心底只冒寒气，因为在发现被莫明其妙的捆住后，他们立刻本能的挣扎，却骇然发觉自己的元婴已经被封住了。

轻轻松了一口气，华剑英却蓦然发觉远处空间中传来的阵阵细微的波动，"是魔门中人？好高的修为，应该是空冥后期吧？看来是看到我使用青丝鞭时的情景了。"心下暗暗叹息，如果不是迫不得已，他真的不想这么早就动用仙器的力量。毕竟魔门历史悠久，说不定真要找到什么法子来对付他的仙器。

不过事已至此，感叹也是无用，华剑英略略平复一下心情后，缓缓落了下来。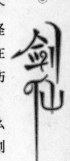

回到暂时的居住点，华剑英受到英雄般的待遇。女孩子性子较为矜持一个个只是站在一边笑着欢呼，包括公输回天在内的一众男生却不管这些，高呼怪叫着冲他扑了过来。一时没反应过来怎么回事，华剑英被公输回天一把扑倒在地，紧跟着其他人全都压了上来，结果刚刚跟魔门高手大战一场也没受半点伤的华剑英，差点让自己人给压出内伤来。

闹了半天后，众人才七手八脚的爬起来。"华兄，真行啊。原来你是这么厉害的。唉，我们之前都白担心了。"公输回天一边说话，一边用力锤着华剑英的肩膀。

华剑英苦笑着避过公输回天的拳头，道："先不要太兴奋了，麻烦还没过去呢。先把这些人关起来。"说着，青丝鞭一收，把那些被捉的魔门中人拉了过来，然后收起青丝鞭。

众人看他把突然青丝鞭收起，而那些魔门中人一个个都没受伤的样子把他们给吓了一跳。华珂更是大惊小怪的叫道："哇！二哥！你怎么这样就把他们给放啦！"

华剑英笑道："不要紧的，他们的元婴都已经被封闭、禁制了。放心吧。"其他人这才又放下心来，公输回天拿出一个大约有火柴盒般大的东西，笑道："把他们关这里面好了。"

华剑英奇道："那是什么？把他们关在里面，怕不怕……"他的话虽然没全说出来，但意思公输回天却已经明白了。

公输回天笑道："你放心吧。这东西的名字叫集珍盒，别看样子不大，里面的空间可是不小的呢。本来是在历练的路上，遇上什么可以收集带走的珍奇动植物时，抓了来放在里面的。现在用来做这些家伙的牢笼正好。"顿了一顿又道："而且你放心，关到这里面后，就算他们自杀，也不会有什么影响的。"

华剑英已经明白他的意思，点了点头不再说话。而公输回天则立刻作法把那些魔门弟子收入集珍盒。

公输明琉突然问道："嘿，说真的，你怎么突然变那么厉害的？就算是寂灭……不，我看就算是飞升期高手，刚刚也没可能赢得这么轻松的。这是怎么回事？"本来这种事在修真界算是一种忌讳，只是公输明琉虽是女的，但为人却颇有男子气慨，不拘小节，不过她本人对她自己的"男子气慨"并不是很喜欢就是了。再加上和华剑英交情不错，所以直接就问了出来。

华剑英略一犹豫，不过想到现在自己和众人正在同舟共济，跟大家说清楚，免得他们错误的判断自己的实力，结果发生什么让人遗憾的事就不好了。所以他把关于仙器的事情说了出来。华剑英的坦白和信任，让众人都十分感动。

临了，华剑英又补充道："今日之事，实际上实是凶险的很。现在想来，对方可能早就想到我们会主动出击，当时那三个空冥期高手加六个离合期高手，很可能是就是在那里等着我自投罗网。所以我和那边一有接触，这边也立刻有人来攻。而单以实力计算，我遇到的那些高手并不是我所能应付的了。所幸者，大概就是对方做梦也想不到我身上会有仙器。"

"既然你有仙器在身，而且那件什么鞭本身就有捕捉对手的功能，我们怕什么？"公输明琉道。

华剑英摇了摇头："有法固有破，遇上别的对手倒也罢了，但魔门源远流长，奇功秘法层出不穷。说不定真能找到什么法子来对付'三千青丝'。所以大家绝对不可大意，让魔门有机可趁。"

实际上还有另外一件事让华剑英十分担心，就是那件十方俱灭。那显然也是魔门的一件魔器，就像自己同时拥有四件仙器（虽然有一件现在无法使用），魔门自然也有可能拥有数件魔器。而魔器是和仙器是同级数的法宝，如果有魔门高手也拿着魔器来的话，自己能否应付的了呢？

俗话说，人的预感这东西，常常是好的不灵坏的灵。当魔门中人再次出现在华剑英等人的面前时，华剑英发觉自己最担心的事成真了。

在华剑英以仙器击退魔门中人之后，显然魔门也为华剑英的仙器相当的伤脑筋。不过，第二天，仍然是天亮不久之后，魔门中人又来了。

这一次魔门似乎不打算再用什么诡计，以三个寂灭期魔门高手为主，大队人马气势汹汹的冲了上来。

皱了皱眉头，华剑英大感不妥，回头对其他人道："你们在这里不要动，有清虚阵在，什么高手也能挡上一时。我出去看看。"昨天魔门中人退去后，华剑英等人在血祭的范围布阵下一个清虚大阵，此阵是修真界极有名的防御阵法，也亏的华剑英手中上品仙石一大把，以大量仙石弥补高手太少的不足，不然众人就算知道这个大阵，也是摆不出的。

听华剑英要出去，玉琉有些担心地道："华大哥，这样子冲出去不要紧吗？他们来了好多人呢。"

华剑英笑着在她肩上拍了拍："放心吧，我有仙器护身，就算打不过他们，逃也是没问题的。"

"就是啊，与其担心他，不如担心一下那些魔门中人吧！"说着，明琉在一边搂着玉琉的腰笑了起来。其他人也一脸轻松的笑了起来，是啊，如果华剑英肆无忌惮的使用仙器的话，除非是散仙一级的超级高手，否则没人能奈何得了他的。

不过，虽然脸上笑得好灿烂，但华剑英的心中，就有着相当的担忧。魔门中人才智之士比比皆是，不然不可在魔门早已覆灭后的今天仍会有如此实力，他们既然敢来，就必有所恃。只是现在自己还不知道他们所依恃的到底是什么而已。

华剑英仍然是主动出击，对方似乎也有某种默契，只是在远远的地方放出强大魔气，引他前去。

约数十里之外，虽然仍有不少建筑，但这里就是一片死寂。昨日一战，真的吓到了这里的人，不止是普通百姓，就连官府中人也带上一些重要资料逃的远远。现在这里近百里的范围内，已经完全变成一座没有任何人的空城。

半空之中，散发着强大气势的三个寂灭期高手，虽然看到华剑英来到，但也许是出于对修真者的反感，显然并不打算说什么废话。右边一个身形较高瘦者，更是双眉一挑，右手一抬，强大的魔气瞬间高度凝结，一块大约手掌大小的黑色晶牌在他面前出现。

看到这块晶牌，华剑英立时双目一缩，他最担心的事果然出现，从他晶牌上强大魔气来看，这显然是一件魔器。

这件魔器名为灭神印，是一件相当恶毒的魔器，被它杀死的人的元婴会自动被它吞噬，进而演化成它自己的力量，是一件杀人越多，威力也就越强的魔器。当年其力量最强横的时候，威力之强在魔器中算是前几名的。只是后来在太清界仙魔大战时，被一个极厉害的仙人用另一件仙器把它彻底破坏，虽然后来被魔门中人得到并修复，但已经无复当年的威力，但在修真界，仍然是一件强大的法宝。

那高瘦高手连变几个手势，暗暗运转法诀，灭神印立刻魔气更炽。一声尖啸向华剑英攻了过去。灭神印的攻击方式本来是千变万化的，但自从被仙人破掉后，大部分特殊用法都不能再用。

华剑英哪敢大意，左手一甩，青光闪动间，青丝鞭已一鞭向灭神印迎了上去。相对于仙器、魔器本身那强大的力量而言，修真者空冥期和寂灭期之间的差距，几乎可以省略不计。只看谁更能发挥手中法宝的力量。

没有双方想像中的震天巨响，只听"啪"的一声脆响，青丝鞭和灭神印同被震了回去。不同的是，灭神印四周笼罩的魔气几乎被打散消失，虽然被那魔门高手接回后很快就恢复过来。不过比起青丝鞭只有鞭梢之处青光微显黯淡，且迅速回复而言，显然是被青丝鞭压在下风。

灭神印上的魔气重现之后，发出阵阵鸣动，似乎对被青丝鞭压下感到相当不满。

另两个魔门高手脸上不动声色，心中却十分震撼。修真者会同时动用仙器魔器对抗，在整个修真界历史上也没几次，这种打法可以说拼的已经不是修真者本身的力量，而是手中的仙器和魔器，谁更能发挥手中法宝的威力，谁就胜。不过，一般来说，仍然是修为高的一方占优。毕竟双方本身的实力差距，也间接造成双方对仙器、魔器的修炼和控制程度。他们当然万万料不到，华剑英手上的仙器是一个超级剑仙帮他修炼过之后再交给他的，自然不是他们自己修炼的所能够比拟。

不过不管怎么样，见此情景其他两个魔门高手也不敢再有丝毫大意，立刻亮出自己的魔器准备助攻。

其中，站在中间，身材矮胖，看上去一脸和气微笑，像商人多过像修真者的家伙，拿出一个透发出妖异黑气，半透明的圆盘状魔器，这件魔器名为琉璃镜，它散发出来的紫气可视做一种剧毒，十分歹毒，且有诱惑，进而间接操纵人心的效果；右边一个人身材极高，相貌也颇英俊，只是一张俊脸上透出一股凌厉的邪异之气，他手中的魔器名为死出之羽衣，外形和赫连素素的霓虹之羽衣十分相似，但作用却相差极远，通过魔气振动，能够产生扭曲空间的效果，如果是修成魔头或魔煞级的高手来使用，甚至能直接打开一个通向异次元的通道，把敌人抛入异次元空间永远的放逐。（PS：魔头，约相当于散仙级的修真者；魔煞：相当于修真者飞升天界后的金仙）

华剑英虽然不知道它们的作用和威力，但却看的出这全都是魔器，心中吃惊不已。对方居然一下子拿出三件魔器来，可还真是看得起自己啊。

"青丝三千丈！三千青丝长！青丝鞭……给我去吧！"一声呼喝，华剑英先下手为强，略略后退几步，青丝鞭化为涛天巨浪向三人涌去。

魔门三大高手可是又给吓了老大一跳。仙器（魔器）的原体幻化攻击已经是仙器（魔器）的最高阶段运用方式，可以说这种攻击方式才是把仙器（魔器）真正威力全面发挥出来的方法。不过限于功力和修炼方式所限，修真界除了散仙（魔头）外，没人有可能做到这一点。但眼前的现实，却又明明白白的告诉三人，眼前这个修为比他们还要差了老大一截的家伙确实做到了。这让他们感到十分的不能理解。

不过，现在可不是好好考虑这个问题的时候。满脸邪气的魔门高手立刻展开死出之羽衣，把自己三人包围起来，死出之羽衣全力发动，令四周的空间产生极度扭曲，青丝鞭连续不断的巨浪居然被扭曲的空间全数弹了开来。

不过另外的那些魔门中人可就惨了，青丝鞭的巨浪攻势可说青丝鞭的全力施为，那力量可不是他们能受得了。大惊之余全力飞逃，但却仍然有十多人被殃及。惨叫声中，那十多名逃的稍慢一点家伙立刻被滔天巨浪所淹没，就像一粒粒小沙粒，瞬间被冲刷的干干净净，什么也没留下。

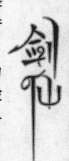

"喂！这样下去死出之羽衣会撑不住的！不能总是这样子挨打！快想想办法！"满脸邪气的魔门高手急的大叫起来。虽然是同级的法宝（仙器、魔器），但一个是用最高阶段运用方式发动的最强攻击，另一方却是以普通方式来进行防御。这样子下去被攻破只是时间早晚的问题而已，他们可不是魔头更不是魔煞级的高手，如果正面挨上仙器的一击能留下元婴就要偷笑了不已了。

"就算是仙器，也肯定有一定的攻击范围。我们两个用魔器护身冲出去，然后尝试攻击那小子。我就不信！他能凭一件仙器对付我们三件魔器！"大胖子瓮声瓮气的叫道。

"好！我数一二三，我们两个一声冲出去。"说着，高瘦的魔门高手和那大胖子同时发动自己的魔器："一！二！三！冲！"冲字出口，两大高手凭着手中魔器一下子冲了出去。一冲出死出之羽衣的防护范围，二人立刻感到来自四周八方的无数痛击，瞬息之间已经中了数以千记鞭击，如果不是早就以魔器全力护持住全身，只怕在离开死出之羽衣保护后的瞬间就会神形俱灭。

"该死的！有完没完啊！"就在两人觉得快要顶不住的时候，突然觉得压力一轻，这才发觉，已经从青丝鞭的滔天巨浪中脱离出来。

那胖子看上去满脸和气，但其记仇心之强，在整个魔门之中都是出名的。刚刚被华剑英以青丝鞭压制了好半天，对他来说可是个不小的屈辱，更何况华剑英的修为还比他差了许多，这让他更是难以接受。

"臭小子！受死吧！"口中大叫着，胖子纵身跃到华剑英上方，真元推动下，琉璃镜黑气大盛，瞬间化成无数魑魅魍魉之类的妖物，发出阵阵动人心魄的鬼哭魔啸向华剑英处涌来。

原本来说，琉璃镜的摄人魔音有形无相，最是难以防备，如果没有坚定的道心，根本就无法抵挡。就算是仙人一级，也势必分去不少心神，以抗魔音。

只是这些家伙的运气实在太差了，碰上华剑英这堪称空前的小怪物。华剑英的四件仙器中，翠兰玉正是这琉璃魔音的克星。魔音一起，华剑英初时只感头脑一阵晕眩，正自一惊，头上的翠兰玉突然绿光大盛。不但把琉璃魔音、魔气尽数挡回，各种鬼魅尽消，还差点让那胖子被魔音反噬。

不过，不等华剑英庆幸，另外一边的瘦子也已经发动攻势。

那瘦子可说是真正的火冒三千丈，单纯以实力计算，不要说他们三对一对付华剑英。就算有三个华剑英齐上也不是他们的对手。但就因为华剑英身上的仙器和不知为什么，他竟然能够发动仙器的最高阶段攻击，让他们三人联手不但占不到便宜居然还连连吃亏。现在他不惜大伤元气也要干掉华剑英。

只见他猛然间喷出一口精血，洒在灭神印上，吸收了他的精血，灭神印立刻魔气大盛。那瘦子跟着双手掐诀，口中喃喃念着古怪的法诀。炽烈的魔气不住从灭神印中涌出，化成一片浓烈的黑云，黑云之中，隐见闪闪电光，发出阵阵雷鸣。

紧跟着，那瘦子一声大喝，黑云立刻向华剑英涌去。华剑英此时刚刚把那胖子迫开，本来再加一把劲就可以把那第三个魔门高手的死出之羽衣攻破。不过那瘦子已经重招临门，不由得他不应。

轻叹一口气，手腕一翻一抖，滔天鞭浪立刻反向卷了回来，挡在华剑英和那片黑云之间。那瘦子心中暗喜，法咒再变。霎时间，数道黑色雷柱从黑云中劈出，重重轰在护住华剑英的浪涛之上。这个变化，华剑英也吃了一惊。

"嘿！任你怎么厉害，水能导电乃是不变的天性！看你小子这次还不死!?"那瘦子得意的大叫起来。

他正在自鸣得意，不料，华剑英却是行若无事，一声低喝，巨浪已经当头压到。那瘦子惊的魂飞魄散之余，更是不解，水是导电介质，华剑英以水克敌，理应被雷电击中，为何却能无事？他却忘了，眼前的浪水却不是真正的水，而是青丝鞭幻化而成，他的雷击等于轰在青丝鞭上，自然不会奏效。

瘦子虽然一时间想不通发生什么事，眼前猛招临头还是知道反应的，立刻

飞身后退，以避敌锋。

不过华剑英也无法再继续追击，另二人已经各自发动自身魔器冲了过来。无奈，华剑英只好回招自保，青丝鞭幻化而成的巨浪回流，形成一个巨大无四、不住流动的水球，把华剑英包裹其中。

琉璃镜和死出之羽衣因为都发挥不出真正力量，立刻全都被青丝鞭的滔天世浪阻挡住。

刚被逼退的瘦子见好不容易形势逆转，不顾元气大伤。猛地扑上，灭神印再次发动，无数黑云隐含魔雷之力再次压了过来。

"这次我们三个人压着你一个，让你绝对无法抽手反抗！"魔门三个高手同时心中暗下绝心，一定要就此把华剑英死死压制。

不过，他们还是小看了一件能全力发挥力量的仙器的威力。华剑英忽地一声长啸："十里烟花地，青丝白发间！破！"立刻，原本护住他全身的青丝鞭再起变化。整个球体开始高速旋转，霎时间形成一个巨大的水龙卷，漫延般旋转。最后，整个水球轰然爆发开来。

以华剑英为中心，青丝鞭好像变成一个无穷无尽的海洋，滔天巨浪化成无数浪涛向四面八方冲击而去。

万料不到有此变化，三个魔门高手狼狈的后退。

青丝鞭在华剑英的全力推动下，攻击范围不住扩大。其势如万马奔腾，其威如九天雷落，连环巨响声中，除公输家和凤凰门一众弟子驻守之地外，方圆十里内的一切在瞬间被青丝鞭彻底破坏。

时间好像过了不过短短的几分钟般短暂，又好像数个世纪般漫长，浪消水散，四周十里内已经是一片狼籍。刚刚的魔门高手们，已经无一例外，尽数被青丝鞭轰得形神俱灭，烟消云散，只有那最厉害的三个，靠着魔器的保护，勉强逃得一命，不过却也是一个个摇摇欲堕，伤疲不堪了。

青丝鞭这时已经化回鞭形，十丈长的鞭身层层环绕在华剑英身体四周，散发出绚丽青光。华剑英持鞭傲立空中，在青丝鞭华光衬托下，天神般不可仰视。

此时，另外某处不知名的所在，许多目睹此战的人个个脸如土色。只有少数几人似乎不为所动，其中一人喃喃地道："只不过是一件仙器，完全发挥的状态下竟然能有如此威力。"

而在另一处，华剑英的同伴们也看到了这一战，此时他们一个个也是目瞪口呆的站在那不知该怎么反应。

华剑英轻抚青丝鞭，轻声道："十时烟花地，青丝白发间。竟然会有这么厉害。不过……"不过什么他并没有说，不过嘴角却难以察觉的泛起一丝苦笑。

忽然，华剑英脸色一变，抬头望向远方。"好厉害！是什么高手来了？难、难道说又是敌人吗？糟糕，以我现在的状态，还能应付的来吗？"一边计算着自己残余的一点战斗力，额头已经冒出了汗珠。

就在华剑英惊疑不定时，残存的三名魔门高手也察觉不对，如果不是受了重伤，他们一定会比华剑英更早发觉。

一声清烈长啸传来，紧跟着一个美丽倩影突然出现，直到她身形立定，裂帛般的破空呼啸声才阵阵响起。来人威势之强，让人为之色变。

不过现在华剑英却是大喜过望，叫道："赫连前辈！你、你到啦！"来人正是赫连素素。

赫连素素向华剑英点头微笑道："是啊，来的应该还不算迟吧？啧、啧，你们这边场面搞得还真够大啊。"

那三名魔门高手这时脸色比死人还要难看几分，虽然身受重伤，让他们只剩平时一二成的功力，但眼力仍在。他们立刻就发觉赫连素素是一个散仙。

赫连素素四下看了看，眉头一皱，摇头叹道："小英子，看来你经验还是不够啊。被人窥视也不自知。"说着伸手虚空一划。"乒"的一声脆响，空中某处好像有什么东西被打碎一样，自空中碎裂，缓缓消失。华剑英和那三名高手全都脸色一变。

赫连素素又看了那三人一眼，语气转冷道："怎么？你们还呆在这？真的想死不成？"那三人一惊，却也知道赫连素素放了他们一马，相互搀扶着逃走。

等那三人身影消失，赫连素素猛地抢前一把扶住会华剑英，急声问道："小英子，怎么啦？不要紧吧？"发出一丝真元力一探，松了一口气："还好，只是真元耗尽而已。不过你的真元力怎么会消耗这么大的？"说着又看了看四周，咋舌道："也难怪损耗这么大，乖乖，真吓人啊。"

华剑英苦笑着摇了摇头，一时间话也说不出来。

这时，那不知名的某处，一人急道："门主，现在甚至来了一个散仙，计划要不要先暂停？"

沉默良久，一个冷冰冰的声音道："不要紧，我自有分寸。哼，一个散仙算什么？只要天魔尊者成功降临，就算是天界仙人也不放在我们眼内。一个散仙有什么好怕？"

第十七章·仙器对魔器

第十八章
血祭之变

华剑英发觉那个魔门高手向他看了一眼，眼神中露出一丝激赏之色。但也就在这一瞬间，突然之间"砰！"的一声大响，那魔门高手全身整个爆裂开来。无数血箭向四面八方激射而出。

回到休息驻扎的地方，见到赫连素素，众人自然都十分高兴，特别是凤凰门的女弟子们，更是兴奋之极。

赫连素素先帮华剑英恢复元气，然后问起这两天来的情况，这才发觉，情况竟然恶劣至此。同时也十分感叹："在这种情况下，面对比自己强上无数倍的强敌，你们还能撑到我赶来，你们不简单啊。"

周洗虹道："实际上多亏了华前辈，如果不是有他和他的仙器在，我们不要说撑到现在。我们大概早就被杀光了。"

赫连素素点了点头，回头看着华剑英问道："小英子，刚刚你是怎么回事？真元力几乎完全枯竭，只要再有一点时间，你大概就会连在空中都呆不住的一头栽下去了，万一我要没到的话，你可就死定了。"

华剑英苦笑了一下，而其他人全给吓了一跳，他们可没那么好的眼力。实际上华剑英掩饰的真的很好，如果不是赫连素素的散仙修为，加上他的比较熟，感觉到他有些不对劲的话。连赫连素素几乎都看不出来。

华剑英苦笑着大体解释了一番，大家才明白。作为一件仙器，单以攻击力而言，青丝鞭确实要远远不如鹰击弩。也因此，青丝鞭对真元力的消耗也远远小于鹰击弩。

这也是为什么比起鹰击弩，华剑英更喜欢使用青丝鞭的原因。但华剑英却忘记了一点，虽然对于真元力的消耗远远小于鹰击弩，但青丝鞭怎么说也是一件仙器，像昨天，只是一击就活捉了所有来袭的魔门中人倒也罢了。但今日之战，他不但使用了青丝鞭最高段的"原体幻化攻击"的方式，而且还是连续不停的催运。在这种状况下，真元力消耗之巨，远远超出了华剑英事先想像之上。只是限于形势所迫，他又不能停止下来，虽然最后的全力一击把对手重创，但因为自己再也无力把攻势继续维持下去，他也只好收手。摆出一个高手姿态来吓吓对方，否则，那三个魔门寂灭期高手现在只怕已经是三个死人。如果赫连素素再晚来几分钟，也不用敌人攻击，他自己就连站都站不住了。而赫连素素也是担心他的状况，才赶快吓走了那三个魔门高手。

"原来如此，你这小子，也太不小心。眼下强敌环伺，你竟然敢把自己迫到这般山穷水尽的地步，你也真是傻大胆啊。"赫连素素摇头感叹。

华剑英不好意思的干笑两声，忽然想起一事，问道："赫连前辈，不是说要今天晚上或明早才能到的吗？为什么您怎么现在就到了啊？"

赫连素素瞪了他一眼："怎么？我来的早一点不好吗？我如果不早来这些时候，你小子现在八成已经被人给干掉啦！"

显然还在为华剑英的莽撞行为生气，不过看华剑英一脸的苦笑，也不忍再责怪他，叹了口气道："你们发现魔门可能想要在这里运用天魔转生大法，这件事可是非同小可。更何况，魔门如果真的想要让天魔降世的话，说不定魔门所有的高手现在就全部集合在这小小的凌原星。那种实力，可不是公输家和凤凰门联手就能对付的了的。所以公输家向整个修真界发出'追魔令'，而我凤凰门则在联系并招集沃勒星十大宗门的高手，大约明天就能到。我离开毕竟已经有几千年，对于这些事不太熟悉，加上又担心你们这边情况，所以我一个人提前了一天出发到这里来。"说着看了华剑英一眼，又加了一句："还好我提前了一天来。"

华剑英苦笑道："前辈来了当然好，有前辈在这里，我也轻松了不少。不用再怕这里哪位兄弟姐妹万一没了一个可怎么办了。"

赫连素素皱着眉头道："我听这话怎么这么别扭啊？好像是说终于把这件事甩开了一样，你小子是不是还是对我硬要你留下来的事不满啊？"

华剑英连忙在一边摇头道："没有！哪有啊！？"

"哼、哼！没有就好。"赫连素素一副高高在上大姐头的表情。只是她的表情虽然十分严厉，只是配上她那看上去连二十岁也不到的美丽面孔，就让人感觉不到多少压迫感，只会让众人产生一种称之为"搞笑"的感觉。只是如果赫连素素知道了大家心中所想后，只怕会忍不住哭出来吧？

赫连素素忽然面容一整，道："现在考虑一下怎么对付那些魔门中人吧。"

于是，众人把四周重新布置一番，让大部分的人或者去休息，或者去查看清虚阵有没有异样。而赫连素素、华剑英、公输回天、周洗虹加上有特殊表现的公输顺天，共五人在一起商量今后两天怎么对付随时会再来的魔门高手。

"虽然有赫连前辈赶到，但对我们来说，最不利之处，仍然不变。就是魔门中人一旦来攻，我们除了全力防御外，别无他法。而魔门之中，人才辈出，对于这一点我相信他们早晚会有人看出来。"经过这几天来的变故，公输顺天比上次要成熟自信得多了。实际上不止是他，和他们这些人一直在一起的华剑英或许没有发觉，但赫连素素一来到就发现，虽然只是短短数日，但这些原本年轻浮燥的弟子，就稳重不少。而华剑英，亦有一些改变，而这，大概也是他对其他人的改变没发觉的原因之一吧？因为，他自己也在改变之中。

公输顺天继续讲述着自己的意见："说实话，对于目前的状况，我感到非常的不理解。"

"什么事让你不理解？"公输回天问。

"是魔门的反应。太奇怪了。"公输顺天皱着眉头，既像是说给其他四人，也像是在自言自语："魔门中人，高手如云，人才辈出。这从当年他们差点被全灭，到现在却发展出如此可怕的实力就可以推想的出。可是，居然至今也没人看穿我方的最大弱点，这太奇怪了。"

"也许，对方真的没有人看出来啊。"受到公输顺天语气影响，周洗虹小心翼翼地道。

"不！我不这么认为。"公输顺天摇了摇头："而且，我们不能通过敌人不能确定的变弱，来增加我方的胜算！这里面一定有什么问题，我想不通的问题。"

"会有什么问题呢？"赫连素素问道。

"太多了。"公输顺天苦笑着摇头："首先就是我提到的，他们有没有发现，在这里，我们只能防御不能反击的事？再来就是，如果他们发现了，为什么不利用这一点来攻击我们？他们到底想要做什么？如果他们没有发现，那他们会怎么攻击我们？用那种方式攻击我们？在这两种情况下，魔门有可能采取的手段和行动方式几乎可说是无限。以我们现在的人手和高手数量，想要完全防备几乎是不可能的啊。"一边说，公输顺天眉头越皱越深，最后两条眉毛几乎都打结了。

其他几人面面相觑，赫连素素则微微皱眉，这个公输顺天确是一个人才，对于一个家族、门派而言，这样的人才也许确是很需要。但是把大量心思花在这种勾心斗角的事情上，对于一个修真者而言，却不是什么好事。她已经可以预见的到，公输家有这样的一个人，在修真界也许会变的更兴盛，但是他自己本身的成就，只怕是有限的很。

华剑英修为在修真办已经算是颇高，但对这些事情却还没那么多感觉，当下在公输顺天肩上一拍，笑道："顺天，我知你担心魔门有什么阴谋诡计，不过事已至此，我们无论如何都要阻止他们。所以，也不要去多想这些，只管到时拼死一战就是。"

公输顺天微微一震，抬头笑道："华前辈说的不错，是我多心了。到现在还想这些个做什么？"

当下，众人合力，做好准备，应付随时会再来侵扰的魔门高手。赫连素素的修为比之华剑英又高出不知多少倍，把他们临时设置的清虚大阵中数处不妥的地方加以修补，又在可能的魔门血祭范围内，设下数处厉害禁制。有了一个散仙高手在，众小辈也心中大定，只等魔门高手再来拼斗。前几日与魔门中人虽然也有几场争斗，但大多是给华剑英接下，当时众人颇多惶惶之意，现在倒有些盼望对方杀来，好好斗上一场。华剑英、赫连素素等人如果知道了，当真是哭笑不得。

不过，盼他来，他却又偏偏不来。赫连素素早晨来到，等商量好、布置好后，也还不到中午。凌原星在最出名的除铁托拉大沙漠外，还有一点就是一天的时间长，以小时计一天为三十四个小时，不过当地人自己把一天分为十二个时节。

众人从日上三竿时开始静静的等待，结果等到月上中天，却什么事也没有。弄得大家你看我我看你，全都不明白发生了什么事。

日升月落，月落日升。时间很快又过了两天，魔门中人竟然还是一点动静也没有。弄得大家一个个面面相觑，不知所措。

第十八章·血祭之变

魔门中人没来，修真界的增援却已经到了。在赫连素素到后的第二天也就是第四天下午，首先赶到的，是公输家族和凤凰门弟子，因为先期在这里守护的就是这两派中的年轻弟子，担心这些人有事，这两大派可说精英尽出。

公输家是当家主公输轮亲自带领，四大当家高手中，除公输申留守外，公输溥和公输志也跟了来，不担是他，公输轮甚至亲自请出了一位已经修到飞升期的长辈高手公输定，他也是公输轮的父执辈的人物。

凤凰门也是由掌门人沈玉娇亲自前来，其下带来她的四个师妹，冯玉清、陶玉瑕、温玉玲、闻人玉淑，此外，同来的还有她的两位师叔，文晓衡和谭双衡。

同时两派还带来了另外近百名弟了，最差的也有元婴期修为。

公输家和凤凰门高手赶到，众人相见自有一番欢喜。凤凰门文晓衡和谭双衡这些时日一直在闭关潜修，直至这次魔门重现，事情实在太大这才出关助师门一臂之力，也因此在出关后才知赫连素素之事，今日第一次见到这位同门老前辈，连忙上前拜见。

此后沃勒星十大宗门的高手也陆续赶到。其中有听涛阁和炎阳烈火门两大派也是掌门亲至，另外六宗门，掌门、当家虽然未到，但来的也都是各大宗门中的第二把交椅的人物。足见对此事的重视。各大宗门来的人或多或少，多者近百人，少者也有二三十人之众，最差的也是元婴期高手。除十大宗门外，其他一些较小的二三流门派也有人来，只是高手的数量就都差远了，深知此次行动十分凶险，每个门派来的最弱的也都修到元婴期。

只是，如此一来，公输家和凤凰门最初驻守于此的那些年轻弟子一个个可就特别突显出来。当那些高手知道就是这些少年在此地驻守两日两夜，让魔门阴谋无法得逞，一时间人人对他们肃然起敬。要知道，当年修真界与魔门之战前后历时千年之久，虽说魔门现在的实力已经远远不比当初，但瘦死骆驼比马大，其实力之强，仍然不是当今修真界任何一个门派能单独与之比拟。这些年轻人竟然能在此地与整个魔门对抗两日，实可以此自傲。自此，两大宗门的这些年轻弟子算是在修真界打出名气。

此后，修真界其他一些名门大派也先后赶到，到了第五天，在此地聚集的各派修真高手已经达到了数千人之多，可是魔门中人却一直没有反应，这让各派高手都大感不解，不明白魔门在搞什么名堂。

不过，在此期间，也有一段小插曲。在第五天的上午，先后又来了三个门派。第一个门派的名字叫天南殿，华剑英听了觉得很是耳熟，但一时间却也没

剑仙

多想。但接下来两个同时到达的门派却让华剑英微微一惊，景怀宫和雪衫会。

这下子华剑英也想起来在哪听过天南殿这个名字了，那不是固达星的三大门派吗？景怀宫倒也罢了，不过他当初在雪衫会住了一个多月，和雪衫会的范定山、夏雪这师兄妹二人成了好友，现在他们来了倒不能不见。

由于来的人太多，除了公输、凤凰两大宗门外，其他人华剑英全都不认识，所以这几天来华剑英只是找了个地方默默潜修，对这些事情并不过问。又来了哪个门派的什么人物，全是公输明琉、玉琉和华珂她们跑来跟他说的，让他对外界的变化总不至于一无所知。关于景怀宫和雪衫会的人到达的消息，也是这三个小姑娘跑来告诉他的。

现在这附近一带，到处住满了修真者，也还好整个斯尔迪梭的居民在一两天前差不多都逃光了，不然也会让这些修真者给吓一跳。沃勒星十大宗门的高手，联手把十几间屋子打通，变成一个大厅，取名"诛魔堂"，用以接待前来支援的各大门派高手。原本诛魔堂左近空出来的居民住宅，则成了这些修真者暂时的住所。

华剑英则直接向诛魔堂赶了过去。

隔着老远，华剑英就看到范定山在和另外几个身穿白色长袍的人站在那里说话。范定山身形极高，生的膀大腰圆，穿着一衣雪白长袍看上去颇为怪异。身旁几个白衣人有男有女，看样子是他的同门，都是雪衫会的门下，只是却没看到夏雪。对面却站着另外几个景怀宫的高手，为首的一个是八执事之一的长孙畏。景怀宫和雪衫会虽然颇有争执，但都知道现在不是算旧帐的时候，所以看到对方后，虽然都是一肚子的不爽，但却也都隐忍不发。

华剑英看到范定山，老友见面，自然十分高兴，远远的就高声叫道："定山兄！好久不见，别来无恙吗？"范定山突然听到有人叫他，回头看到华剑英，呆了一呆，接着大喜道："华兄弟！真是你吗？"说着范定山也迎了上去，两人抱在一起仰天大笑。

范定山这时虽然仍停留在元婴期，但一年来却也功力大进，他本能的发觉，华剑英的修为比之一年前还要深不可测，摇头笑道："分别才只一年，我从元婴中期提升到元婴后期，想不到华兄弟也是精进多多。啧、啧，佩服佩服啊。"

华剑英一时间倒让他说得有些哭笑不得。随口问道："杨亢杨前辈呢？还有夏雪夏姑娘也来了吗？"

范定山笑道："师父和师伯去了诛魔堂，与各派商议后面的该如何行动。

224

雪师妹因修为还浅，这次并没有跟来。"

在一边长孙畏这时也已经发现华剑英，他虽然没见过华剑英，但身边有一个弟子却曾经参与过围攻华剑英之役，所以识得他。

景怀宫八执事之间是过命的交情，所以长孙畏对华剑英实是恨之入骨。只是一则知道在这里出手不太好，二则是知道华剑英最少也有离合期的修为，自己并不是他的对手。但却又实是难抑心中的恨意，冷声道："想不到你这心狠手辣的混蛋也会到这里来啊？"

华剑英微微皱眉，当初与景怀宫大起争执，可说只是源起于一场误会。当初他失手把姜尚清肉身全毁也许算是他的过失，但他却并不说出，全部的责任都归在他身上。而且现在他功力日益精深，更是不惧景怀宫。只是现在正是团结全修真界对抗魔门之时，所以并不怎么放在心上。长孙畏见华剑英对他的讥讽之词全没反应，更不知他现在和公输、凤凰两大宗门交好，还当他是惧怕景怀宫呢。当下在一边越说越是难听。而华剑英只当没听到，拉着范定山在一边说话。

只是华剑英不当回事，另外一人却发作起来，却是华珂。华剑英刚刚急着来找范定山，虽然没有瞬移，但速度已经不是华珂跟的上，所以小丫头和公输明琉、玉琉两人一起慢慢行来。不想在接近诛魔堂后，却听见一人冷嘲热讽的骂着，看那表情和语意中所指的竟然是华剑英。

对华珂来说，华剑英是她在这世上最亲近的几人中的一个，当场暴怒起来。大喝一声："闭嘴！"然后怒瞪着长孙畏："你这家伙是什么东西？"

长孙畏正自骂得痛快淋漓，不想突然被人打断，呆了一呆，转头一望，却是一个娇滴滴的小姑娘，正在奇怪从哪冒出这么一个小丫头，忽然听到华珂娇声喝问，本能答道："本座景怀宫八执事之一，长孙畏。"

华珂脸上露出一丝怪异的笑容："长孙畏？嗯，你果然是个东西啊。不知你那什么景怀宫又是什么东西？"

长孙畏愕了半晌，这才省悟，这小丫头问的话本来就大有问题，自己一答更是不妥，不由怒道："本座才不是东西！景怀宫更不是什么东西！"话一出口便知不对，只是已经覆水难收了。

华珂更是拍手大笑："原来你不是东西，景怀宫更不是东西。哈、哈、哈！笑死我了。"不止华珂，华剑英、公输明琉、玉琉也一起笑了起来，旁边一些其他门派的弟子听到也忍不住发笑，范定山等一些雪衫会弟子更是大笑特笑。只有和长孙畏和身旁几个景怀宫的弟子脸色难看的站在那里。

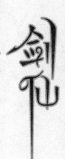

眼见华珂越笑越是夸张，几乎整个人就要趴在地上了，嘴里还在不住的大叫："唉哟，原来你不是东西，你们都不是东西。哈、哈、哈、哈，笑死我了，哈、哈、哈，唉哟，肚子笑的好疼。"

长孙畏脸色越来越青，终于恼羞成怒，什么也不顾了，猛然大喝一声，扬手一件法宝向华珂击去。却是一件外形好像铜钹一样的古怪法宝，长孙畏十分机灵，铜钹半空中分成两个，一个迎向急忙出手相救的华剑英，一个仍然攻向华珂。华珂万没想到这家伙竟然敢在这个地方攻击她（这里已经是魔门血祭的范围内，到这来的人会有人首先告诉他们哪里不可以伤人见血，哪里可以放心动手，以免魔门突然杀到，大家不知可否抵挡，所以长孙畏不可能不知道这里不能杀人），华剑英虽然把攻向他的铜钹拨到一边，但却也给阻了一阻。眼看华珂在这一击之下就要香消玉殒，刹那间只觉脑中一片空白。

就在这时，一只纤纤玉手仿如凭空出现，一把抓住那片铜钹，接着素手一搓，铜钹立时变成一团废铁。然后那人冷冷的站在那看着长孙畏，正是赫连素素。

长孙畏被赫连素素看得全身如坠冰窖，虽然铜钹被毁让他受伤颇重，便却动也不敢动。

赫连素素冷冷地道："你给我听好了。如果你们那个什么景怀宫的人敢碰珂儿的半根毫毛，我就灭了你们！"

"你、你凭什么！"长孙畏勉强说出这几句话来之后，连连大口喘气，赫连素素身上传来的压力太可怕了！而他会这么说也不是没原因，景怀宫本身虽然只是修真界的二流门派，但背后还有别的靠山，他不是眼前这个美的惊人、强的吓人的女人的对手，不代表别人不行。

"凭什么？"赫连素素脸上浮出一丝冷笑，忽然伸手一指，长孙畏立刻发现自己的元婴被封住了，这让他大吃一惊，接着的事，更让他魂飞魄散。只见他身上所有的装备都从他身上飞了出去，有好几件甚至是已经和他人器合一的。赫连素素把这些法宝、装备拿在手里，一件件搓揉得粉碎，一边说道："凭什么？就凭我散仙的实力！"

把长孙畏所有的东西不分好坏全部破坏之后，赫连素素爱怜的把华珂抱起，脸上的神情与刚刚判若两人。然后对华剑英、明琉、玉琉道："跟我来。"留下已经傻掉的景怀宫和雪衫会的弟子缓缓离开。

回到华珂的房间，华剑英打破沉默，问赫连素素："前辈怎么会在这里？"他的惊讶也不是没理由的，作为到现在为止赶到的三位散仙中的一位，赫连素

素绝对是的主力之一，怎么会跑到这里来的？"怎么样？怎么对付魔门的方法，商量出结果来了吗？"

赫连素素把华珂放下，揉着太阳穴，没好气的道："商量出来个大头鬼！为了以谁为主的事就吵个不休，照这样'商量'下去，用不着魔门中人杀过来，这些家伙自己就打起来了。哼，如果不是知道在这里不敢杀人，这些笨蛋外加蠢材、大白痴八成已经打起来了。"

"这是怎么回事？"华剑英惊讶的问道。

公输玉琉在旁边轻声给他解释了一下，他才明白。原来，修真界各大门派这次差不多全到齐了，对于大家这次要齐心合力对付魔门这一点，自然无人异议，然后有人提出来要建立、至少要暂时建立一个联盟，这点大家也都同意。但问题就出在，既然是联盟，那就必须要有个盟主，但由谁来做盟主，却不好决定了。为此，各大派已经各执一词争了足足一天，就像赫连素素说的，如果不是知道这里不能杀人，否则就要坏事的话，他们这时八成已经自己先打起来了。

华剑英这时真的不知说什么好了。在这种时候，还能为这种事情自己争个头破血流，华剑英终于知道为什么师父以前无论是对修真者还是仙人之间的争执，往往都是不屑一顾，独善其身。

公输明琉这时又对玉琉的话补充道："这些各所谓的高手、前辈，之所以会这么做，还有一个原因，就是魔门如果今天晚上还没有完成最后的血祭，那么天魔转生大法就不可能完成。而现在，此地高手如云，现在可说没人相信魔门能在今天晚上前，把最后的血祭完成。所以现在那些高手们的心思完全转到别的事情上了。"

"所以啊，过了今晚，只怕那些家伙自己就要大打出手喽。"赫连素素冷哼道。

"怎么会这样？"华剑英不由得苦笑："难道他们就想不到？就算天魔转生大法没有完成，天魔未现，魔门却仍然存在，魔门仍对整个修真界虎视眈眈。到时候，他们一旦争斗起来，只会给魔门以可趁之机。"

说到这里，华剑英徒地想起一事，不由全身俱寒："当时只凭我们的力量，能守住这里两日两夜实是一个奇迹。算来以魔门实力之强，完全可以派出大批高手连续进攻。就算我们撑得住，也不可能不杀伤人命。想要在不伤人命的情况下守住这里，现在想想完全是不可能的事。但我们却偏偏做到了。难道……难道这些，就全在魔门的计算之内？"

心神大震之下，华剑英连忙把自己的担心说了出来。赫连素素低头想了好一会，苦笑道："你说的不无道理，说不定真的就是这么回事。"

"那我们快去给他们说，让他们停下这种没有意义的争吵。"玉琉在一旁急道。

"没用的。"赫连素素苦笑着摇头："除非你们有能在不伤任何人的情况下，瞬间镇压全场的实力。不然，一切就只是空谈。"

华剑英就为之哑然。难道就这样看着修真界陷入魔门的陷阱？

就在这时，突然外面有人叫了起来："魔门的人来啦。"

华剑英和赫连素素等人一震，魔门之人现在来到，对修真界一说，无异于一根救命稻草，魔门到底在打什么主意？

不过不管如何，让华珂和明琉、玉琉留在原地不要动。华剑英和赫连素素连忙冲了出去。

不过，外面虽然多少有些混乱，但却一点也没有想像中的兵凶战危的感觉，二人大觉奇怪。华剑英一把拉住一个修真者，问道："不是说魔门的人来了吗？人呢？在哪？怎么还没打起来？"

那修真者刚到元婴期，看了看华剑英，奇怪的道："谁说要打了？"华剑英和赫连素素齐齐一呆，赫连素素奇道："魔门的人来了，怎么可能不打？"

那人耸了耸肩道："但问题是……就是没打啊。只来了一个人，打什么打？除非他真是大罗金仙吧。"

"一个人？"华剑英和赫连素素又给吓了一跳，华剑英问："那这个魔门中人要来做什么？"

那人摇了摇头："我怎么知道？我只听说他好像说要跟修真界各大派的一见上一见。所以有人带他往诛魔堂去了。没事了吧？没事我走啦。"说着转身离去。

华剑英和赫连素素对视一眼，心底都泛起一阵不对劲的感觉，但却又说不出有什么不对劲的。不过既然知道对方去了诛魔堂，那么目标自然也确定了，点了点头，二人同时向诛魔堂赶了过去。

赶到诛魔堂，赫连素素自然回到凤凰门那边，而华剑英则先到公输家那里，扭头却见公输回天正一脸古怪的站在那里。华剑英轻声问道："怎么了？"公输回天摇摇头："好古怪。"华剑英点点头，示意和他的感觉一样，便暂时不语。

不一会，那魔门代表在一名低辈弟子的带领下走了进来。这人中等身材，看上去好像一个中年人，嘴唇上一道一字胡子修饰的很是漂亮，容貌倒十分英

俊，身穿一件藏青色长袍。神情平静的走了进来。这似乎是个寂灭期高手，在修真界已经算是绝顶高手了。

那人走进来后，环视了四周修真界各大门派的掌手、高手，脸上露出一丝微笑。华剑英心中的不安感此时更加强烈。

这时，修真界另一个大门派丹鼎教的掌教突然开口道："不知阁下是魔门何人？来此所为何事？"他问的轻松，旁边好几个人的脸上同时露出不愉之色。华剑英知道，这个时候，谁先开口也代表了身份地位的不同，所以这位掌教大人一开口，立刻让另外几位自觉也有第一个开口资格的大感不满。华剑英偷眼看了看，公输轮和沈玉娇倒似乎并没露出什么不快之色。

那魔门中人朗声道："在下不过圣门一区区小卒而已，各位无需费这力气记在下的名字。只是，在下来此的目的，难道各位还猜不到吗？"

修真界这边立有一人沉声接道："你不说出来，我们又怎么知道？"修真界这边好几个原本已经张开口的高手立刻满脸懊恼之色。不过也有几个却是满脸的苦笑，华剑英就是其中之一。

那人露出一丝微笑："既然如此，在下就开诚布公了。"立刻有好些人肚内暗骂："你魔门如果会开诚布公，那才真是大白天见鬼了咧。"

那人不急不缓的道："圣门希望各位在这里……唔，就是以这里为中心的方圆百丈之内，杀几个人。嗯，不用多，大约一两个就足够了。"

那人话一出口，修真界这边立时傻眼，这家伙，有没搞错啊？"你……你……你这家伙，你究竟是来做什么的。"这回倒没人抢了，半天才有一个人说话，主要是大部分人真的傻住了。

那人却露出一脸奇怪的表情："难道诸位不知，我圣门在此布下天圣大阵，要招唤天圣者之圣灵么？"修真界中，只有少数几个高手知道，所谓的招唤天圣者之圣灵，指的就是天魔转生大法。

终于一个修真高手怒道："你这家伙，你以为我们会让你们邪恶的目的实现吗？"一边说，一边腾的站起，强大的气机刹时笼罩全场，刚刚他坐的一张椅子立刻爆的片片碎裂。这人修为极深，是一个寂灭中期的高手，加之生的极其高大威猛，这一下当真气势十足。见他发作，其他立时也有好几名高手暗暗提聚功力。

不过那魔门高手却一点也不担心，只是轻轻摇头道："有话不会好好说吗？却把椅子弄成这样。"

刚刚站起那人气势不由得为之一滞，其他人也都微微一呆。却听那人轻声念道："吾在此衷心祈求吾等之主之回归，籍之补完吾等荒废之自我，以吾等愚者之民生命之刻印为献祭，最终报偿的时刻，就是现在。"

这似乎是魔门中的某种经文，但所有人都不明白他为什么突然念起经来。华剑英突然想起什么："不对！难道这家伙是要……"心中猛然大吃一惊，立刻飞身扑出，口中大叫道："不好！快制住他！"不过所有高手当中，只有公输家和凤凰门的七八名高手响应出手，其他人等却在一愣之后静观其变。

华剑英发觉那个魔门高手向他看了一眼，眼神中露出一丝激赏之色。但也就在这一瞬间，突然之间"砰！"的一声大响，那魔门高手全身整个爆裂开来，无数血箭向四面八方激射而出。

事出突然，诛魔堂上的高手大多没什么准备。大变突生，一个个惊叫着闪避。只是那最后的一下血爆，无异于一个寂灭期高手散尽全身功力的最后一击。除少数高手外，在场所有人几乎人人受伤，更有几个元婴期的当场毙命。华剑英则是靠着仙器之助自保无恙，而且当时全场混乱不堪，也没什么人注意一刹那间的仙器的光华流露。

"这些可恶的魔门混帐！尚儿、尚儿啊。"一个修真高手破口大骂，跟着又放声大哭。他的一个儿子在刚刚的一击中被击毙。

华剑英正好就站在他附近，冷冷地道："我看你现在最好考虑一下别的问题。"

那人正伤心不已，当下大怒立起，怒喝道："你这是什么意思？"

"什么意思？只是希望你先保住自己的性命再说吧。"

这下不止那个人，其他好几人也都转过头瞪着他："你这小子在说什么？"不过也有好几个高手看来已经明白了怎么回事，一脸不知所措的看着刚刚那魔门高手站过的地方。

一边赫连素素没好气的道："你们不会白痴到这个程度吧？"赫连素素是现在在场的三位散仙之一，没人敢对她无礼，只是一个个看着她。

华剑英淡然指了指地上的血迹，环顾全场道："你们不会不明白这是什么意思吧？最后的血祭……完成了。"同时，华剑英心中苦笑："千算万算，也没想到魔门会用这种自爆的方式来完成血祭。不，不是没想到，只是，没想到对方会牺牲一个寂灭期的绝顶高手来完成。想不到，真是想不到，最后，竟然是我们自己把血祭的最后进行者，带到这最后的祭坛来。"

所有在场的高手，这回是完全的……沉默。而有人已经察觉到，四周光线突然开始变得十分阴暗；空气中，也开始传来一种莫名的压迫感。

第十八章·血祭之变